KEVIN MCLAUGHLIN &
MICHAEL T. ANDERLE

DRACHENAURA

STAHLDRACHE – BUCH 02

Für meine Familie, Freunde und alle diejenigen, die es lieben zu lesen.
Mögen wir alle das Glück haben das Leben zu leben für das wir bestimmt sind.

IMPRESSUM

Drachenaura (dieses Buch) ist ein fiktives Werk.
Alle Charaktere, Organisationen, und Ereignisse, die in diesem Roman geschildert werden, sind entweder das Produkt der Fantasie des Autors oder frei erfunden. Manchmal beides.

Copyright der englischen Fassung: © 2019 LMBPN® Publishing
Copyright der deutschen Fassung: © 2020 LMBPN® International FZC
Titelbild erstellt durch Jake @ J Caleb Design,
http://jcalebdesign.com, jcalebdesign@gmail.com
Titelbild Copyright © LMBPN® Publishing

LMBPN® International unterstützt das Recht zur freien Rede und den Wert des Copyrights. Der Zweck des Copyrights ist es Autoren und Künstlern zu ermutigen die kreativen Werke zu produzieren, die unsere Kultur bereichern.

Die Verteilung von diesem Buch ohne Erlaubnis ist ein Diebstahl der intellektuellen Rechte des Autors. Wenn Du die Einwilligung suchst, um Material von diesem Buch zu verwenden (außer zu Prüfungszwecken), dann kontaktiere bitte international@lmbpn.com
Vielen Dank für Deine Unterstützung der Rechte des Autors.

LMBPN® International ist ein Imprint von
LMBPN® International FZC
Business Center, Sharjah, Publishing City Free Zone,
Sharjah, Vereinigte Arabische Emirate

Version 1.03 (basierend auf der englischen Version 1.01), April 2022
Deutsche Erstveröffentlichung als e-Book: Februar 2020
Deutsche Erstveröffentlichung als Paperback: Februar 2020

Übersetzung des Originals (Steel Dragon 02 –
Scales of Justice) ins Deutsche, Lektorat
und Satz der deutschen Version:
4media Verlag GmbH,
Hangweg 12, 34549 Edertal,
Deutschland

ISBN der Paperback-Version: 978-1-64202-724-2

DE20-005-00021

ÜBERSETZUNGSTEAM

Primäres Lektorat
Astrid Handvest

Sekundäres Lektorat
Jens Schulze

Beta-Team
Stefan Krüll
Sabine Marx
Sascha Müllers
Volker Tesche

KAPITEL 1

Für Kristen Hall fühlte sich die Begegnung mit Kriminellen und die reale Möglichkeit, beschossen zu werden, wie ein Déjà-vu an. Die ganze Situation schien fast eine Kopie ihres ersten Einsatzes als Mitglied des SWAT zu sein, wenn auch mit einigen bemerkenswerten Ausnahmen.

Genau wie beim ersten Mal befanden sich die Kriminellen in einem Pfandhaus. Wieder war es ihre Aufgabe, sich durch eine Gasse nach hinten zu schleichen. Diesmal trug sie weder eine kugelsichere Weste noch einen Helm. Ihrem etwas naiven Neuling-Wesen damals war nicht bewusst wie es sich anfühlt, jemanden zu töten. Nun, jetzt wusste sie es und es gefiel ihr ganz und gar nicht, wie einfach es sein konnte.

Aber ihr Partner Jonesy war tot.

Sie hatte sich bei einem früheren Einsatz eine Kugel für ihn eingefangen, nur damit er sich törichterweise revanchierte und ihr Leben auf Kosten seines eigenen rettete. Nur musste er ihr das Leben nicht retten, nicht wirklich, denn keiner von ihnen hatte gewusst, dass sie ein Drache war – nicht irgendein Drache, sondern sogar ein Stahldrache. Wäre er nicht in die Bresche gesprungen, hätten sich Kristens Kräfte vielleicht aktiviert und er wäre immer noch ...

Ganz bewusst musste sie diesen Gedankengang verdrängen. Es gab keinen Grund, sich mit Dingen aufzuhalten, die nicht mehr zu ändern waren. Nicht jetzt und nicht auf einer Mission, wo sie verdammt noch mal dafür sorgen konnte, dass so etwas nie wieder passiert.

»Ich habe hier hinten zwei Kriminelle gezählt«, murmelte Keith. »Wir gehen rein. Du schnappst dir den links, ich den rechts. Butters sollte in der Lage sein, den letzten Kerl vorne festzuhalten.«

Kristen nickte, obwohl sie absolut nicht die Absicht hatte, das zu tun, was er vorgeschlagen hatte.

Sie pirschten sich durch den hinteren Teil des Ladens zwischen Reihen von Fahrrädern, Rasenmähern und Trainingsgeräten vorwärts, von denen die Leute immer noch hofften, sie zurückkaufen zu können, bevor die Artikel im Ausstellungsraum landeten. Am Ende des Raumes öffnete sich eine Tür in eine winzige gepanzerte Kabine, den normalen Arbeitsplatz des Pfandleihers.

Die Tür stand momentan weit offen und die beiden Kriminellen standen vom SWAT-Duo abgewandt, ihre Augen in den Laden gerichtet.

»Wir sollten sie überwältigen ...« setzte Keith an, hörte aber auf, als Kristen in Aktion trat.

Sie eilte mit ihrer erhöhten Geschwindigkeit vorwärts, eine ihrer neu entdeckten Drachenfähigkeiten. Den ersten Typen erreichte sie noch bevor er sich ihr zuwenden konnte. Sie erwischte ihn an den Schultern und schleuderte ihn mit einer Hand in den hinteren Teil des Lagerraums, durch den sie und Keith gekommen waren. Zum Glück für ihn kollidierte er nicht mit der Wand, sondern mit einem Sandsack, aber der Aufprall verursachte genug Lärm, dass sich der Andere zu ihr umdrehen konnte.

Er schoss, bevor sie ihn erreichen konnte. Der Schuss wäre daneben gegangen, aber er war mit einer abgesägten Schrotflinte bewaffnet, sodass hundert mittelgroße Bleikugeln in ihrem Unterleib landeten.

Seine fröhliche Vorfreude auf das, was er offensichtlich für den unvermeidlichen Ausgang seines Treffers gehalten hatte, verwandelte sich in blankes Entsetzen. »Ich habe dich doch getroffen!«, jammerte er gereizt.

»Du hast vergessen, eine Rücknahme auszuschließen.« Sie verwandelte ihr Gesicht und ihre Arme zu Stahl, sodass sie zu dem Körperteil passten, den der Feind zu verletzen versucht hatte. Er schrie auf und ließ seine Waffe fallen, als sie ihn an der rechten Schulter packte und zudrückte.

»Ich denke, das darf jetzt ich«, sagte Keith und schlenderte zu ihr.

»Hmm?« Kristen drehte sich zu ihm um und hob gleichzeitig den Verbrecher vom Boden hoch.

»Eines dieser Bleikügelchen hat mich erwischt«, sagte ihr Teamkollege, wischte sich die Stirn ab und zeigte ihr eine blutige Hand.

Kristen drehte sich der Magen um. Keith war verletzt worden – er blutete tatsächlich – und es war allein ihre Schuld. Ohne nachzudenken, hielt sie die Schulter des Mannes weiter fest. Ein Knochen knirschte unter ihrem Griff, bevor sie den Kerl durch den Raum schleuderte. Er flog in eine Reihe von Fahrrädern, die scheppernd umstürzten. Schmerzen ließen ihn stöhnen, aber er bewegte sich nicht mehr als der Typ, den sie in den Sandsack geworfen hatte.

Keith kam näher. »Verdammt, Kristen, beruhige dich. Es geht mir gut.«

»Entschuldigung. Als ich das Blut sah, habe ich ... Ich lasse nicht zu, dass jemand aus dem Team verletzt wird, besonders nicht unser Frischling.«

»Ich bin schon länger hier als du«, protestierte er kleinlaut. Das war natürlich richtig. Er war schon der Frischling, bevor sie ins Team gekommen war, aber ein stählerner Drache – selbst einer, der nicht wusste, was er war oder wie stark er war – konnte ein paar Schritte in der Spitznamen-Hierarchie überspringen. »Und außerdem wäre nichts passiert, wenn wir diese Trottel gemeinsam erledigt hätten.«

»Das kann ich nicht zulassen. Nicht nachdem, was mit Jonesy passiert ist.«

»Mir gefällt es auch nicht, dass er weg ist, aber wir haben ihn praktisch im Krieg verloren, nicht bei einem Pfandhausüberfall.«

»Es gibt immer noch keinen Grund dein Leben zu riskieren, wenn ich meine Haut in Stahl verwandeln kann.«

Keith biss die Zähne zusammen und schüttelte den Kopf, sagte aber nichts mehr. Stattdessen sprach er in sein Funkgerät. »Wir haben das Hinterzimmer gesichert. Die beiden Verbrecher befinden sich in Gewahrsam. Sie gehen nirgendwo mehr hin.«

»Verstanden«, antwortete Drew. »Wir sagen dem Übriggebliebenen jetzt, dass er sich ergeben soll und Butters wird auf seinen Standort ein paar Warnschüsse abgeben, wenn er sich nicht fügt. Ich will, dass ihr zwei in Deckung bleibt. Schnappt ihn euch, wenn er versucht zu fliehen.«

Drachenaura

»Der Narr denkt doch tatsächlich, zerbrochenes Glas und ein paar Metallstangen zählen als Deckung. Ich rasiere ihm seinen verdammten Bart mit ein paar Kugeln.« Butters lachte über das Funkgerät. Kristen zweifelte nicht daran, dass ihr Mann das tun würde. Er war der beste Schütze unter allen Beamten in Detroit.

»Verstanden. Wir gehen in Deckung.« Keith kauerte hinter einem fahrbaren Rasenmäher in der Nähe der Hintertür des Lagerraums.

Kristen stellte sich direkt vor die Tür, die zum Ausstellungsraum führte.

»Kristen, Drew sagte, wir sollen in Deckung gehen«, kritisierte ihr Teamkollege.

»Dann stell dich hinter mich. Ich lasse den Kerl nicht entkommen.«

»Er wird nicht entkommen. Wir haben sein Fluchtauto neutralisiert und er hat seine Kumpanen verloren. Er wird sich ergeben, sobald Butters seine Warnschüsse abgefeuert hat. Und selbst wenn nicht, erwischen wir ihn, wenn er versucht, hier durchzukommen. Ich werde mich auch nicht beschweren, wenn du dann deine Drachengeschwindigkeit einsetzt.«

»Ich lasse nicht zu, dass du zweimal an einem Tag verletzt wirst.«

»Verdammt noch mal, Red!« Sowohl der Fluch als auch der Spitzname klangen aus seinem Munde falsch. Das waren Jonesys Worte. Keith konnte sie nicht im gleichen lässigen Tonfall sagen. »Es blutet nicht mehr und außerdem habe ich mich freiwillig für das SWAT-Team gemeldet. Ich bin hier, weil ich daran glaube, ein Polizist zu sein. Jemand muss sein Leben riskieren, um unsere Mitmenschen zu schützen. Ich bin bereit, das zu tun und ich werde mich nicht hinter meinem Partner verstecken«.

»Die Dinge haben sich geändert, Frischling. Ich kann nicht zulassen, dass du ohne guten Grund verletzt wirst.«

»Unsere Stadt zu beschützen ist ein sehr guter Grund, verletzt zu werden.«

Sie schüttelte den Kopf. Einerseits konnte sie verstehen, was er sagte. Immerhin hatte sie sich für die Polizeiakademie angemeldet und die ersten Monate beim SWAT verbracht, ohne das Ausmaß ihrer Kräfte zu kennen. Sie war bereit gewesen, ihr Leben für die Sicherheit anderer zu riskieren und sie respektierte Keith dafür, dass er bereit war, dasselbe zu tun.

Zum anderen waren diese Risiken aber auch nicht mehr notwendig. Als Drache konnte sie ihre Freunde beschützen – sie musste ihre Freunde beschützen. Sie wollte keinen ihrer Kollegen mehr sterben lassen und musste es auch nicht, nicht heute und auch nicht in Zukunft. Sie konnte Keith zwar verstehen, aber sie konnte auch nicht zur Seite treten. Etwas in ihrem Bauch ließ es einfach nicht zu.

»Du bist umzingelt!« Drews Stimme klang seltsam, verstärkt durch das Megafon, aber gedämpft durch die Ziegelmauer zwischen ihnen und dem Ausstellungsraum. »Wir haben die Rückseite gesichert und wir beide wissen, dass du nicht mit einem verdammten Gewehr in der Hand vorne rauskommst. Leg die Waffe auf den Tresen, dass wir sie sehen können und nimm die Hände hinter den Kopf, vielleicht lässt sich der Richter dann eher auf einen Deal ein.«

»Träum weiter, Bulle.«

Drachenaura

Kaum hatte der Verbrecher diese Worte gebrüllt, schoss Butters. Keith hatte schon reagiert und war in den hinteren Teil des Lagerraums gegangen. Die Kugel konnte keine Ziegelwand durchschlagen.

Kristen behielt weiterhin ihre Stahlhaut.

Aus dem Leihhaus wurden Schüsse abgegeben.

Nicht ein einzelner wie der von Butters, sondern eine ganze Reihe von Schüssen. Das Geräusch beschwor ein geistiges Bild des Mannes herauf, wie er in weitem Bogen sein Sturmgewehr schwang und wie ein dummer Filmschurke aus der Hüfte schoß.

Auch wenn es unwahrscheinlich war, dass er jemanden treffen würde – sie befanden sich alle in Deckung – fühlte sie sofort Angst um die Sicherheit ihres Teams. Einer der Schüsse könnte jemanden irgendwie im Nacken erwischen oder eine der großen Venen im Bein. Sie musste eingreifen.

»Du wirst deinen verdammten Stahldrachen brauchen, um mich zu kriegen«, brüllte der Kerl, bevor er wahllos weiter ballerte.

Nun, damit war es entschieden. Sie trat die gepanzerte Tür zum Ausstellungsraum auf.

»Butters, nicht schießen«, schrie Keith über Funk, als ein Schuss fiel.

Kristen konnte den Blitz aus dem Gewehrlauf ihres Kollegen sogar über den Parkplatz sehen und ihr war bewusst, dass sie im Weg stand. Anstatt dem Schuss auszuweichen, blieb sie einfach stehen und fing die Kugel mit der Brust ab.

»Kristen!«, brüllte Butters an seinem entfernten Standort.

Natürlich, es ging ihr gut. Sie hatte kaum etwas gespürt.

»Na, wenn das mal nicht die Stahlschlampe ist!«, sagte der Verbrecher und schwang sein Sturmgewehr in ihre Richtung. Sie machte keine Anstalten, ihn aufzuhalten.

Der Gesichtsausdruck eines Kriminellen, der auf sie schoss und erkennen musste, dass die Kugeln nichts bewirkten, erfüllte sie mit einem perversen Gefühl der Fröhlichkeit. Sie liebte diese Macht und wie sie ihre Gegner offensichtlich in Angst und Schrecken versetzte.

Er schoss ihr sechs Kugeln in die Brust, bevor er mit Panik in den Augen stehen blieb. Seine Schüsse hatten nicht nur absolut nichts bewirkt, sondern seine Waffe hatte nun auch noch Ladehemmungen. Das war ein gutes Zeichen, auch ein Hinweis darauf, dass derjenige, der die Männer ausgerüstet hatte, die Detroit übernehmen wollten und Jonesy getötet hatten, noch nicht zurückgekehrt war. Diese Waffen waren weitaus effektiver gewesen als die, die der Mann vor ihr jetzt verzweifelt zu reparieren versuchte.

»Ich gebe auf!«, lenkte er schließlich ein und warf die nutzlose Waffe zur Seite.

»Dafür ist es jetzt zu spät«, antwortete sie und ging auf ihn zu.

Der Verbrecher schrie und versuchte zu fliehen – etwas, das immer mehr versuchten, wenn sie ins Spiel kam. Kristen huschte nach vorne und erwischte ihn am Kragen, so leicht wie eine Schlange eine Ratte fängt. Sie trat ihm die Beine weg, warf ihn zu Boden und setzte dann einen Fuß auf seine Brust, um ihn mit dem Gewicht ihres Stahlkörpers an Ort und Stelle zu fixieren.

»Ich … ergebe mich«, keuchte er hilflos, als hätte er nie auf ihre Freunde geschossen. Nach allem was geschehen war, könnte einer von ihnen bereits tot sein, sterben oder wegen der erbärmlichen, verzweifelten Aktionen dieses Wurms auf dem Parkplatz verbluten. Es wäre so einfach ihn davon abzuhalten, jemals wieder eine Seele zu verletzen. Sie musste nur etwas fester mit dem Fuß drücken.

Sie schüttelte den Kopf, weil sie wusste, dass sie das nicht tun würde. Keith war kaum verletzt und der Mann, den sie unter ihrem Fuß gefangen hielt, hatte ihn nicht verletzt. Ihren Freunden ging es wahrscheinlich auch gut. Aber wenn das nicht so wäre, hätte sie als Drache das Recht wütend zu sein ... Sie erstickte den Gedanken im Keim. Sie stand nicht über dem Gesetz. Tatsächlich diente sie dem Gesetz, genau wie ihr Vater früher. Ein Drache zu sein, bedeutete nicht, dass sie bei jeder Gelegenheit töten konnte – nicht, wenn es nicht nötig war, erinnerte sie sich selbst daran – obwohl die meisten Drachen dieser Meinung nicht zustimmen würden.

Anstatt den Brustkorb des Mannes zu zerquetschen, griff sie nach den Stahlstäben, die den Ausstellungsraum von der Kabine trennten. Sie verbog sie so leicht, wie ein Kind Pfeifenreiniger verbiegen würde. Nachdem sie ein etwa mannshohes Loch erstellt hatte, hob sie den Kerl vom Boden auf, stopfte ihn durch das Loch und verbog das Metall so, dass er gefangen und eine Flucht unmöglich war.

Erst dann antwortete sie über ihr Funkgerät. Drew hatte schon eine Weile Befehle geschrien.

»Verdammt, Hall, ich will einen Bericht. Bist du beschossen worden? Ist der Kerl in Gewahrsam, verletzt oder tot?«

»Es ist alles klar hier drin, Drew. Ist Butters in Ordnung?«

»Verdammt noch mal, Red, das geht dich nichts an«, brüllte Hernandez. Lyn Hernandez wusste, wie man richtig flucht, aber natürlich war sie im Irrtum. Butters war Kristens Verantwortung. Wäre er erschossen worden, lastete die Schuld auf ihren Schultern.

»Ja, allen geht es gut. Wir kommen jetzt rein.« Der Teamleiter klang nicht gerade begeistert.

Drew, Beanpole und Hernandez näherten sich der Vorderseite des Gebäudes. Butters veränderte leicht die Position an seinem Standort und bewachte das Team weiterhin mit seinem Scharfschützengewehr aus der Ferne. Es war unnötig – sie hatte ihnen gesagt, dass keine Gefahr mehr bestand – aber sie schätzte es trotzdem. Wenn er noch zielen konnte, bedeutete das, dass es ihm gut ging, was wiederum bedeutete, dass der Mann, den sie in die Stahlstäbe gewickelt hatte, überleben durfte.

Sie schüttelte den Gedanken ab. Ihr innerer Konflikt bestand weiterhin. Sie wollte nicht den Henker spielen, aber der Drang ihre Eigenen zu beschützen, schien von Tag zu Tag stärker zu werden. Die Menschen waren einfach so schutzlos im Vergleich zu ihr.

Kristen musste schlucken.

Hatte sie das jetzt wirklich gedacht? Hatte sie sich ernsthaft als etwas mehr als nur menschlich betrachtet?

Bevor sie über diese neuen Erkenntnisse, wie ihre Kräfte auf sie einwirkten, nachdenken konnte, schlenderte Drew bereits mit Hernandez und Beanpole auf den Fersen durch die Überreste des Vordereingangs.

Obwohl die Vorderseite des Ladens völlig zerstört und daher leicht einzusehen war - und Kristen hatte ihnen mitgeteilt, alles sei in Ordnung – verteilten sie sich immer noch in dem Raum, um jede Ecke und jeden Winkel zu überprüfen, bis sie selbst von der Sicherheit überzeugt waren. Es war so Vorschrift und ergab grundsätzlich Sinn – es sei denn, man hatte einen Stahldrachen im Team. Dennoch taten sie instinktiv, was sie immer wieder trainiert hatten.

Erst dann betrachteten sie Kristens Werk.

»Verdammt noch mal, Red. Warum kreuzigen wir das Arschloch nicht einfach und fertig?«, kommentierte Hernandez den Anblick verächtlich.

Kristen öffnete die Tür in den Ausstellungsraum und schaute sich den Verbrecher an. Sie lachte sich fast kaputt. Hernandez hatte Recht. »Okay, vielleicht wäre das ein bisschen übertrieben.«

Er war aufgestanden, seine Beine baumelten über den Tresen, etwa 30 cm über dem Boden. Er hatte versucht darüber zu klettern, nachdem sie ihn ›freigelassen‹ hatte, aber er war nur so weit gekommen bis er bemerkte, dass seine Arme sicher in den Stahlstangen gefangen waren. Beide waren so gestreckt, als wollte er Hampelmänner machen, oder – wie Hernandez gemeint hatte – das er vor Tausenden von Jahren in Rom eines Verbrechens für schuldig befunden wurde.

»Weißt du, du hast eigentlich Handschellen«, sagte Beanpole. Das kam einer wirklichen Kritik fast am nächsten.

»Aber was würden die Reporter dann sagen?« Hernandez deutete mit dem Daumen in Richtung Parkplatz.

Drei Nachrichtenfahrzeuge und eine Handvoll mit Mikrofonen bewaffneter Reporter waren erschienen, begleitet von einer kleinen Menschenmenge mit Smartphones, die zweifelsohne Detroits berühmteste Polizistin aufnahmen. Einige Reporter interviewten bereits den Pfandleiher, aber Kristen war sich ziemlich sicher, dass das aus der Aufzeichnung vor Ausstrahlung herausgeschnitten würde. *Was interessierte das sensationsgierige Publikum schon einen Pfandleiher?*

Drew seufzte. »Sie werden sagen, was sie immer sagen – dass der Drachenpolizist vom SWAT einen weiteren Sack voller Krimineller ganz alleine zugeschnürt hat, ohne dass jemand anders auch nur einen Kratzer abbekommen hat.«

»Der Frischling wurde angeschossen«, protestierte Kristen.

»Das ist Schwachsinn. Es geht mir gut«, rief Keith und kam durch die Tür aus dem Lagerraum. »Eine Grippe-Impfung tut mehr weh. Aber Scheiße, das ist richtig krass.« Er zeigte auf den mit Stahlstangen gefesselten Mann. »Ich habe den beiden Schlägern hinten Handschellen angelegt. Es geht ihnen übrigens gut.«

Drew kicherte und schüttelte den Kopf. »Das ist … etwas anderes, Hall. Der Kapitän wird sich freuen, dass niemand verletzt wurde. Aber beim nächsten Mal musst du mit deinem Partner und dem Team zusammenarbeiten. Wir hätten den Kerl noch überreden können.«

»Ihr könnt mich jetzt hier runterholen«, klagte der Kerl von seinem Platz über dem Tresen.

»Ich konnte nicht zulassen, dass noch jemand verletzt wird«, antwortete sie.

Der Teamleiter biss die Zähne zusammen. »Es ist Teil unseres Jobs, verletzt zu werden.«

»Aber es muss nicht sein, nicht mehr.«

Der Rest ihres Teams schaute sich gegenseitig an. Offensichtlich fühlten sie sich ähnlich wie Keith.

»Und gehört es auch zu unserem Job, Metallstangen geradezubiegen, nachdem du sie in einen Ein-Mann-Käfig verwandelt hast?«

Drew sah aus, als wollte er noch etwas hinzufügen, aber Beanpole fiel ihm ins Wort. »Ganz zu schweigen von der Medienarbeit.«

Der andere Mann seufzte daraufhin. »Argh, danke für die Erinnerung. Wir reden später. Beanpole, Hernandez, ich will euch an der Vorderseite des Gebäudes. Lasst hier keinen der Medienvertreter rein, aber wenn sie ein Video von diesem Arschloch wollen, können wir das nicht verhindern.«

Der Verbrecher wand sich vergeblich in seinem Stahlgefängnis.

Um zurück zum Dienstlichen zu kommen, wandte sich Drew an Kristen. »Hall, du darfst zu all dem nichts sagen. Wir kommentieren keine offenen Ermittlungen und so weiter.«

»Offene Ermittlungen, Sir? Diese Arschlöcher haben versucht, ein Pfandhaus auszurauben und die Überwachungskameras haben alles aufgezeichnet. Unser Drache hat sie aufgehalten«, wandte Keith ein. Er war zweifelsohne mehr als begeistert, sie in ihrem Team zu haben. Trotz seiner früheren Proteste fotografierte er gerne die Folgen ihrer Einsätze. Der Captain hatte ihm bereits befehlen müssen, keine Fotos ihrer Missionen in den sozialen Medien zu veröffentlichen.

»Okay, vielleicht kannst du ein paar Fragen beantworten«, gab Drew widerwillig nach. »Aber im Ernst, Hall, du bist Teil dieses Teams. Du kannst nicht weiterhin wie eine Ein-Frau-Armee in jede Gefahrensituation rennen.«

»Natürlich, Sir.« Sie nickte, obwohl sie verdammt gut wusste, dass sie es selbstverständlich konnte.

Trotzdem hatte er mit dem Hinweis auf die Teamarbeit zumindest recht. Die Medien waren sehr beeindruckt, als sie über die Bemühungen ihres Teams sprach und ihre Arbeit für sich selbst wirken ließ. Sie hatte das Gefühl, dass sich das Bild des Kriminellen, gefangen in den Stahlgittern des Geschäfts, das er ausrauben wollte, mit großer Wahrscheinlichkeit schnell im Netz verbreiten würde. Dann hätten diejenigen, die Angst im Herzen der Motor City verbreiten wollten, eine weitere Erinnerung daran, mit wem sie es zu tun hätten.

KAPITEL 2

Die Reporter kamen mit immer mehr lästigen Fragen bewaffnet. Kristen war sich sicher, dass sie die Geschichte über den Kriminellen zeigen würden, der versucht hatte, das Leihhaus auszurauben und schließlich als Wanddekoration endete. Leider schien sie jetzt so berühmt zu sein, dass sie die bessere Geschichte werden könnte, wenn sie etwas Tolles von sich geben würde. Sie versuchte, einen kühlen Kopf zu bewahren, als die Meute der Mikrofone und Kameras über sie herfiel.

»Miss Hall, wie fühlt es sich an, mehr für die Stadt tun zu können, als die Polizei von Detroit in den letzten zwanzig Jahren?«

»Ich denke, das ist eine Fehlinterpretation der Leistungen der Männer und Frauen, die im Dienste unserer Gemeinschaft stehen.«

Die Reporterin war enttäuscht über ihre Lehrbuchantwort.

»Miss Hall, gefällt es Ihrem Team, die am besten geschützte SWAT-Einheit der Stadt zu sein?«

»Mein Team beschützt mich ebenso sehr, wie ich es beschütze.« Das war eine Notlüge, aber sie klang schöner als die Wahrheit – dass sie nämlich im letzten Monat jeden Gegner mit einer gefährlicheren Waffe als einem

Brieföffner persönlich eliminiert oder festgenommen hatte.

»Ich fasse das als ein Ja auf.«

Kristen zuckte die Achseln. Sie wurde schon dutzende Male falsch zitiert. Wichtig war, dass es keinen O-Ton gab.

»Wie fühlt es sich an, der ›Verlorene Drache‹ zu sein?«

Das war neu. »Wie bitte?«, fragte sie in der Hoffnung auf Aufklärung. Die Reporter beruhigten sich und warteten gespannt auf Antwort.

»Sie sind in dem Glauben aufgewachsen ein Mensch zu sein, nur um dann bei der Polizei zu entdecken, dass Sie ein Drache sind. Woher wussten Sie, dass Sie ein Drache sind und glauben Sie, es könnte einen weiteren ›Verlorenen Drachen‹ da draußen geben?«

Ein Moment der Stille trat ein, als jedes Mikrofon auf sie gerichtet war.

Kristen war klar, dass sie bei ihrer Antwort sehr vorsichtig sein musste. Sie wollte nicht erklären, was wirklich passiert war – dass Frank Halls Schwester eines Nachts mit einem Baby aufgetaucht war, die Halls um dessen Pflege gebeten hatte und dann verschwunden war, um in derselben Nacht unter mysteriösen Umständen ums Leben zu kommen. Niemand hatte bisher tief genug in ihrer Familiengeschichte gegraben, um aufzudecken, dass Tante Christina für eine Art biochemisches Labor gearbeitet hatte, das von Drachen betrieben wurde und Kristen wollte, dass das auch so blieb.

»Ich weiß nicht, ob es noch andere versteckte Drachen gibt, aber ich kann sagen, dass ich meine Kräfte erst entdeckt habe, als ich an meine Grenzen gebracht wurde. Vielleicht kann man nur auf diese Art herausfinden,

Drachenaura

ob man das Herz eines Drachens hat – wenn man aus seiner Komfortzone hinausgezwungen wird, um die zu schützen, die einem wichtig sind.

»Sie sagen also, Kinder sollten ihr Leben riskieren und dabei hoffen, eine Stahlhaut wie Sie zu haben?«, fragte ein Reporter bissig.

»Nein! Nein, überhaupt nicht.«

»Wenn es noch mehr ›Verlorene Drachen‹ geben sollte, werdet ihr dann alle gemeinsam gegen das aktuelle von Drachen dominierte System arbeiten?«, wollte ein anderer Reporter wissen.

Das war eine Fangfrage. Mit einer falschen Antwort würde sie nicht nur den Zorn ihres Teams auf sich ziehen, sondern vielleicht auch den der Drachengemeinschaft.

Bevor sie antworten konnte, kamen glücklicherweise zwei Polizeiautos mit Beamten an, um Beweise sicherzustellen und den Tatort zu fotografieren. Prompt drängten sie die Reporter zurück, was nur die verärgerte, die den Mann, der im Leihhaus baumelte, noch nicht richtig abgelichtet hatten.

Drew legte Kristen eine Hand auf den Arm. »Komm schon, lass uns hier verschwinden.«

Sie nickte und ergriff die Gelegenheit zur Flucht. Sie liefen schnell zu ihrem SWAT-Van, aber bevor sie einsteigen konnte, drängte sich Hernandez an sie heran und schaute sie wie eine neugierige Reporterin an.

»Miss Hall, Miss Hall, wie fühlt es sich an, noch egozentrischer und hochnäsiger zu sein als das durchschnittliche weiße Mädchen?«

»Bleib cool, Hernandez«, sagte der Teamleiter.

»Nein, scheiß drauf. Ich habe hart für meinen Ruf als fieses Miststück gearbeitet und jetzt – dank der kleinen

Miss ›Verlorener Drache‹ – hält mich jeder für eine gottverdammte Jungfrau in Not.«

»Niemand hält dich für eine Jungfrau in Not.« Kristen versuchte zu lächeln und nahm an, dass das ein Scherz sein sollte.

»Oh doch, das tun sie verdammt noch mal.« Die Augen der Sprengstoffexpertin weiteten sich ungläubig. »Du bist nicht die einzige, die die Medien auf dem Kieker haben. Sie stellen natürlich nur Fragen über dich, aber es ist trotzdem verdammt zum Kotzen, jedes Mal angehalten zu werden, wenn ich zu meinem verdammten Auto gehe.«

»Das wusste ich nicht«, antwortete Kristen. Sie war so darauf fixiert die Medien zu meiden, dass sie nicht wirklich über ihr Team nachgedacht hatte.

»Ja, nun, verdammte Scheiße, du bemerkst das nicht mal«, schnappte Hernandez.

»Das ist aber nicht das, was wirklich wichtig ist«, meinte Keith.

»Der Frischling hat recht«, warf Butters ein und sein südlicher Akzent kühlte die hitzige Unterhaltung sofort ab.

»So, habe ich das?« Der andere Mann schaute erschrocken drein.

»Ich bin darüber genauso überrascht wie alle anderen, aber du hast es in der Tat erfasst.« kicherte Butters. »Ich hatte die Möglichkeit zum Schuss, Kristen und Keith weiß besser als jeder Anfänger, wie man einen Gegner außer Gefecht setzt. Du kannst nicht weiter so tun, als wärst du allein da draußen.«

Kristen seufzte. »Ich verstehe was du meinst, wirklich, aber wie kann ich dich eine Kugel abbekommen lassen, wenn sie an mir einfach abprallt?«

Drachenaura

»Aber was ist, wenn sie es mal nicht tut?«, fragte Beanpole. »Was ist, wenn es eine Grenze deiner Macht gibt und du sie nur noch nicht gefunden hast?«

Das machte sie nachdenklich, denn ihr war klar, dass ihre Macht Grenzen hatte. Sie war natürlich schneller und stärker, aber eben nicht schnell genug Kugeln auszuweichen oder stark genug, einen Transporter zu heben. Trotzdem hatte sie keine Mühe damit, ihre Haut in Stahl und zurück zu verwandeln.

»Daran hatte ich wohl nicht gedacht ...«, begann Kristen zögernd, während sie überlegte, wodurch sie möglicherweise verletzt werden könnte, wenn sie doch bereits den Schuss aus einem Raketenwerfer und Maschinengewehrsalven schadlos überstanden hatte. »Ich schätze, jemand könnte versuchen, mich mit ein paar Bussen zu überrollen.«

Butters und Keith lachten darüber, Drew und Beanpole lächelten nur. Hernandez schüttelte den Kopf, aber das tat sie immer. Sie lachte nicht laut, es sei denn, jemand wurde mit haltlosen Flüchen beleidigt.

Ein sattes Gelächter gesellte sich zu dem ihres Teams und Kristen drehte sich dem Ankömmling zu. Ihre Haut wurde im Nu zu Stahl und sie bereitete sich darauf vor, ihre Freunde vor dieser neuen Bedrohung zu schützen.

»Oh, Verzeihung.« Der Mann verbeugte sich. Er hatte blondes Haar, das ihm auf die Schultern fiel, gebräunte Haut und trug einen goldenen Anzug.

»Hey, Kumpel, vielleicht bist du neu hier, aber wenn wir erst mal in den verdammten Van steigen, bedeutet das, dass wir jetzt Polizeiarbeit erledigen. Geh bitte zurück in das Pfandhaus, aus dem du gekommen bist.

Heutzutage zahlen sie gutes Geld für 18 Karat.« Hernandez zeigte ihr lange eingeübtes ›Fick dich‹-Lächeln.

»Ah, Sie haben meine Absicht falsch interpretiert. Ich bin kein Reporter, aber ...«

»Drache«, sagte Kristen voreilig. Sie konnte seine Aura spüren, obwohl er versuchte, sie neutral zu halten, um die Menschen um sie herum, nämlich ihr Team, nicht zu beeinflussen.

»Ja, Lady Hall, ein Drache und ich bringe eine Nachricht.«

»Wirst du bald auch so geschwollen reden?«, lachte Keith.

Als Kristen die Aura des Mannes nur für einen Moment vor Wut wogen fühlte, bekam sie ein Gefühl dafür, was er wirklich war – ein Drache mit goldenen Schuppen, der unsagbar alt und unermesslich mächtig war. Sie fragte sich, ob er ihre Drachenform auch spüren konnte, obwohl sie sich noch nicht wirklich verwandelt hatte. Sie wollte ihn zwar nicht verärgern, aber er war auch gekommen und hatte sie unterbrochen.

»Welche Nachrichten, mein Herr, und wer zum Teufel sind Sie – wenn ich fragen darf?« fragte sie mit einem Augenzwinkern Richtung Keith, in der Hoffnung die Situation mit etwas Humor zu entschärfen.

Goldenrod betrachtete ihr Team. Seine Oberlippe zuckte verächtlich, aber er lächelte sofort wieder. »Ich wollte die offizielle ... äh, Polizeiarbeit nicht unterbrechen, Lady Hall. Vielleicht könnten wir uns kurz unter vier Augen unterhalten. Ich bin Vincent Goldenrod, Botschafter des Drachenrates.« Seines Namens würdig verbeugte er sich tief vor Kristen.

»Ich bin bei der Arbeit. Alles, was Sie mir sagen wollen, können Sie auch vor meinem Team sagen«, meinte sie, ein wenig beleidigt durch die Art wie er sie anschaute.

»Sehr schön.« Der Drache nickte und drehte sich zum gesamten Team um. »Ich wollte Sie zu einer Party einladen, die zu Ehren Ihrer jüngsten Erfolge veranstaltet wird. Es handelt sich um eine private Veranstaltung, die von einigen Drachen geplant wurde, die sich persönlich für das bedanken möchten, was Sie für unsere Stadt getan haben. Sie wird morgen Abend, kurz vor Sonnenuntergang, auf dem Dach des Detroit Marriot am Renaissance Center stattfinden.«

Hernandez lachte. »Erwarten Sie, dass wir da hochfliegen?«

»Ich habe den Transport für Lady Hall bereits arrangiert.«

Es folgte ein äußerst unangenehmer Moment, in dem Goldenrod Kristen einen Blick zuwarf, der sie hätte erstechen können. Offensichtlich war die Einladung für sie gedacht und zwar nur für sie. Der Veranstaltungsort an sich schrie bereits nach Drachen. Sie fragte sich, ob es hilfreich sein könnte, sich in ihren Drachenkörper zu verwandeln, wenn sie so hoch oben und von einer Menge Drachen umgeben wäre. Aber darum ging es hier nicht. Wenn die Drachen von Detroit ihr für ihre Arbeit danken wollten, mussten sie auch ihrem Team danken.

»Wir kommen gerne!«, antwortete sie und breitete die Arme in einer weiten Geste aus, die ihre Teamkollegen einschloss.

Keith grinste und nickte wie ein Trottel und Butters schien sich die Auswirkungen bereits vorzustellen.

Beanpole und Drew sahen eher gleichgültig aus, während Hernandez ihren Schock nicht verbergen konnte.

»Ah, ja, ausgezeichnet. Wir müssen einige der Feierlichkeiten anpassen, um Ihren ... äh, Freunden gerecht zu werden. Aber das liegt durchaus in unserer Macht.«

»Sorry, Butters, das bedeutet wahrscheinlich keine ganzes Rindvieh, das mit Drachenfeuer geröstet wurde«, sagte Keith bedauernd und hob die Augenbrauen.

»Drachenfeuer wird nicht zum Kochen benutzt«, tadelte der Drache knurrend.

Als Kristen ihre Augen zu ihm wandte, blinzelte er unsicher, als könnte er sie beleidigt haben.

»Es sei denn, wir wollen Frischfleisch«, lachte Goldenrod. Dieser primitive Witz konnte nicht dazu beitragen, die Visionen ihres Teams über Drachen, die im Laufe der Geschichte Menschen geröstet hatten, zu entschärfen. Aber das gab es jetzt nicht mehr ... hoffte sie jedenfalls. Sie würde es noch früh genug herausfinden. Wenn jemand wüsste, was er oder sie sagen müsste, um mit Sicherheit lebendig verbrannt zu werden, dann Lyn Hernandez.

Von den Lebenden zumindest. Jonesy hätte diesen Drachen wahrscheinlich so wütend machen können, dass sie alle geröstet würden.

»Wir sehen uns dann dort«, antwortete Kristen und hoffte, dass es so korrekt war.

Vincent Goldenrod verbeugte sich noch einmal. Er ging ein paar Schritte auf den Parkplatz, verwandelte sich in einen absolut prächtigen, goldenen Drachen – komplett mit Löwenmähne und einem Büschel am Ende des Schwanzes – und stieg in den Himmel.

Die Reporter richteten ihre Kameras nach oben und zeichneten den Abflug des Drachen auf, bevor sie ihre

Aufmerksamkeit wieder auf Kristen richteten. Wahrscheinlich wollten sie die junge Polizistin und den Golddrachen auf ein Bild bannen.

Kristen seufzte. Wenigstens konnte sie halbwegs sicher sein, dass es auf einer Drachenparty keine Paparazzi gab.

KAPITEL 3

Unglücklicherweise hatte Kristen mehr als vierundzwanzig Stunden Zeit, sich zu überlegen, was sie zu einer Drachenparty anziehen und wie sie sich verhalten sollte. Glücklicherweise hatte sie für den heutigen Abend schon Pläne in Sachen Abendessen.

Sie parkte das Auto vor dem Haus ihrer Eltern in Dearborn – einem Vorort von Detroit – und begab sich hinein, ohne auf den von ihrem Vater frisch gemähten Rasen zu treten.

Ein Teil von ihr rebellierte, weil Frank Hall nicht ihr Vater war – jedenfalls nicht ihr biologischer. Sie hatte natürlich keine Ahnung davon, ob Drachen tatsächlich Eltern hatten und sie wusste auch nichts über die Art ihrer Fortpflanzung. Aber wer auch immer ihr Drachen ... äh, Vater war, er hatte sich sicherlich nicht gemeldet oder gar seine Identität bekannt gegeben. Andererseits blieb Frank Hall der liebevolle Dad, der seine kleine Krissy immer noch dazu aufforderte, einmal in der Woche zum Abendessen nach Hause zu kommen.

Ihr neuer Zeitplan ließ es aber nicht zu, jede Woche nach Hause kommen. Sie legte oft Überstunden ein, wenn jemand aus ihrem Team zu einem Einsatz gerufen wurde – eine Angewohnheit, über die sich ihr Captain bis jetzt noch nicht beschwert hatte – aber heute Abend musste sie einfach nach Hause kommen.

Ihre Mutter hatte Lasagne vorbereitet, darauf würde kein Hall freiwillig verzichten. Kristen ging die Vordertreppe hinauf, zog ihre Schuhe aus und trat ein. Sofort traf sie ein Schlag mit einem Kantholz an der Brust. Sie verwandelte sich reflexartig in Stahl und das Stück Holz brach in zwei Hälften.

»Brian Justin Hall, entschuldige dich sofort bei deiner Schwester!«, rief ihre Mutter. »Du hättest ihr wehtun können.«

Brian rannte schon zur Hintertür hinaus und brüllte vor Lachen.

»Nein, das konnte er nicht, Mom.«

Marty stöhnte in einem Ton, der deutlich sagte: »Du magst denken, dass du hart bist, weil du jetzt erwachsen bist, aber ich erinnere mich noch gut, dass ich jedes kleine Wehwehchen und jedes Aua küssen musste, damit du aufhörst zu weinen und ich will verdammt sein, wenn dir jetzt jemand wehtut.«

Kristen hatte dieses Stöhnen schon öfter gehört, seit sie zur Polizeiakademie gegangen war, aber jetzt war es das Geräusch Nummer Eins, seit sie der sogenannte ›Verlorene Drache‹ war.

»Du weißt, dass ich dich problemlos einfangen könnte, oder? Supergeschwindigkeit, du erinnerst dich?«, schrie sie aus dem Küchenfenster.

»Du bist ein Drache, kein Superheld und ich habe keine Angst vor dir, bis du Feuer spucken kannst. Ich kann übrigens deinen Atem von hier aus riechen.« Aus einem sicheren Bereich ganz hinten im Garten streckte ihr Bruder ihr die Zunge raus. Obwohl er rechtlich gesehen ein Erwachsener war, hatte er noch einen langen Weg vor sich, bevor ihn tatsächlich jemand als einen solchen ansehen würde.

»Mom, er soll sich entschuldigen, ich habe keinen Mundgeruch.«

Marty sah sie nicht einmal an, als sie die Lasagne aus dem Ofen nahm und zum Tisch trug. »Oh, also er darf dich mit einem Brett angreifen, aber wenn er gemeine Sachen sagt, brauchst du immer noch deine Mami?«

»Äh ... ja? Offensichtlich.« Sie hob die Hände und fand es ungerecht, einen jüngeren Bruder zu haben.

Ihre Mutter lachte und stellte die Lasagne auf den Tisch.

»Wie wäre es damit. Du kannst eine Ecke haben, weil er dich beschimpft hat.«

»Mom, es gibt vier Eckstücke. Es ist für jeden eines da.«

Sie zwickte Kristen in die Wange. »Sieh an, mein kleines, kluges Mädchen. Das hat mal funktioniert, weißt du, bevor du erwachsen geworden bist und jetzt deck bitte den Tisch.« Wenigstens wusste Kristen, woher Brian seinen Sarkasmus hatte. Bevor sie protestieren konnte, dass doch Brian den Tisch decken sollte, weil er noch immer dort wohnte, hielt ihre Mutter ihr die Hand an den Mund und brüllte: »Fraaaank! Abendessen!«

Eine kleine Rache müsste also genügen. Sie begann den Tisch zu decken und legte Brian eine Kuchengabel statt einer normalen hin, weil er es hasste, wenn seine Gabel zu klein war. Ihre Mutter fügte die letzten Leckereien hinzu – einen Salat mit Schafskäse, Oliven und den Klassiker der Familie Hall, das Pesto-Knoblauchbrot.

Drachenaura

Nach einem Rezept von dem gesagt wurde, es sei narrensicher, doch wann immer Kristen versucht hatte es nachzubacken, war es jedes Mal verbrannt.

»Frank, zieh dir ein Hemd an«, schimpfte Marty.

»Mach ich, Liebling, gib mir eine Minute.« Kristens Dad tanzte in Laufshorts in die Küche, die er angesichts der Größe seines Bauches offensichtlich nicht für den vorgesehenen Zweck verwendet hatte. Er drückte seiner Frau einen dicken Kuss auf die Wange und verschwand im Schlafzimmer, nachdem er sich ein Stück Pesto-Knoblauchbrot geschnappt hatte.

Kristen griff ebenfalls nach einem, aber ihre Mutter schlug ihr auf die Finger. »Es ist noch nicht Essenszeit. Oh … Kristen, ich … Habe ich dir wehgetan?«

»Was? Nein, natürlich nicht.« Sie blickte hastig auf ihre Hand und erkannte, dass sie sie in Stahl verwandelt hatte. »Nein, das ist nur ein Reflex. Ich habe daran gearbeitet, es zu verfeinern, damit ich, wenn mich etwas trifft, automatisch zu Stahl werde, so ist es sicherer.«

»Dann ist es gut, dass du keinen Freund hast, der dich überraschen könnte.« Kristen hatte nicht bemerkt, dass Brian hereingekommen war, aber sein Timing überraschte sie nicht. »Kannst du dir das vorstellen? Er schleicht sich von hinten mit einem Blumenstrauß an seine Geliebte heran, du verwandelst dich in Stahl und trittst ihn mit einem Roundhouse-Tritt in den Detroit River.«

»Wenn es um Romantik geht, kannst du nicht mitreden, Brian. Wann hast du dich das letzte Mal mit einem Mädchen verabredet, in der fünften Klasse?«, erwiderte sie bissig.

»In der neunten Klasse, zu deiner Information. Ich habe im ersten Halbjahr eine Austauschschülerin gefragt, ob sie mit mir ausgehen möchte«, sagte er ziemlich hochnäsig, als ob das ihren Standpunkt widerlegen würde.

»Es ist so toll zu wissen, dass die Ehe eurer Eltern ein Gefühl von Romantik in euch beiden geweckt hat«, meinte Marty sarkastisch.

Ihre Kinder lachten beide. Sie waren nie sehr romantisch veranlagt gewesen. Sie war zu umkämpft und er nicht umkämpft genug.

»Frank!«, rief ihre Mutter noch einmal, bevor sie sich an den Tisch setzte und sich Salat und Brot auf den Teller lud.

Kristen bediente sich sofort an der Lasagne, also stach Brian mit seiner Gabel auf sie ein, wodurch ihre Haut zu Stahl wurde.

»Brian, verdammt, hör auf damit!«, flippte Marty aus.

»Mom, ist schon in Ordnung«, sagte Kristen, schockiert über den Ausbruch ihrer Mutter. Martha Hall benutzte normalerweise keine Schimpfworte.

»Nein, ist es nicht! Es ist respektlos und gefährlich und ich werde es nicht dulden, nicht in meinem Haus und vor allem nicht an meinem Tisch!«

»Ja, Ma'am«, schnüffelte Brian und benahm sich, als ob es nicht er war, der seine Schwester erstechen wollte.

Zum Glück erschien ihr Vater und die Spannung im Raum verflüchtigte sich. »Krissy! Wie nett vom Verlorenen Drachen, uns mit seiner Anwesenheit zu beehren«, sagte Frank fröhlich, als er sich am Kopfende des Tisches niederließ. »Also, erzähl uns, wen du diese Woche verhaftet hast.«

»Komm schon, Frank, beim Essen?«, tadelte Marty ihren Ehemann.

Drachenaura

»Worüber soll ich sonst reden? Von der Rasenumrandung? Ich bin im Ruhestand, dein Teilzeitjob im Supermarkt dient kaum als nagelneuer Gesprächsstoff und Brian, na ja ...«

»Ich habe mich mit einer Bande von Barbaren zusammengetan, um das Nekromantentor zu stürmen. Wir haben über vierhundert Skelette besiegt und ich habe die Goldene Klinge von Avalon bekommen. Das gibt jedem Verbündeten in Reichweite einen Charisma-Schub und sieht zusammen mit meiner Rüstung verdammt heiß aus.«

»Aha, siehst du? Das meine ich. Ich habe kein Wort davon verstanden, außer ›Skelett‹.« Frank rieb sich die Schläfen. Er hatte seiner Tochter mehr als einmal anvertraut, dass er unbedingt wollte, dass Brian auszieht und sich eine eigene Wohnung nimmt.

»Heute Morgen gab es eine Razzia in einem Pfandleihhaus ...«, fing sie an, aber Brian schnitt ihr das Wort ab.

»Ja, das ist überall im Internet.« Du hast die Arme von dem Kerl in diese Metallstangen gewickelt? Das war stark, Kristen.« Brian nahm sein Telefon heraus und zeigte ihrem Vater das Bild des Kriminellen mit den Armen zwischen den Metallstangen und den über dem Boden baumelnden Beinen. Der Fotograf hatte den Kerl unglücklich erwischt, sodass er eher sauer als bedauernswert aussah.

»War das nötig? Waren deine Handschellen kaputt oder so?«, fragte Frank.

»Nein, ich wollte ihm nur eine Lektion erteilen.«

»Hat der da geschossen?«, wollte ihr Bruder wissen.

Sie zuckte die Achseln. »Ein paar Mal, vielleicht zehnmal oder so. Der Kerl hat aus drei Metern Entfernung auf

35

mich geschossen. Du hättest sein Gesicht sehen sollen, als alles abgeprallt ist.«

Ihre Mutter erstickte fast »Zehn oder so? Kristen, geht es dir gut?«

»Ja, Mom, natürlich.«

»Geht es deinem Team gut?«, lautete die besorgte Frage ihres Vaters mit vollem Mund.

»Ja, es geht ihnen gut. Ich bin eingeschritten, damit keiner von ihnen verletzt wird.«

»Das ist ja grottenschlecht für dein Team! Der verlorene Drache rettet deinen Tag.« Brian ließ seine Faust in die Luft schnellen. »Was noch? Irgendwelche Verfolgungsjagden?«

»Nur eine. Die Jungs hätten wir auch fast verloren. Sie sind auf den Autobahnzubringer gefahren und wir haben ihn verpasst. Drew wollte schon wenden, aber ich bin losgesprungen und habe mich in Stahl verwandelt. Ich bin hinten durch den Wagen gekracht. Ich denke, dass vielleicht mehr als nur meine Haut zu Stahl wird, weil ich auch viel schwerer werde.«

»Cool, ein Cop mit Transformer-Fähigkeiten«, schwärmte ihr Bruder mit einem seligen Grinsen auf dem Gesicht.

»Hat Drew dir das befohlen?«, fragte Frank.

Kristen schüttelte den Kopf. »Nein, er war am Funkgerät und hat Verstärkung gerufen. Sie wären entkommen, wenn ich nicht ...«

»Dein Leben riskiert hättest?«, mischte sich Marty ein.

»Nein, Mom, ich habe mein Leben nicht riskiert. Ich kann mich in Stahl verwandeln, wann immer ich will.« Um ihren Standpunkt zu beweisen, verwandelte sie ihren gesamten Körper, Kleidung und Haare eingeschlossen, bevor sie in ihre normale Form zurückkehrte. »Was gibt es da zu befürchten?«

»Dein Team hat genug von dem Scheiß«, meinte ihr Vater.

»Frank! Pass auf, was du sagst!«, korrigierte Marty die unflätige Sprache reflexartig. Das ging schneller als Kristen ihren Stahl aktivieren konnte.

»Marty, ich meine es ernst. Damals, als ich bei der Polizei war, war das ein großes Thema.«

»Mensch, Dad, irgendwie sehe ich dich nicht als den Superbullen.« Brian wackelte mit den Augenbrauen und starrte gezielt auf Franks runden Bauch.

»Ha-ha-ha, Brian, weil du das Ebenbild eines Gesundheitsfanatikers bist, musst du dich bei dem Thema ja sehr gut auskennen.«

»Mom, Dad nennt seinen eigenen Sohn fett«, jammerte er.

»Wir alle wissen, dass die Kochkünste deiner Mutter besser sind als unsere Willenskraft.«

»Das stimmt«, sagte Kristen und gönnte sich noch ein Stück Lasagne. Sie konnte die Ungerechtigkeit erkennen, denn ohne ihren Drachenstoffwechsel wäre sie wahrscheinlich auch übergewichtig.

»Aber ich habe nicht von mir gesprochen«, fuhr Frank fort. Im Laufe der Jahre hatte sich das Ehepaar daran gewöhnt, trotz der ständigen Unterbrechungen durch die Kinder den Faden nicht zu verlieren. »Ich war ein guter Cop, versteh mich nicht falsch, aber ich war nicht wie Raymond.«

»Oh, Raymond«, sagte Marty wehmütig.

»Ja, siehst du? Genau das meine ich«, murmelte Frank.

»Wer ist Raymond?«, fragte seine Tochter.

»Er war das, was einem Superbullen am nächsten kommen würde – außer bei den jetzigen Umständen. Er verlor nie einen Täter der wegrannte, verlor nie die Beherrschung – nicht vor normalen Leuten und nicht vor dem Captain – er war in Form und er kannte alle Übungen. Er war alles, was du von einem Polizisten wolltest.«

»Also, wo lag das Problem?«, forschte sie nach. »Das klingt nach Inspiration.«

»Das Problem war, dass er dachte, er sei die ganze verdammte Macht. Er hat nicht mit einem Partner gearbeitet, nicht so, wie wir es sollten. Jedes Mal, wenn es eine Verhaftung oder ein Verkehrsproblem oder sonst etwas gab, übernahm er die Führung. Er musste immer als Erster drinnen sein und immer als Erster in die Gefahr rennen.«

»Und lass mich raten, er wurde erschossen«, sagte Brian mit einem Nicken.

»Nein, das wurde er nicht.«

»Nochmal, Dad, ich sehe das Problem nicht«, wiederholte Kristen.

»Er ist tot. Das ist das verdammte Problem.«

»Du hast doch gesagt, er wurde nicht erschossen«

»Wurde er auch nicht. Sie haben einen LKW auf der Autobahn angehalten. Obwohl er der Fahrer war, sprang er vor seinem Partner aus dem Auto und wurde von einem Lastwagen überfahren. Das war's dann für Raymond.«

Einen Moment lang sagte niemand etwas und nur das klappernde Geräusch von Silberbesteck auf Keramikplatten war zu hören.

Aber Kristen konnte nicht schweigen. »Aber das hätte jedem passieren können.«

»Natürlich könnte es das, Krissy. Ich sage nicht, dass es das nicht könnte. Ich sage nur, wenn er die Vorgaben befolgt oder seinem Partner fünf Sekunden lang zugehört hätte, wäre er noch am Leben.«

»Dad, ich kann mich in Stahl verwandeln. Das ist ein wenig anders.«

»Nein, das ist es nicht. Ich weiß, du hältst dich für heiß ...«

»Frank!«

»Verdammt, Marty, das ist wichtig! Krissy, ich weiß, du denkst, du bist heiß ... äh, Mist, und das bist du auch, aber du wirst arrogant. Solange man Teil eines Teams ist, müssen sich alle gegenseitig den Rücken freihalten. Wenn du weiterhin unnötige Risiken eingehst, machst entweder du einen Fehler oder jemand aus deinem Team macht einen.«

»Aber selbst wenn sie einen Fehler machen, wird es mir gut gehen. Ich kann mich selbst schützen.«

»Ihr müsst euch gegenseitig beschützen. Jeder im Team ist am sichersten, wenn das gesamte Team gemeinsam an einem Strang zieht. Du kannst nicht zulassen, dass sich dein Team auf dich verlässt, weil es selbstgefällig wird und ein Fehler könnte auch ein Leben kosten. Sie alle haben mehr Erfahrung und obwohl du ... äh, der verlorene Drache bist oder was auch immer, sind sie immer noch SWAT.«

»Ich denke nur, die Situation ist anders. Ich bin buchstäblich kugelsicher.«

»Vergiss nicht, dass es auch Raketen gibt«, fügte Brian hinzu.

»Das weiß ich, Krissy, wirklich und ich habe mir nie Sorgen um dich gemacht, nicht einmal, als du noch ein mickriger Sterblicher wie wir warst.« Frank kicherte über seinen eigenen Witz und versuchte, die Stimmung aufzulockern, aber niemand sonst beteiligte sich. »Aber du hast auch mit dem Drachen-SWAT gesprochen, oder? Sie sagten, wenn sich deine Kräfte entwickeln, wollen sie dich in ihrem Team haben. Ich verstehe nicht, warum man dich warten lässt, wenn die Bedrohung dort nicht so viel schlimmer ist. Es war nie wirklich ein Teil meiner Welt, aber verdammt, Krissy, was ist, wenn du dich in einer Pattsituation mit einem Drachen wiederfindest? Ich nehme an, dass Drachenfeuer sehr wohl Stahl schmelzen könnte.«

Der Gedanke war ernüchternd. Das Drachen-SWAT hatte Kristen im Grunde genommen schon erklärt, wie sie sie aufhalten könnten, wenn es nötig würde. Obwohl sie bereits schneller und stärker war und ihre Stahlhaut besser unter Kontrolle hatte, so konnte sie sich immer noch nicht in einen Drachen verwandeln.

Ihr Vater schien zu spüren, dass seine Worte endlich zu ihr durchdrangen, denn er lehnte sich zurück, als er weitersprach – das war im Grunde Franks ›Danke fürs Zuhören‹.

»Ich will nicht, dass du unvorsichtig wirst. Sobald Menschen sich so verhalten, als wüssten sie immer, was zu tun ist, machen sie Fehler, das ist einfach so. Ich weiß, es war hart für dich, deinen Partner zu verlieren – das wäre für jeden hart – und ich will nicht, dass das wieder passiert.«

»Aber ich kann sie doch beschützen.«

Er schüttelte den Kopf. »Nicht, indem man ihnen die Fähigkeit nimmt, sich selbst zu schützen. Denk darüber nach, es gibt keine Möglichkeit, jede Person in dieser Stadt zu beschützen. Vielleicht, wenn du das könntest, ich weiß nicht ...«

»Teleportieren? Fliegen? Kopien von sich selbst machen? Die ganze Stadt psychisch kontrollieren?« Brian hielt immer einen Finger hoch, als er jede Unmöglichkeit aufzählte.

»Genau, so etwas. Aber das liegt nicht in deiner Macht und selbst wenn es so wäre, könntest du nicht den ganzen Staat oder das ganze Land schützen. Tatsache ist, dass du Hilfe brauchen wirst. Diese Stadt braucht Hilfe und ich für meinen Teil werde besser schlafen, wenn ich weiß, dass die Menschen dabei helfen, sich gegenseitig zu beschützen.«

»Dad, ich bin immer noch ein Mensch.«

»Ich weiß, dass du das bist. Ich würde sonst keine Lasagne mit dir essen, aber dein Team besteht auch aus Menschen und wenn du sie wie Kinder behandelst, werden sie anfangen, sich wie Kinder zu benehmen. Sie werden Fehler machen und es wird nichts geben, was du dagegen tun kannst.«

»Er hat recht, Liebling«, nickte ihre Mutter weise. »Sieh dir Brian an. Wir behandeln ihn wie ein großes Kind und schau, wohin es uns gebracht hat.«

Brian streckte seine Zunge heraus, legte eine einzelne Olive aus dem Salat darauf und schnappte sie dann aus der Luft wie ein Hund, der einen Trick vorführt.

»Verstanden«, meinte Kristen, was ihr ein anerkennendes Nicken ihrer Eltern und den Hohn ihres Bruders einbrachte. »Ich werde mein Bestes tun, das alles im Auge zu behalten. Ich möchte nicht, dass mein Team schlampig wird.«

Frank sah aus, als wollte er protestieren – vielleicht war das nicht das, was er erreichen wollte – aber stattdessen bat er um mehr Brot und begann sich darüber zu beschweren, dass derzeit die Pistons, seine Lieblingsmannschaft, auch nicht als Team spielten.

KAPITEL 4

Kristen hatte das Abendessen mit ihrer Familie sehr genossen. Das Gefühl der Vertrautheit und des Trostes, das sie dort empfand, wurde noch deutlicher, als sie vierundzwanzig Stunden später mit ihrem Team im Renaissance Center ankam.

Alle waren gut gekleidet, na ja, fast alle. Drew und Beanpole sahen gut aus. Sie trugen beide einen Smoking, der gut passte. Butters trug einen Seersucker-Anzug mit Hosenträgern. Er scherzte darüber, dass jeder wissen solle, dass er aus dem Süden kam. Trotzdem sah er nervös und mehr als nur ein wenig unbehaglich aus. Keith trug Jeans, einen Blazer mit einem Hemd und war sauer, dass ihm niemand gesagt hatte, er solle sich einen Smoking leihen. Hernandez jedoch schockierte alle am meisten.

Ihr weißes, hochgeschlossenes Kleid war mit Pailletten bestickt. Sie hatte es mit Handschuhen und weißen Strumpfhosen kombiniert. Nicht eine einzige Tätowierung war sichtbar.

»Wow, Hernandez ... äh, Lyn. Du siehst toll aus«, sagte Drew verblüfft.

»Können wir uns beruhigen und nicht mehr darüber reden? Ich habe noch nie eine Tätowierung an einem Drachen gesehen und ich trage diese Gräueltat seit meiner Quinceañera auf der Haut, also ging ich davon aus, dass ich die ganze Tinte besser verdecken sollte. Red sieht übrigens auch verdammt heiß aus.«

»Zur Hölle ja, das tust du«, meinte Keith, als sie über den Parkplatz in Richtung des Renaissance Centers gingen. »Rot steht dir offensichtlich auch gut und die Kette ist … na ja …« Er grinste, schaute auf ihre Brüste, dann bemerkte er, dass sie ihn ansah und dann auch auf ihre Brüste, also verlagerte er seinen Blick auf ihre Beine. »Deine Beine sehen auch toll aus. Äh … gesund.«

Butters legte eine Hand auf den Rücken des Mannes. »Tu dir selbst einen Gefallen, Frischling und sei still.«

»Richtig, äh, natürlich. Ja, guter Plan«, murmelte Keith.

Sie betraten das Erdgeschoss des Gebäudes und wurden von einem dunkelhäutigen Mann mit einem aufwendigen Muster in seinem kurzen Haar begrüßt. Er trug ein rotes mit Gold verziertes Gewand und ein Symbol am Hals, das Kristen nicht kannte.

»Lady Hall, nehme ich an«, sagte er. Seine tiefe, voll klingende Stimme hatte den Hauch eines Akzentes, der darauf schließen ließ, dass er zumindest in Übersee studiert hatte.

»Ja, ähm, woher wissen Sie das?« Sie konnte keine Aura spüren, also hielt sie ihn nicht für einen Drachen.

»Ihr Gesicht ist überall in den Nachrichten, Lady Hall. Jeder in dieser Stadt kennt Sie, auch die, die nicht an der Tür der prestigeträchtigsten Party des Mittleren Westens arbeiten.«

Ja. Ja, natürlich. Kristen beschloss, keine dummen Fragen mehr zu stellen. Glücklicherweise kümmerte sich Keith verlässlich darum.

Drachenaura

Als sie in den Aufzug traten, zeigte er auf die Kreise und Linien, die in den Haarschnitt des Mannes rasiert waren. »Sie sind also ein Drache? Tragen Sie deshalb diese Zeichen?«

»Lady Hall ist ein Drache und ihr Haar braucht keine Muster mit Runenzauber«, erwiderte der Mann trocken.

»Also ... sind Sie kein Drache?«, fuhr der Frischling fort und seine Dummheit schien sich mit jedem Stockwerk, das sie hochfuhren, zu verdoppeln.

»Ich bin ein Magier.« Der Mann verbeugte sich vor Kristen, nicht vor Keith. »Sie können mich Enfuegus nennen.«

»Wow, heilige Scheiße, Enfuegus, das ist ein toller Name. Hat Ihnen den Ihre Mutter bei Ihrer Geburt gegeben oder haben Sie ihn sich später ausgesucht oder was?« Keith grinste, sonst aber niemand.

»Verdammt, Kleiner, mein richtiger Name ist Daryl«, sagte Enfuegus genervt und sein Akzent verschwand, sodass er genau wie jeder andere Detroiter klang. »Das bricht aber die Stimmung der Nacht – die Drachen hassen das, also benutze ich meinen Magiernamen. Sie sind übrigens nicht gut genug gekleidet.«

»Oh, verdammt, ich wusste es!«, protestierte Keith.

»Wenn du es gewusst hast, warum bist du nicht entsprechend angezogen?« Beanpole arrangierte geschäftig seine Manschettenknöpfe.

»Machen Sie sich keine Sorgen. Betrachten Sie dies als den Segen von Enfuegus«, sagte der Magier mit seiner tieferen, leicht akzentuierten Stimme. Er schaute Keith an, hob einen mit Juwelenringen bestückten Finger, sprach eine Beschwörungsformel und plötzlich trug der Frischling eine Fliege, eine Hose und einen Kummerbund unter seinem Jackett.

»Verdammt! Sieh dir das an«, staunte Keith über seine neue Bekleidung.

»Leider kann ich gegen solche Zwischenrufe nichts tun«, bedauerte Enfuegus. »Bitte, benehmen Sie sich anständig. Denken Sie daran, dass die Gäste dieser Party seit Jahrhunderten die richtige Ausdrucksweise geübt haben. Man mag dem neuen Drachen etwas Nachsicht entgegenbringen, aber Menschen – vor allem unhöfliche – werden nicht toleriert.«

»Wollen Sie damit sagen, dass wir in Gefahr sind?« Drews Körperhaltung änderte sich, als der Aufzug zum Stillstand kam.

»Ich weiß nicht, mein Herr«, antwortete der Magier. »Es ist ja nicht so, dass sie jemals jemanden vom Dach geworfen hätten, der nicht fliegen konnte. Vielleicht denken sie zuerst daran mich zu holen, um ihren Hintern nach draußen zu begleiten, aber verlassen Sie sich nicht darauf. Bleiben Sie cool. Sie reagieren nie besonders gut, wenn jemand eine Szene macht.«

»In Ordnung«, nickte Drew und rutschte in den SWAT-Modus. »Denkt daran, euch gegenseitig den Rücken freizuhalten. Ich gehe mit Beanpole an die Bar. Butters und Hernandez, ihr geht Essen. Ich will wissen, ob es Tapas gibt, ob man sich selbst bedienen muss und wie lange das Essen reicht. Keith, du bleibst bei Hall – streich das. Keith, du bist eine verdammte Belastung. Du gehst mit Butters. Hernandez, du bist bei Red. Ihr beide seht ... äh, nun, eine Kevlarweste wird euch echt nicht gerecht.«

Alle salutierten.

Enfuegus rollte mit den Augen. »Viel Glück«, meinte er, als sich die Türen des Aufzuges zum Dach des Hotels öffneten.

Sie traten hinaus auf die dekadenteste und aufwendigste Party, die Kristen je erlebt hatte. Offensichtlich war ihr Liftboy nicht der einzige Magier, der in dieser Nacht arbeitete. Goldene Kugeln schwebten über dem Dach und blieben trotz der leichten Brise und der Tatsache, dass sie nirgends verankert waren, hartnäckig an Ort und Stelle.

Dazwischen tanzten Flammenketten und warfen helle Funken, während sie einem unsichtbaren Muster folgten, das Kristen nicht identifizieren konnte.

In dieser berauschenden Atmosphäre befanden sich die Gäste und obwohl Kristen das teuerste Kleid trug, das sie finden konnte, fühlte sie sich sofort fehl am Platz. Ihr Kleid passte gut, aber im Vergleich zu denen auf der Party hätte sie genauso gut einen Kartoffelsack tragen können.

Jede Frau auf dem Dach trug ein formvollendetes Kleid aus hochwertigem Stoff und im Stil vergangener Jahrhunderte. Kristen fragte sich, ob die Kleider tatsächlich echt oder nur Projektionen der Drachenkörper waren, so gut sahen alle aus.

Die Männer trugen meist Smokings, nur wenige hatten sich für eine schwarze Standardjacke mit weißem Hemd entschieden. Sie trugen Stoffe in funkelndem Silber, strahlendem Gold, grellem Violett, feurigem Rot und einem Dutzend anderer Farben. Ungewöhnlich war auch der Schnitt ihrer Kleidung. Statt einfacher Krawatten hatten viele der Männer ausgefallene, aufwendige Ergänzungen am Körper, die ihr wie das Äquivalent zu Hörnern und Stacheln erschienen.

Weitere Magier bewegten sich zwischen den Gästen und Tabletts mit Speisen und Getränken schwebten umher. Wenn ein Drache eine Erfrischung wollte, musste er nicht auf einen Kellner warten, sondern konnte einfach das Getränk ordern. Kristen wären beinahe die Augen herausgefallen, als ein Drache nach einem Glas gestikulierte, dieses einfach vom Tablett schwebte und in seiner Hand landete, ohne einen Tropfen zu verschütten.

Die anwesenden Pixies überraschten sie ein wenig. Sie hatte schon einmal welche gesehen, aber sie waren immer noch ein seltsamer Anblick, abgesehen davon, dass sie sie hier irgendwie nicht erwartet hatte. Sie waren klein – etwa so groß wie Kindergartenkinder – mit großen Augen und riesigen schwarzen Pupillen, die das Licht einfingen. Trotz der unterschiedlichen Hauttöne hatten die meisten viele Sommersprossen, lange spitze Ohren und extrem lange Haare. Sie trugen leichte, fließende Kleidung, die kaum dazu beitrug, ihre dünnen Arme und Beine zu verstecken und sie taten nichts dafür, ihre Flügel zu verbergen.

Für einen Moment starrte Kristen einfach auf die Flügel. Sie war auf einer Party mit geflügelten Kreaturen, es schien fast unwirklich. Die Flügel der Pixies waren insgesamt undefinierbar. Einige ähnelten eher Schmetterlingen und andere waren durchscheinend wie die eines Käfers. Als sie die Flügel anstarrte, flatterte einer der Pixies so schnell mit den Flügeln, um sie als nichts weiter als einen verschwommenen Fleck erscheinen zu lassen. Sie … sie? Kristen konnte nichts mehr erkennen – erhob sich und brüllte: »Neue Gäste!«

Drachenaura

Augenblicklich trat Stille ein und jeder auf dem Dach – jeder Magier, jeder Pixie und jeder Drache – drehte sich um, um das Team anzustarren.

Alles in allem war es ein überwältigendes Gefühl, das Kristen empfand, als sie aus dem Aufzug stieg.

»Äh ... Hi, ich bin Kristen«, stammelte sie.

Die Pixies lachten, die Magier gingen wieder an die Arbeit und die Drachen wandten sich ihren Gesprächspartnern zu, was zugleich deprimierend und sehr erleichternd war.

»Alles klar, haltet euch an den Plan«, erinnerte Drew. Er und Beanpole gingen los. Keith und Butters folgten einem Schwarm von schwebenden Garnelen und ließen Hernandez und Kristen alleine zurück.

Fast sofort kam eine Frau auf sie zu. Ihr schwarzes Haar war in aufwendigen Zöpfen arrangiert worden und ihr lilafarbenes Kleid mit Schleppe bedeckte kaum ihre Brüste. Sie lächelte und zeigte perfekte Zähne – mit Ausnahme der Eckzähne, die vielleicht ein wenig zu scharf waren – und streckte Kristen ihre Hand in einem schwarzem Satinhandschuh entgegen.

»Na, wenn das nicht der verlorene Drache ist. Ich bin Marliana Seasdeep. Freut mich.«

Kristen nahm die dargebotene Hand und schüttelte sie fest. Die Frau ergriff ihre kaum und ihr wurde klar, dass sie wahrscheinlich ihren ersten Fauxpas gelandet hatte. Anscheinend sollte man bei eleganten Dinnerpartys nicht versuchen, seinem Gegenüber bei einem Handschlag die Hand zu zerdrücken.

»Sag mir, wie fühlt es sich an, noch in Menschenkleidern zu stecken?«

»Wahrscheinlich ungefähr so komfortabel wie es sich anfühlt, seine schuppige Drachenhaut in ein Gewand aus welchem Jahrhundert auch immer zu stopfen«, erwiderte Hernandez mit einem Lächeln.

Marliana zischte seltsam durch die Nase. Es dauerte einen Moment, bis sie erkannten, dass sie lachte. »Kluges Mädchen. Clever, sehr clever. Ich habe nicht erwartet, dass Menschen so ... gewitzt sind. Aber vielleicht haben Sie recht. Es ist Zeit für ein Update.«

Sie griff in ihr Haar, löste die Zöpfe und schüttelte es. Kristen war froh, dass Keith nicht da war. Er wäre wahrscheinlich in Ohnmacht gefallen. Hernandez keuchte hörbar, als sich das lilafarbene Kleid in eine modernere Variante verwandelte. Es bedeckte kaum ihre Oberschenkel und hatte vorne eine Aussparung eingeschnitten, die – obwohl sie weniger Haut zeigte – ihr beeindruckendes Dekolleté noch besser in Szene setzte.

»Gefällt dir das besser?«, schnurrte Marliana fast.

Hernandez nickte. »Ja, Ma'am.«

»Lyn, du sabberst«, flüsterte Kristen.

Die Sprengmeisterin schloss ihren Mund so schnell, dass ihre Zähne klapperten.

»Es ist ein Vergnügen, euch bei uns zu haben. Ich weiß, dass Sie neu in unserer Gemeinschaft sind, aber lassen Sie mich wissen, wenn ich Ihnen etwas Gutes tun kann.«

»Uns etwas tun?«, murmelte Hernandez und klang dabei hoffnungsvoll.

»Dir. Pardon, ein Versprecher.« Marliana zwinkerte Hernandez zu und entschuldigte sich dann.

»Sie haben eine Aura, denk dran. Du musst einen klaren Kopf behalten«, sagte Kristen zu ihrer Teamkollegin, während sie sich weiter ins Gewühl stürzten.

»Du hast leicht reden. Du bist immun oder was auch immer. Sie war ... Normalerweise stehe ich nicht auf Tussis, aber verdammt, bei ihr war ich endlich mal glücklich, bi zu sein.« Hernandez schüttelte den Kopf und versuchte, den Drachen aus ihren Gedanken zu entfernen.

»Ah! Ich hatte gehofft, dass Sie zur Party kommen würden«, sagte Vincent Goldenrod, der Drache, der sie eingeladen hatte und trat an die beiden heran.

»Wieso das? Weil sonst jeder hier zum älteren Semester gehört?« Das war Keith, der durch die Menge gekommen war und gerade ein schwebendes Russisches Ei in den Mund gestopft hatte.

»Was? Natürlich nicht«, antwortete Goldenrod. »Wie kommen Sie überhaupt dazu, so etwas zu sagen?«

»Nun, ist Kristen nicht der jüngste Drache im Raum, ein paar hundert Jahre jünger oder so?«

Der Drache sah etwas verdutzt aus. »Wir ... Sir Trevor Lance wird sein erstes Jahrhundert erst in ein paar Jahren abschließen ... und da ... ah, sind sicher noch ein paar andere. Aber für Drachenverhältnisse sind viele von uns noch recht jung. Die Meisten hier sind weniger als fünfhundert Jahre alt.«

»Das kaufe ich dir nicht wirklich ab, Opa«, antwortete Keith frech, was Hernandez ein Kichern entlockte. Das war das Außergewöhnlichste, was Kristen je bei ihr erlebt hatte und dass sie ein Quinceañera-Kleid trug. Diese Nacht war voller Premieren.

»Keith«, schimpfte Butters, »dieser Herr ist ein Ältester. Etwas Respekt ist angebracht.« Der Scharfschütze schenkte Goldenrod sein freundlichstes Lächeln, aber der Drache sah weiterhin ein wenig verärgert aus. Er blinzelte ein paar Mal und studierte die Polizisten, als ob er sie verstehen wollte. Er wurde davor bewahrt, einen Kommentar abgeben zu müssen, denn ein anderer Drache mischte sich in das Gespräch ein.

»Es ist, wie ich sagte, Goldenrod, sie ist schon zu lange bei den Menschen.« Der Mann trug einen perfekt sitzenden grünen Anzug, dazu ein silbernes Hemd mit aufwendigen Rüschen an der Brust. Er hatte einen dünnen Schnurrbart, der ihn herrisch aussehen ließ.

»Sie hat nicht so lange bei Menschen gelebt wie du, weil … weißt du, sie ist kein Dinosaurier«, sagte Hernandez zu dem Mann und verdiente sich damit den ersten finsteren Blick des Abends. Sie schien stolz darauf zu sein, ihn erhalten zu haben.

»Sie hat recht«, erklärte Butters fröhlich. »Schließlich bist du schon viel länger unter Menschen, als sie.«

»Und doch habe ich einen Grad an Abstand bewahrt, den dein Drache nicht hat«, antwortete der Mann mit dem Schnurrbart.

»Sie gehört uns nicht«, sagte Drew, als er in ihren kleinen Kreis trat, zwei Getränke in jeder Hand. Er gab je einen an Kristen und Hernandez und einen an Butters. Beanpole – groß und ruhig hinter dem Teamleiter – hatte einen für Keith. »Die Menschen denken nicht so über sich.«

»Oh, das tun sie ganz sicher«, höhnte der grüne Drache. »Schließlich war die Sklaverei eure Erfindung.«

»Und diese Magier, die ihr hier habt, können tun, was immer sie wollen?« Drew hatte den Blickkontakt zu dem Mann nicht unterbrochen.

»Sag mir, Mensch, ist es das, was du willst? Magier unkontrolliert Magie wirken lassen? Diese Macht, die diese Menschen ausüben können, ist weitaus gewaltiger als eure verheerendsten Kriegswaffen. Ohne Drachen würdest du auf deinen Knien um Abfälle betteln.«

»Ist ein Leben, in dem man Drachen dient anders?«, fragte Kristen und war nicht sicher, ob sie darauf eine Antwort erhalten oder vom Dach des Gebäudes geworfen werden würde.

»Gerade wegen unserer Langlebigkeit sind wir in der Lage, eure Anführer zu beraten«, sagte der Drache. »Wir sind in der Lage, Trends bei eurer Spezies zu erkennen – die Erfindung und die Auswirkungen der Elektrizität oder den politischen Willen, die Sklaverei zu beenden – und helfen ihnen auf diesen Wegen. Wir sind nicht an diktatorischer Herrschaft interessiert, weil wir lange genug leben, jede Freiheit zu erreichen, die wir benötigen«.

»Ich denke, Sie leben nur lange genug, weil Sie nicht wirklich Ihr Leben für die Leute riskieren, die Sie mit Klimaanlagen oder den Zutaten für diese schicken Getränke versorgen.« Kristen hielt ihr Glas hoch, um ihren Standpunkt zu unterstreichen.

»Genau deshalb wollte ich diese Veranstaltung für Lady Hall«, warf Goldenrod ein. Er sah nervös aus. Offensichtlich war er besorgt über den Gesprächsverlauf und vermutete, dass ihm in dieser Nacht alles entgleiten würde.

»Ich sehe nichts Besonderes darin, sein Leben unnötig zu riskieren«, antwortete der grüne Drache hochnäsig.

»Dem kann ich nur zustimmen«, sagte Kristen und verdiente sich eine angehobene Augenbraue. »Aber mein Leben zu riskieren, um die Männer und Frauen dieser Stadt zu schützen, ist definitiv nicht unnötig«, beendete sie das Gespräch eisig.

Er zuckte verächtlich mit dem Schnurrbart, entschuldigte sich und verschwand in der Menge.

»Zum Wohl!«, sagte Beanpole leicht undeutlich. »Auf unsere Feinde hier, die uns auslöschen könnten, wenn sie nicht so anständig wären.«

»In der Tat.« Goldenrod nickte. »Es gilt als ziemlich schlechtes Verhalten, einen Menschen zu essen, wenn so viele gut gekochte Hors d'oeuvres herumschweben.«

Hernandez hob ihr Glas. »Darauf trinke ich.«

Das Team stieß mit den Gläsern an und trank dann – nachdem sie von Goldenrod dafür getadelt wurden, keinen Augenkontakt hergestellt zu haben. Anscheinend hatte er einige Jahrhunderte in Europa verbracht und fand die amerikanische Angewohnheit, das Glas beim Anstoßen anzustarren, anstatt den Freunden in die Augen zu schauen, ziemlich sinnlos.

Das Getränk war – ganz einfach – die unglaublichste Flüssigkeit, die Kristen je getrunken hatte. Zuerst schmeckte sie die Süße der Melasse, das löste sich ziemlich schnell auf und Alkohol und Zimt kämpften um die Vorherrschaft auf ihrer Zunge. Das Getränk erwärmte ihren ganzen Körper, als sie schluckte und ein leichtes, würziges Brennen blieb zum Schluss in ihrem Mund.

Ab da trennte sich das Team wieder.

Goldenrod folgte Kristen eine Zeit lang und stellte ihr Fragen über das Leben mit Menschen und wie es sich anfühlte, sie zu verteidigen. Sogar seine Fragen kamen ihr seltsam vor. Sie hielt sich immer noch für einen Menschen, also war die Verteidigung der Menschen nur natürlich. Die Nacht schritt voran und er rief nach weiteren Getränken. Die Drachen waren in der Lage, die Aufmerksamkeit der Bediensteten auf eine Art und Weise zu erhalten, wie es Menschen nicht konnten – in Kristens Kopf drehte sich alles und sie begann sich immer weniger menschlich zu fühlen.

Als Erstes fielen ihr die Auren auf, die sich aus den Drachen ergossen. Sie benutzten sie nicht, um sich gegenseitig zu beeinflussen, zumindest nicht in der Weise, wie sie das Verhalten der Sterblichen beeinflussten. Stattdessen nutzten sie die Aura, um Punkte im Gespräch zu untermalen.

Als sie von einem Gespräch zum nächsten ging, fühlte sie verschiedene Schattierungen von Ekel – diese Aura kam oft von denen, die ihr höflich zu sagen versuchten, dass sie aufhören sollte, sich mit den Menschen abzugeben. Andere hingegen fanden sie einfach faszinierend. Goldenrod war nicht der Einzige mit Interesse an ihr. Viele der Drachen waren ebenso neugierig auf sie und ihre Auren verrieten das auch.

Die schlimmste Begegnung der Nacht folgte nach ein paar Stunden und ein paar Drinks und sie fragte sich später, ob der angriffslustige Drache das so geplant hatte.

Kristen hatte sich von Goldenrod getrennt und stand am Rande des Geschehens im Gespräch mit Butters und einem ziemlich kleinen weiblichen Drachen mit spanischem Akzent und einem erstaunlichen, orangefarbenen Flamencokleid.

Sie sprachen über das Reisen und darüber, dass das Flugzeug ohne Drachen, die zum Fliegen inspiriert hatten, vielleicht nie erfunden worden wäre – oder zumindest war der Drache im orangefarbenen Kleid dieser Meinung. Butters argumentierte, dass die Menschen nicht von Drachen, sondern von Vögeln inspiriert worden waren, weil die meisten Menschen jeden Tag ihres Lebens Vögel sahen, während nur wenige Menschen jemals Drachen gesehen hatten.

Die Frau war offensichtlich anderer Meinung, aber sie blieb höflich. Kristen war gerade unter leichtem Alkoholeinfluss dabei einzugreifen, als sich jemand durch die Menge drängte.

»Bitte, nicht jetzt«, rief Goldenrod von hinten, aber die Person ließ sich nicht abschrecken.

Ein Mann – ein Drache in Menschengestalt – tauchte aus der Menge auf. Er trug einen schiefergrauen Anzug und eine Augenklappe. Er ging über die fortgesetzten Proteste von Goldenrod auf Kristen zu und kam schwankend zum Stillstand.

»Geben Sie es zu, Sie sind eine verdammte Schwindlerin«, sagte er unverblümt.

»Verzeihung?« Kristen drehte sich zu ihm um, ihr wurde plötzlich schmerzlich bewusst wie weit über den Straßen der Stadt sie wirklich stand.

»Entschuldigen Sie die Unterbrechung, Lady Hall. Das ist Sir Thomas Ironclaw.«

Ironclaw hob die Augenbraue über seinem gesunden Auge und schwang eine Faust vor ihr. Sie wurde zu Eisen – das dunkle, lichtschluckende Schwarz von Gusseisen.

»Sir Thomas glaubt ...«

»Halt die Klappe, Goldenrod, bevor ich dir den Kiefer einschlage. Ich kann für mich selbst sprechen.«

»Können Sie das?«, fragte Butters milde.

Der Neuankömmling stand Kristen gegenüber und seine Aura rollte wie eine Flutwelle über sie. Sie erkannte, dass sie in der Gegenwart dieses Drachen Angst – nein, Schrecken – empfinden sollte. Der Zweck dieser

Drachenaura

Aura war es, sie so zu verängstigen, dass sie sich vom Dach stürzen würde, statt sich dem Zorn des gottähnlichen Wesens vor ihr zu stellen.

Kristen fühlte das natürlich überhaupt nicht und bevor Butters auf die Aura reagieren konnte, benutzte sie ihre eigene. Sie hatte das noch nie zuvor getan, aber nachdem sie die ganze Nacht von Drachen umgeben war, hatte sie das Gefühl zu wissen, wie es funktionierte. Bis zu diesem Moment hatte sie die Auren der Drachen mit ihrem eigenen Gefühl der Zuversicht blockiert, also versuchte sie einfach, dieses Gefühl auf ihren Teamkollegen auszudehnen.

Es funktionierte vielleicht etwas zu gut.

Der Scharfschütze spannte seinen Kiefer an und machte einen Schritt in Richtung Ironclaw. »Ich glaube, Sie schulden Lady Hall eine Erklärung.«

Eine Menge hatte sich nicht versammelt – dafür waren die Drachen offensichtlich viel zu höflich – aber sie ignorierten den Austausch auch nicht. Jedes Auge, das die beiden Drachen diskret erfassen konnte, tat genau das und jedes Auge, das die Gesichter von Ironclaw und Kristen nicht direkt beobachten konnte, fixierte die, die es konnten.

»Du bist eine Schwindlerin«, wiederholte Ironclaw.

»Eine was?«, fragte Kristen und verwandelte ihren ganzen Körper in Stahl.

»Du bist das kleine Projekt eines Magiers, das losgelassen wurde oder du besitzt ein Stück Technik, das die Menschen erfunden haben. Du bist keine von uns, *du* bist kein Drache.«

»Und doch habe ich das Gefühl, dass mein Stahlkörper deine Metallhand in einem Kampf immer noch schlagen würde.«

Ironclaw warf den Kopf zurück, lachte laut auf und brachte das kleine Gespräch zum Schweigen. Ein Schauer durchfuhr Kristen, als eine kalte Brise über das Dach wehte. Ein paar der schwebenden goldenen Kugeln flackerten, ein paar der Flammenfäden erloschen.

»Du willst kämpfen, Mädchen? Gut, lass uns kämpfen.«

Kristen hob ihre Fäuste.

Er lachte noch lauter. »Glaubst du, ich werde in dieser erbärmlichen Form gegen dich kämpfen? Was machst du, wenn ich dich vom Dach hole und fallen lasse?«

»Du kannst mich nicht umhauen«, sagte sie ziemlich lahm. Ihr fehlte Selbstvertrauen, denn es hatte leicht zu regnen begonnen, gerade genug, um die Oberfläche rutschig zu machen und ihr Haar zusammenfallen zu lassen. Sie und Hernandez waren die einzigen Frauen, deren Haare unter dem Nieselregen litten.

»Du magst mit deiner glänzenden kleinen Schale mehr wiegen, aber meine Flügel machen meine eisernen Krallen so kräftig, dass sie aus Steinbergen Kieselsteine machen. Ich habe den Mongolenhorden geholfen, die große Mauer Chinas zu zerschlagen, Mädchen. Glaubst du, du kannst dich gegen mich stellen, weil du dich gegen Kugeln gewehrt hast? Nur ein einziger Drache wurde je von einer Kugel getötet und sie war nicht diese erbärmliche Variante, die ihr Menschen so gerne aufeinander loslasst.«

Ein blendender Blitz zischte und schlug in den Blitzableiter an der Spitze des Wolkenkratzers ein, auf dem sie alle standen. Der Donnerschlag war stark genug, das Dach zu erschüttern und Gläser zu zerbrechen.

Drachenaura

»Ich glaube, das reicht, Thomas«, sagte ein Mann, als er aus der Menge trat. Er war schwer zu sehen, da die Kugeln, die ihm am nächsten waren, alle erloschen. Er trug einen schwarzen Anzug, der alles Licht schluckte das auf ihn fiel.

»Sebastian – bitte, ich habe das unter Kontrolle«, protestierte Vincent Goldenrod.

»Dem kann ich nicht zustimmen. Thomas ist in die Nacht abgeglitten und hat dabei unsere Gäste beleidigt.« Er war deutlich größer als jeder andere auf der Party und auch breiter, seine Erscheinung ließ selbst Drew schmächtig erscheinen. Sein schwarzer Pferdeschwanz und sein Spitzbart waren genauso mitternachtsschwarz wie sein Anzug. Als er sich näherte, schlug der Blitz in ein anderes Gebäude ein und für einen Moment war er voll im Licht gebadet. Die einzige Farbe neben seiner gebräunten Haut war das Blutrot seines Seidenhemdes, seiner Krawatte und den Streifen auf seinen schwarzen Handschuhen. Kristen hatte das Gefühl, dass er zumindest teilweise für den Blitz verantwortlich war. Ironclaws finsterer Blick auf das Wetter schien ihren Verdacht zu bestätigen.

»Sag mir nicht, dass du jetzt anders denkst, Shadowstorm! Als wir vorhin sprachen ...«

»Ich habe des Teufels Advokat gespielt, du Narr«, knurrte der dunkle Drache. »Das ist unzivilisiert, vor allem vor den Menschen. Du schuldest unserem Gast eine Entschuldigung – eine richtige Entschuldigung.«

Es erfolgte ein Keuchen und Kristen hatte das Gefühl, dass eine einfache Entschuldigung nicht ausreichen würde.

»Du beleidigst mich«, protestierte Ironclaw und entfaltete die Flügel aus seinem Rücken begleitet von

Geräuschen wie rasselnde Ketten und klappernde Zahnräder.

»Du beleidigst dich selbst. Du forderst diese junge Frau zum Kampf heraus, obwohl du genau weißt, dass Macht nicht immer gleich Recht bedeutet oder sollen wir die Ereignisse der amerikanischen Revolution wiederholen?«

»Deine Maßnahmen wurden nicht vom Rat genehmigt und die Schlacht, die du losgetreten hast, war nicht sauber.«

»Ich weiß nicht, ich denke, die Geschichte und ich neigen dazu, die Dinge anders zu betrachten.« Shadowstorm zwinkerte mit dem Auge, das der andere Mann hinter einer Augenklappe versteckte. Kristen hielt das nicht für einen Zufall.

»Wir kämpfen, Bruder«, brüllte Ironclaw.

Ein Blitz schoss erneut vom Himmel und blendete sie. In der darauf folgenden Dunkelheit bewegte sich Shadowstorm zu Ironclaw und schlang einen Arm um seinen Hals. Sie konnte nicht sagen, ob er mit seiner Drachengeschwindigkeit dorthin gelangt war oder sich irgendwie mit der Dunkelheit bewegt hatte.

»Knie nieder, Bruder und bitte unseren Gast um Verzeihung.«

»Niemals!« Der andere Drache spuckte seinem Widersacher ins Gesicht.

Als Reaktion darauf hob Shadowstorm ihn einfach am Hals hoch, nahm ihn an seinem Kummerbund hoch und warf ihn über den Rand des Gebäudes in den stärker werdenden Regensturm.

Er stürzte vielleicht vierzig Stockwerke ab, bevor ein Geräusch wie eine zum Leben erwachende Dampfmaschine

Drachenaura

dem plötzlichen Auftauchen eines Drachen im Regen vorausging. Ironclaws Flügel fingen die Luft ein, er flog in die Stadt und zerstörte im Vorbeiflug mit seiner eisernen Klaue den Schornstein einer verlassenen Fabrik, während er sich vom Hotel wegbewegte.

Es herrschte allgemeine Aufbruchsstimmung. Der Regen hatte eigentlich niemanden nass werden lassen, aber er hatte die schwimmenden Hors d'oeuvres zu Brei gemacht und die Flammenfäden gelöscht.

»Oje, ich entschuldige mich«, sagte Sebastian Shadowstorm zu Kristen und verbeugte sich tief.

»Sie müssen sich für nichts entschuldigen«, sagte sie.

»Doch, ich will, wirklich. Denn seht ihr, ich habe vorhin mit Thomas über die Eigenheiten eurer Kräfte gesprochen und er muss meine Neugierde falsch interpretiert haben.«

»Und dann ist da natürlich noch der Regen«, fügte Goldenrod hinzu. Er runzelte die Stirn über den anderen Drachen.

»Ja, in der Tat und ich fürchte, dass der Verlust meiner Beherrschung die Party gesprengt hat. Lass mich sehen, ob ich ...« Shadowstorm schloss die Augen und atmete ein paar Mal tief durch. Als er ausatmete, wehten starke Windböen über das Dach. So konnte er das Wetter kontrollieren. Sie hatte sich nie wirklich gefragt, was Drachen tatsächlich können, aber jetzt fand sie heraus, dass es das einzige war, was sie wirklich interessierte.

Der Wind brachte ihren noch immer stählernen Körper nicht ins Wanken, obwohl sie erleichtert war, dass Butters mit ihr am Rand des Wolkenkratzers stand und nicht Hernandez.

Trotzdem war es zu spät. Goldenrod hatte recht damit, dass das Ambiente ruiniert war. Zumindest für einige der anständigeren Drachen.

Ein Pixie huschte zu einem kleinen Tisch, den sie bisher nicht bemerkt hatte, setzte sich Kopfhörer auf und begann, Platten abzuspielen, während die Lautsprecher beiderseits einen tiefen Bassbeat ausstießen.

»Das ist verrückt«, sagte Keith, als er zu ihnen taumelte, einen Drink in jeder Hand. »Plötzlich werde ich bedient!«

Kristen lächelte. Das überraschte sie nicht. Mehr als die Hälfte der Gäste hatte sich entweder in den Aufzug zurückgezogen oder war einfach vom Rand des Gebäudes gesprungen. Drachen verschiedener Farben flogen in alle Richtungen davon. Sie hatte noch nie so viele an einem Ort gesehen. Es mussten fast hundert gewesen sein!

Drew und Beanpole kamen einen Moment später. Der Teamleiter sah nur spärlich amüsiert aus – das bedeutete, dass er zwei Getränke intus hatte, mehr als sie je gesehen hatte – und Beanpole wankte ein wenig.

»Gib mir meine verdammten Schuhe zurück, du verdammter Pixie!«, schrie Hernandez. »Die brauche ich für den Heimweg.«

»Wie, auf dem Boden etwa?«, antwortete der Pixie mit hoher, summender Stimme und warf die Schuhe vom Dach. Er begann herumzufliegen und mit ein paar anderen Pixies zur Musik zu tanzen. Kristen dachte nicht, dass es ein Versehen war, dass der Pixie weit außerhalb der Reichweite von Hernandez blieb.

Drachen gesellten sich zu den Pixies auf der Tanzfläche – obwohl sie nicht darüber schwebten – und bald war auf dem Dach nichts mehr von der Dinnerparty zu sehen, sondern ein Rave im Gange.

»Wie auch immer. Diese verdammten Absätze haben mich sowieso fast umgebracht«, murmelte Hernandez und ihre nassen Füße klopften auf das Dach, als sie sich der Gruppe näherte.

»Danke für Ihre Hilfe, Sir Shadowstorm«, sagte Kristen zu dem riesigen Mann.

»Das war doch nichts. Ironclaw und ich gehen uns seit Jahrhunderten gegenseitig an die Kehle. Wirklich, ich sollte Ihnen danken. Ich hatte seit Jahrzehnten keine Ausrede mehr dafür, ihn von einem Gebäude zu werfen und bitte, nennen Sie mich Sebastian, Lady Hall.«

»Kristen genügt. Und ... danke, wirklich. Wenn er mich vom Gebäude geschubst hätte, weiß ich nicht, was passiert wäre. Er hatte recht, wissen Sie. Ich kann mich immer noch nicht in einen Drachen verwandeln.«

»Ich bin sicher, dass ich, Goldenrod und die Hälfte der Gäste hier sich in einem Wettrennen hinter Ihnen hergeworfen hätten, um zu sehen, wer der Drache sein könnte, der die holde Maid in ihrer Not rettet.«

Goldenrod nickte bejahend, aber bevor er etwas sagen konnte, bekam Hernandez Schluckauf und sprach.

»Jungfrau in Not?«, lachte die Frau. Sie war ebenfalls betrunken, so viel war klar. »Wieso nennen wir sie nicht so, anstatt Red, meine ich?«

»Ich bin so froh, dass ihr alle noch Spaß habt«, meinte Shadowstorm. »Aber weder Flucht noch Verwandlung sind Dinge, die einem jungen Drachen leicht fallen. Es ist wahr, die meisten von uns verbringen die ersten Jahrzehnte eher in ihrer Drachenform als in menschlicher, aber der Prozess der Formveränderung ist in beiden

Fällen der gleiche. Es wäre mir eine Ehre, Ihnen dabei zu helfen.«

»Es ist nicht schwer«, sagte Goldenrod und schnippte die Haare zurück. Als seine goldene Mähne auf seinem Rücken landete, war er bereits ein Drache und wackelte mit seinem Schwanz im Takt.

»Es ist aber auch nicht einfach, Vincent«, erklärte Shadowstorm. Kristen hatte das Gefühl, dass er auch sagen könnte, dass Goldenrod leicht betrunken wäre, wie sie sagen konnte, dass Hernandez und Keith betrunken waren.

»Ich weiß nicht, wie lange Sie noch vorhaben, hier zu bleiben. Diese Partys können sich ziemlich ausdehnen, aber bitte nehmen Sie meine Karte und rufen mich an, wenn Sie etwas brauchen.« Der dunkle Drache reichte ihr seine Karte. Sie war so schwarz wie sein Anzug, mit seinem Namen und einer Telefonnummer in Dunkelrot gedruckt – ansonsten war die Karte leer.

»Danke, ja. Das mache ich.«

»Wollen wir jetzt tanzen?« Er streckte seine Hand aus, als würden sie Walzer zu einem von Mozart komponierten Stück tanzen, statt eines Dubsteps, der mit Schlagzeug und Bass erdröhnte.

Sie zuckte mit den Achseln und nahm seine Hand.

KAPITEL 5

Nach dem Tanzen führte Sebastian den Stahldrachen in den Loungebereich und beauftragte einen der Magier damit, die Sofas zu trocknen und Getränke zu bringen. Der Magier gehorchte hastig, blies heißen Wind über die Sitzgelegenheiten und verbeugte sich vor Sebastian genau so, wie es niedere Hausdiener tun sollten.

»Das war toll«, sagte seine Begleiterin und lächelte ihn an.

Er lächelte daraufhin nachsichtig. Es war einfach unglaublich, diese Frau hatte Monate seiner Arbeit zunichtegemacht. Sie hatte seinen Decknamen als Detroits Verbrecherboss beinahe entlarvt, Mister Black. Er hatte seinen Männern befohlen, sie mit Scharfschützengewehren, Maschinengewehren und sogar einem Raketenwerfer anzugreifen. Es gab niemanden, der mehr getan hatte, seine Pläne zu vereiteln und er spendierte ihr jetzt Getränke. Aber sie war doch kein Mensch, oder?

»Ich dachte, da ... na ja, Sie sind ja schon eine Weile hier auf der Erde, also ist diese Art von Musik vermutlich nicht gerade Ihr Ding«, lachte Kristen.

Sie war noch so sehr menschlich. Da war sie, sprach mit einem der mächtigsten Drachen der westlichen Hemisphäre – zumindest nach seinem Selbstverständnis

– und erkundigte sich nach seinem Musikgeschmack? Wenn schon die Entdeckung, dass sie ein Drache war, eine Errungenschaft darstellte, dann eine sehr überzeugende.

»Ehrlich gesagt ist es nicht unbedingt eine Stärke vieler meiner Brüder und Schwestern, über die Musiktrends auf dem Laufenden zu bleiben, aber – wenn man in Motown lebt – empfinde ich es sowohl als angenehm als auch essenziell die hier lebenden Menschen zu verstehen. Außerdem ist es recht einfach. Frag die Pixies, was sie so hören. Sie haben die Aufmerksamkeitsspanne von Kindern und hören nur die neuesten Musikgruppen«.

»Bands«, verbesserte der Stahldrache – Kristen, ihr Name war Kristen, erinnerte er sich.

»Verzeihung?« Er wusste nicht, was sie damit sagen wollte. Er nahm ein Getränk von dem Magier und trank einen Schluck in der Hoffnung, einen Schwips vortäuschen zu können.

»Musikgruppen nennt man Bands ... ach egal, ist nicht so wichtig. Kann ich Sie etwas fragen?« Sie holte das schwebende Getränk aus der Luft und dankte dem Magier fürs Bringen. Das war so altmodisch, dass es fast süß wirkte.

»Natürlich dürfen Sie mich etwas fragen – unter dem Vorbehalt, dass ich ebenfalls eine Frage stellen darf.«

»Das scheint fair zu sein.« Sie nippte an ihrem Drink. »Das schmeckt gut. »Sie lächelte breit. Das Rätsel um die Geheimnisse eines Drachens zu lösen, erschien ihr nur allzu einfach. »Sind das wirklich alles Ihre Brüder und Schwestern? Und wenn sie es sind, heißt das dann, ich bin es auch?«

Drachenaura

»Alle Drachen sind insofern Brüder und Schwestern, als wir gleichberechtigt sind, aber unser Stammbaum ist ähnlich kompliziert wie bei den Menschen. Sie Brüder und Schwestern zu nennen, ist nur ein geflügeltes Wort, fürchte ich und doch bringt es mich direkt zu meiner Frage«.

»Und die wäre?«, wollte sie wissen, nachdem er eine Pause eingelegt hatte. Es war gut, Leute dazu zu bringen, Fragen beantworten zu wollen. Das half, das Misstrauen in Grenzen zu halten.

»Ich muss zugeben, ich bin schrecklich neugierig, wie Sie zum verlorenen Drachen geworden sind, über den die Medien so eifrig berichtet haben«, meinte Sebastian beiläufig. Die Gäste hier hatten sie hoffentlich die ganze Nacht um Informationen gedrängt und sie würde sich wohl nichts dabei denken, wenn ein weiterer Drache nach ihrer Vergangenheit fragte.

»Sie und ich, wir beide!«, platzte sie heraus und kicherte. Der Alkohol war ihr nach der Tanzerei direkt zu Kopf gestiegen.

»Was meinen Sie damit?«

»Ich habe keine Ahnung, wie ich zum Drachen wurde oder was auch immer.« Sie nippte an ihrem Getränk. »Ich weiß nur, dass irgendein Arschloch eine Rakete auf mich abgefeuert hat und – bumm – Stahlhaut.«

»Ja, ich fürchte, mit dem Teil Ihrer Geschichte bin ich mehr als vertraut. Aber was war davor? Haben Sie keine Hinweise auf Ihre Herkunft?«

»Meine Herkunft? Sie meinen wie Spider-Man?«

»Entschuldigen Sie.« Er hoffte, dass er aus diesem Schlamassel wieder herauskommen würde. Das klang schon viel zu konkret. »Ich meinte nur, dass Sie nicht das leibliche Kind von dem Mann und der Frau sein können, die Sie aufgezogen haben, denn dann wären Sie kein Drache.«

»Sind Sie sich da sicher?« Sie wackelte mit den Augenbrauen.

»Ja. Absolut. Menschliche Frauen können keinen Drachen gebären, nicht ohne das Ei zu zerquetschen.«

»Oh. Sie sind also geschlüpft?«

»In der Tat.«

»Nun, ich schätze, das bin ich wohl auch.« Sie zuckte mit den Achseln und verschüttete ihren Drink. Er orderte einen neuen. »Nun, Sie haben wahrscheinlich gehört, was ich den Medien gesagt habe. Eine Frau hat mich nach meiner Geburt vor der Tür abgelegt. Meine Mutter hatte Fruchtbarkeitsprobleme, also sahen sie mich als einen Segen an. Meine Eltern taten so, als wäre ich im Ausland geboren. Ich schätze, das ist vielleicht illegal oder so, aber ich habe meinen Führerschein, also ist es jetzt zu spät.«

»Und diese Frau, die Sie zurückgelassen hat ... haben Sie eine Ahnung, wer sie war?«

Diese Frage ließ sie nüchtern werden. »Nein. Nein, ich weiß es wirklich nicht. Wieso? Ist das wichtig?«

Er zuckte die Achseln und lächelte schief. »Ich weiß nicht, ob es wichtig ist, aber interessant? Sicherlich.«

Kristen runzelte die Stirn.

Vielleicht war sie doch nicht so betrunken, wie er angenommen hatte. Er würde dieses Gespräch bald beenden müssen, aber er hoffte, sich noch herausreden zu können. »Sie sind ein Stahldrache, etwas, das niemand zuvor gesehen hat. Dieser alte Säufer Ironclaw ist das, was Ihren Kräften am nächsten kommt und er

Drachenaura

hat sich diese Reliquie in einem Kampf verdient, den er gegen einen Magier verloren hat. Zusätzlich zu Ihren einzigartigen Fähigkeiten sind Sie der Liebling der Medien, weil Sie ein Mensch und damit greifbar sind. Viele Leute könnten wegen Ihrer sich manifestierenden Kräfte denken, sie selbst könnten schlafende Drachen sein. Im Moment sind Sie also das Interessanteste auf der Welt.«

»Nun, danke, Sir ... äh ... Shadowstorm, richtig?«

»Ja, das ist richtig, aber bitte, nennen Sie mich Sebastian oder soll ich Sie lieber Lady Hall nennen?«

»Gott, nein!«, lachte sie.

Sebastian grummelte innerlich. Einer ihrer kleinen, lästigen Freunde kam genau in diesem Moment, um ihr Gespräch zu unterbrechen.

»Da bist du ja, Kristen.« Es war der Dicke, wie er unzweifelhaft erkennen konnte.

»Hey Butters, ich habe mich hier mit Sebastian unterhalten«, sagte sie.

»Verzeihen Sie, Sir«, sagte der Mann und verbeugte sich. Zumindest dieser kannte die gebührende Ehrerbietung gegenüber Personen oberhalb des eigenen Standes.

»Bitte, ich sollte mich entschuldigen. Ich habe die Aufmerksamkeit Ihrer Freundin genossen, statt sie die Party genießen zu lassen. Ich sollte jetzt wirklich gehen. Das Böse schläft nie und so ...« Sebastian stand auf, neigte seinen Kopf leicht Richtung Butters – eine Geste der Anerkennung, die zu seinem höheren Stand passte – und ging.

Mit dem Rücken zu ihnen musste er seinen finsteren Blick nicht mehr verbergen, als er den Mann über den anderen menschlichen Abschaum jammern hörte, der die Party ebenfalls besucht hatte.

»Beanpole hat Hernandez' Schuhe von dem Pixie zurückbekommen. Ich glaube, er hat mit drei Pixies gewettet, dass er größer ist als sie zusammen, aber Keith hatte die Schuhe schon vollgekotzt. Hernandez will jetzt gehen und wir sollten Keith wahrscheinlich hier wegbringen.«

»Argh«, stöhnte Kristen daraufhin. »Können wir auf dem Rückweg Burger besorgen?«

Sebastian schüttelte den Kopf, als er sich in seine Drachenform verwandelte und von der Seite des Gebäudes sprang. Schattenwolken umhüllten ihn im Fallen und verdunkelten seinen Körper, bis er als voll ausgebildeter Drache aus den Wolken hervorbrach. Ähnlich wie ihr Aussehen war auch die Verwandlung jedes Drachen ein wenig anders. Seine Wolken aus Dunkelheit waren alles andere als gewöhnlich. Einmal verwandelt, waren seine Schuppen schwarz wie Kohle, seine Klauen wie Obsidian und seine Augen hatten die Farbe von geschmolzener Lava.

Mit einem einzigen Flügelschlag erhob er sich über die Skyline von Detroit. Die Menschen unter ihm sahen nichts als einen Schatten und fühlten nichts als einen Hauch von Angst, während er mit Flügeln, so leise wie Wolken, über ihnen schwebte.

Das Mädchen war real. Er bezweifelte sehr, dass sie ein Drache war, der irgendwo per Zufall entstanden war. Stattdessen glaubte er, dass sie tatsächlich von Menschen aufgezogen worden war – armes Ding – und erst jetzt zu ihren Kräften kam und was für Kräfte.

In seinen Händen konnte sie die mächtigste Waffe werden, die die Welt je gesehen hatte. Natürlich musste es Grenzen für ihre Fähigkeiten geben, aber wenn sie als Mensch einer Raketenexplosion standhalten konnte, wäre sie wirklich beeindruckend, sobald sie ihre Drachenform einnehmen könnte.

Oder eine echte Bedrohung.

Sie hatte offensichtlich einen speziellen Sinn für Gerechtigkeit und war ihren menschlichen Freunden gegenüber loyal – ein Gefühl, bei dem er immer darauf geachtet hatte, es nicht für andere und vor allem nicht für Menschen entstehen zu lassen. So mancher Drache hatte sein Ende gefunden, nachdem er sich auf einen Menschen eingelassen und seine Gefühle die Entscheidungen getroffen hatten. Es war viel zu spät, ihr das beizubringen. Es war besser im Hinterkopf zu behalten, dass sie eine verletzliche Familie hatte und ihre Emotionen gegen sie einzusetzen, wenn es notwendig werden sollte.

Und das würde es. Wenn Kristen irgendwann ihre Drachenform annehmen würde und irgendwie fähig wäre trotz Stahlhaut zu fliegen, wäre sie fast unaufhaltsam.

Dennoch war er begeistert von der Aussicht, mehr über sie zu erfahren und sie vorsichtig in seine Machenschaften einzubeziehen, die sie schon einmal so gründlich ruiniert hatte.

Die Frage war, wie man sie am besten in den Griff bekäme, um sie manipulieren zu können. Wenn er sich irgendwie als ihr Mentor positionieren könnte, während er gleichzeitig ihre Fähigkeiten testen würde, sollte das zweckdienlich sein. Es würde schwierig werden, aber Sebastian Shadowstorm liebte jede Herausforderung.

Er landete auf der Rückseite einer alten Autofabrik. Es war nicht vollständig gelogen gewesen, als er Kristen gesagt hatte, er hätte noch zu arbeiten, nicht erst am Morgen, sondern schon in der Dämmerung.

Allein in der Dunkelheit verwandelte er sich in seine unförmige menschliche Gestalt. Die Größe war etwas, das die Drachen an ihren menschlichen Körpern nicht beeinflussen konnten, glücklicherweise aber die Kleidung. Statt eines Smokings schuf er einen einfachen schwarzen Anzug mit einem roten Hemd. Er behielt seine schwarzen Handschuhe an, denn er hasste es, sich die Hände schmutzig zu machen. Das hatten er und sein Pseudonym, Mister Black, gemeinsam.

Er beobachtete das Gelände, sah aber niemanden und schaute auf die Uhr. Sie zeigte an, dass er fünf Minuten zu spät gekommen war, was bedeutete, dass die verdammten Söldner besser hier sein sollten.

»Hände hoch«, sagte ein Mann in schwarzer Tarnausrüstung mit Nachtsichtbrille, rollte hinter einem Auto hervor, landete in der Hocke und richtete ein Sturmgewehr auf den verkleideten Drachen.

»Ich habe gesagt, dass ich sehen will, wozu ihr fähig seid. Das hier beeindruckt mich nicht.« Er ließ gelangweilt die Fingerknöchel knacken.

»Los«, meinte der Mann leidenschaftslos hinter seiner Nachtsichtbrille. Eine Kugel traf den Boden nur wenige Zentimeter von Mister Blacks linkem Schuh entfernt. Ein anderer schlug ein paar Zentimeter vor seinem rechten ein, obwohl er aus der entgegengesetzten Richtung kam.

Sebastian schaute sofort nach oben – Drachen konnten im Dunkeln sehen, also brauchte er kein

Nachtsichtgerät – und lokalisierte einen Scharfschützen auf einem der benachbarten Gebäude.

»Dein Mann sitzt in der Kabine des Sattelschleppers. Ich könnte ihm ein Ende bereiten, noch bevor er einen Atemzug macht. Der andere ...«

»Hat den Befehl, Sie zu erschießen, wenn Sie sich umdrehen, um zu versuchen, ihn zu identifizieren. Wir wissen, dass eure Art im Dunkeln sehen kann. Deshalb haben Sie uns doch eingestellt.«

»Ich bin etwas mehr beeindruckt. Aber du weißt doch, dass ich mich im Handumdrehen verwandeln kann und Kugeln ... nun, sie wurden nicht wirklich weiterentwickelt, oder?«

»Keine Bleikugeln, nein«, sagte der Mann. Sein Grinsen war der einzige sichtbare Teil seines Gesichtes unterhalb der Nachtsichtbrille. »Aber wie ich schon sagte, deshalb haben Sie Profis mit unserem Ruf geholt.«

»In der Tat.« Sebastian lächelte. »Sehr gut. So soll es sein. Es ist ja nicht so, als würde euer Ziel irgendetwas von irgendjemandem erwarten.«

»Sollen wir den Plan jetzt sofort umsetzen?«

»Keineswegs. Macht weiter wie besprochen. Das Ziel, das ich für euch ausgewählt habe, sollte es für jeden, der genauer hinschaut, wie eine Art feindliche Immobilienübernahme aussehen lassen. Ich habe andere Agenten, die Land aufkaufen. Zusammen sollte dies für genug Aufsehen in den Reihen derer sorgen, die hier in der Stadt bisher das Regiment führen«.

»Sehr gut, Sir«, meinte der Söldner und senkte schließlich die Waffe. »Und die Nachrichten über sie sind korrekt?«

»Soweit ich das beurteilen kann, ja. Sie muss noch ihr volles Potenzial aktivieren, aber das könnte schon bald der Fall sein. Wie auch immer, ihr müsst davon ausgehen, dass SWAT einen Drachen hat und dass die erfolgreiche Begegnung mit diesem Drachen die Höhe eurer Boni bestimmt«.

»Oh ja, Sir. Ich möchte Ihnen für diese Gelegenheit danken. Wir können es kaum erwarten, sie zu treffen.«

KAPITEL 6

Am nächsten Montag kam ein neuer Rekrut im Revier an – als Ersatz für Jonesy, dachte Kristen verbittert. Ihr Teamfrischling versuchte schnell, den neuen Kerl mit diesem Spitznamen auszustatten, noch bevor er ankam, aber niemand war daran interessiert, jemanden außer Keith so zu nennen.

Sie war in der Lounge und stritt mit Butters darüber, wer den letzten mit Gelee gefüllten Donut essen durfte, als Drew mit dem Neuen auf den Fersen hereinkam.

»An alle, das ist der Neue. Neuer, das sind Butters und Hernandez. Da ist natürlich noch Kristen, obwohl du sicher schon Bilder vom ›Verlorenen Drachen‹ oder so im Fernsehen gesehen hast.«

»Hallo zusammen. Mein Name ist Jim, Jim Washington.« Er war eher kleiner, Afroamerikaner und sah fit aus, obwohl er nicht die geformten Muskeln aus dem Fitnessstudio hatte wie Drew. Er streckte seine Hand aus.

Hernandez nahm sie und versuchte prompt sie mit ihrem Griff zu quetschen, was ihr aber letztendlich nicht gelang. »Willkommen«, sagte sie auf sehr rätselhafte Weise. Kristen fragte sich, ob sie bereits darüber nachdachte, ihm in einer Softair-Schlacht zu begegnen.

Jim griff als Nächster nach Kristens Hand, aber sie war mit Puderzucker bedeckt. Sie wischte sie eilig am

Bein ihrer Uniform ab, wollte seine Hand dann schütteln, aber er sah nicht allzu erfreut darüber aus.

»Du bist also sie, hm?« Er studierte sie mit unverhohlener Neugierde. »Ich muss sagen, obwohl ich dein Foto gesehen habe, ist es nicht ganz das, was ich erwartet habe.«

Sie wischte sich die Hand kräftiger an der Hose ab. Vielleicht wollte er sie wegen des Puderzuckers nicht schütteln, obwohl sie doch sicher alles entfernt hatte.

»Ich habe auch von dir gehört. Wonderkid, richtig?«, warf Butters ein, bevor Kristen fragen konnte, warum genau dieses ›Wunderkind‹ ihr nicht die Hand schütteln wollte. Waren es wirklich nur die klebrigen Finger?

Jim grinste. »Anscheinend haben vierundzwanzig Jahre nicht viel Aussagekraft, obwohl ich vier Jahre bei den Marines und zwei weitere bei der Polizei von Detroit gearbeitet habe. Sie nennen mich immer noch ›das Kind‹.«

»Das klingt, als wärst du schon in einigen brenzligen Situationen gewesen«, kommentierte Drew.

»Oh, ja, Sir. Ich habe einige Zeit im Nahen Osten verbracht, um im Krieg anderer Leute zu kämpfen. Ich bin jetzt froh hier zu sein, wo ich tatsächlich etwas bewirken kann.«

»Was meinst du damit?«, fragte Hernandez. Sie hatte einen Bruder im Irak verloren.

»Nun, ehrlich gesagt, unser internationales System wäre viel einfacher, wenn jemand anderes als der Mächtigste das Kommando hätte.« Sein Blick wanderte zu Kristen, als er dies sagte und er konnte ein höhnisches Grinsen kaum zurückhalten.

Drachenaura

»Glaubst du, ich habe etwas mit den Terroristen zu tun, die unser Land angreifen, nur weil ich ein Drache bin?«, erkundigte sie sich und mochte die Feindseligkeit in seinen Augen überhaupt nicht.

»Nicht du, nein, aber deine Art? Ja. Wenn die herrschende Drachenklasse nicht mit ihrem Reichtum und ihrer Macht so verdammt protzen würde, käme sich der einfache Mann vielleicht nicht so verdammt oft verarscht vor«.

»Du behauptest also, die Drachen sind schuld am Krieg?« Hernandez hob eine Augenbraue.

Er zuckte die Achseln. Kristen hatte das Gefühl, dass diese Geste so kalkuliert war. »Ich sage, dass die Menschen in diesem Land vom Krieg profitieren. Sicher, einige von denen sind normale Leute, aber die meisten an der Spitze interessieren sich nicht für normale Leute. Sie würden die Armen lieber fressen.«

»Hast du vielleicht Angst, ich könnte dich fressen?«, lächelte Kristen und zeigte ihre Zähne.

»Ich sage, wenn du es versuchen solltest, werde ich bereit sein«, antwortete er.

Drew mischte sich ein. »Das war genug Politik. Jim ist im Team, weil er der beste Kandidat für diese Position war. Du trittst in große Fußstapfen, Wonderkid, aber deine Akte sagt, du solltest sie mit der Zeit füllen können.«

»Das habe ich auf jeden Fall vor.« Jim hatte seinen Blick immer noch nicht von Kristen abgewendet.

»Na gut. Wonderkid, nimm dir einen Donut. Wir gehen gleich den Papierkram durch. Ich muss aber zuerst mit Captain Hansen reden.« Der Teamleiter ließ Butters, Hernandez und Kristen mit dem Neuankömmling allein.

»Du sagst also, Drachen hätten unser letztes Auslandsengagement ausgelöst, doch wir haben Menschen im Kongress, die diesen Krieg autorisiert und besprochen haben.« Hernandez lächelte, offensichtlich zufrieden mit sich selbst, weil sie ein brennendes Streichholz in einen Benzintank geworfen hatte.

»Ich habe gesehen wie es ist, wenn die Reichen und Mächtigen versuchen, sich den Reichtum zu holen, der ihnen nicht gehört.« Er hob die Hände, als wollte er zeigen, dass er nur das Offensichtliche gesagt hatte. »In der Regel bekommen sie ihn auch und meistens werden dabei ganz normale Leute erschossen.«

»Mit den Reichen und Mächtigen meinst du in Wirklichkeit Drachen.« Kristen legte ihre Hände auf die Hüften.

»Nun, für den Anfang, jeder verdammte Drache, von dem ich gehört habe, ist reich und mächtig. Sie haben in der Vergangenheit normale Menschen manipuliert, einfach weil sie mächtiger sind und denken, dass es deshalb in Ordnung ist.«

»Denkst du, ich bin reich und mächtig?«, rastete sie aus.

»Noch nicht«, erwiderte er. »Aber ich habe auch gehört, dass du direkt von der Polizeiakademie zum SWAT gekommen bist.«

»Das war, bevor jemand auch nur ahnen konnte, dass ich ein Drache bin.«

»Ich habe im Internet gelesen, dass ›Drachen-SWAT‹ dabei interveniert hat«, erwiderte er schlau. Daran hatte er sich jetzt offensichtlich festgebissen.

»Und wenn man es im Internet liest, ist es automatisch wahr?«, fragte Butters ungläubig. »Nicht unbedingt die seriöseste aller Quellen, das Internet.«

»Dann ist es also nicht wahr?«, fragte Jim unverblümt.
Sie zuckte die Achseln.

Hernandez lachte. »Du solltest verdammt noch mal glauben, dass es wahr ist. Sie kam hierher, so grün wie ihr Haar rot ist.«

»Ich habe viel Zeit investiert«, protestierte Kristen.

»Vermutlich, aber sicher keine sechs Jahre«, antwortete Jim.

»Also, warst du nicht auf dem College?«, wollte Butters wissen.

»Nein, Sir. Aber das heißt nicht, dass ich dumm bin. Ich habe etwas von der Welt gesehen, als ich unterwegs war. Daher habe ich mich entschieden, hierher zurückzukommen, um meine Heimatstadt zu unterstützen. Ich will nicht, dass es in Detroit so schlimm wird, wie an einigen der Orte, die ich während meiner Dienstzeit gesehen habe.«

»Hier gibt es aber Drachen«, warf Kristen ein. »Ist das kein Problem für dich?«

»Meine Aufgabe ist es dafür zu sorgen, dass die Drachen nicht zum Problem werden.«

Sie sahen sich an und Kristen konnte fühlen, wie ihre Aura zu sprudeln begann. Sie wollte diesem Mann Angst einjagen, er sollte Reue darüber empfinden, wie er Kristen Hall anhand von Nachrichtenmeldungen beurteilt hatte, ohne sie überhaupt getroffen zu haben. Ein Teil von ihr wollte ihm Angst einjagen vor der Frau, die durch Kugeln gehen konnte, aber ihr anderer Teil wusste, dass er zumindest ein klein wenig recht hatte.

Als die Gangs sich zusammengetan und versucht hatten, Detroit zu übernehmen, war ein Drache dafür verantwortlich gewesen. Als sie – auch ein Drache – die kleine Rebellion niedergeschlagen hatte, indem sie fast alle von ihnen getötet hatte, war den Drachen, die gekommen waren, um den Vorfall zu beenden, der Verlust von Menschenleben egal gewesen.

Aber sie war nicht so. Sie war von Menschen aufgezogen worden, nicht von Drachen und sie hatte geweint, als Jones – ein Mensch, und zwar einer mit Fehlern – gestorben war. Entgegen seiner Meinung war sie nicht wie die anderen Drachen, die sich hoch über der Stadt tummelten und feierten, die sie aus dem Schatten heraus regierten.

Sie holte tief Luft und brachte ihre Aura zum Schweigen. Ihre Drachenkräfte auf ihn anzuwenden, nachdem sie sich gerade erst kennengelernt hatten, war nicht der Weg, etwas zu erreichen. Sie wollte, dass Jim sie respektierte und nicht fürchtete.

»Weißt du ...« Er schüttelte den Kopf, um seinen Geist von der Aura zu befreien, die sie unbeabsichtigt aufgebaut und dann absichtlich zum Schweigen gebracht hatte. »Ich bin aus Detroit. Ich bin hier, um den Menschen in dieser Stadt zu helfen. Solange wir das alle tun, habe ich kein Problem.«

Kristen hatte beabsichtigt, ihm zu sagen, dass sie auch ein Auge auf ihn haben würde, aber Drew brüllte los, bevor sie es tun konnte.

»Wir haben eine paar Irre«, schrie er über den Flur. Schritte machten deutlich, dass Keith und Beanpole auch nach draußen kamen.

»Wo liegt das Problem, Officer?«, grinste Butters.

»Wir haben eine Gruppe Kriminelle, die sich in einem verlassenen Gebäude verschanzt hat. Es gibt keine Geiseln und keine Forderungen, aber anscheinend sind sie schwer bewaffnet und die Polizei von Detroit hat ein SWAT-Team angefordert. Ich will, dass sich alle bereit machen und in weniger als fünf Minuten im Wagen sitzen. Das gilt auch für dich, Wonderkid.«

»Ja, Sir!«, schrien alle einstimmig und Jim folgte Kristen in den Ausrüstungsraum. Sie fragte sich, ob er ihr schon übel nahm, dass sie vor ihm den Flur hinunterlief.

KAPITEL 7

Bei ihrer Ankunft fand die Spezialeinheit ein verlassenes, fünfstöckiges Gebäude vor, das von Polizei umzingelt war.

»Bringen Sie uns auf den aktuellen Stand, Officer«, sagte Drew zu dem Polizisten, der auf sie zukam, als sie aus dem Wagen stiegen.

»Es wurde länger nicht geschossen«, informierte der Beamte – Johnson, so stand auf seiner Uniform. »Wir haben respektvoll Abstand und uns bedeckt gehalten. Geschossen wurde nur, als wir zu nah kamen.« Er zeigte mit dem Daumen auf einen Streifenwagen hinter ihm. Die Windschutzscheibe war zertrümmert und die Motorhaube des Fahrzeuges von Einschusslöchern durchsetzt. Einige andere Fahrzeuge hatten ebenfalls beschädigte Scheiben.

»Sie müssen gut versorgt sein, wenn sie sich Fehlschüsse auf Autofenster leisten können«, meinte Jim, als wäre er seit Jahren bei SWAT, nicht erst seit 30 Minuten.

»Fehlschüsse? Wovon zum Teufel sprichst du?«, protestiere Johnson.

»Anstatt nur den einen Wagen zu zerstören, haben sie bei ein paar weiteren die Scheiben zertrümmert. Das zeigt, dass sie reichlich Munition haben und die Fähigkeit, nur die Ziele zu treffen, die sie wollen. Das sieht für mich wie eine Botschaft aus.«

»Hör zu, Wonderkid, nur weil du zum SWAT-Team abbeordert wurdest, heißt das nicht, dass du dich groß aufspielen darfst.« Das Gesicht des Streifenpolizisten zeigte deutlich, dass er schon länger Probleme mit Jim Washington hatte.

»Erzählen Sie uns, was vorher passiert ist«, befahl Drew und beendete damit den Wortwechsel.

»Ja, sicher, aber da gibt es nicht viel zu erzählen. Jemand bemerkte diesen Einbruch und wir haben ein Fahrzeug hier hingeschickt.« Der Mann zeigte wieder auf den Streifenwagen mit erheblichen Schäden. »Er wurde unter Beschuss genommen und rief nach Verstärkung. Sie versuchten es mit drei Fahrzeugen, die wurden aber auch mit Schüssen zurückgedrängt. Dann noch einmal – Befehl oder nicht – mit sechs Fahrzeugen, mit dem gleichen Ergebnis. Daraufhin haben wir uns zurückgezogen, das Gebäude abgeriegelt, damit die Arschlöcher drinnen bleiben und das SWAT-Team gerufen.«

Drew nickte. Anscheinend wusste er das alles schon. »Verluste?«

»Null.« Johnson musste beinahe grinsen deswegen.

»Ich dachte, Sie sagten, Sie wurden mehrfach beschossen.«

»Wurden wir, aber niemand wurde getroffen. Glauben Sie mir, das ist ein verdammtes Wunder. Die haben da oben Automatikwaffen – Polizistenmörder – und sie haben sich verteilt. Wir haben einen an einem Fenster lokalisiert und es rausgeschossen, aber sie waren auch an einem anderen, ein paar Stockwerke drüber. Meine Jungs haben sie aber eingekesselt.«

»Das unterstützt meine Theorie, dass sie versuchen, uns eine Botschaft zukommen zu lassen«, sagte Jim.

Kristen lernte schnell, warum ihn alle Wonderkid nannten.

»Darüber weiß ich nichts«, setzte Johnson an, aber Drew hatte begonnen, Befehle zu erteilen und der Mann hielt klugerweise den Mund.

»Butters und Beanpole, ich will euch ...« Der Teamleiter ließ seinen Blick über die nahegelegenen Gebäude schweifen. »Da drin. Eigentlich auf dem Dach. Beanpole, meinst du, da oben gibt es ausreichend Deckung für unseren Superscharfschützen?«

Der Mann hob sein Fernglas, sah kurz auf das Dach und nickte. »Da stehen ein paar Klimaanlagen, die noch ausgetauscht werden müssten. Die alten Modelle sind groß genug, um ihn dahinter zu verbergen.«

»Das nehme ich dir jetzt übel, aber danke«, sagte Butters über die Schulter. Er war schon dabei, seine Waffe zusammenzubauen.

»In Ordnung. Der Rest von uns geht getarnt durch Rauchgranaten hinein. Wonderkid, wenn du diesmal aussetzen willst, ist das für mich in Ordnung. Ich will nicht, dass jemand an seinem ersten Tag so etwas machen muss.«

»Das ist nicht mein erster Tag. Ich habe schon Rauchgranaten benutzt und außerdem habe ich monatelang auf einen Platz im SWAT gewartet. Mich juckt es in den Fingern.« Er schnallte sich ein Sturmgewehr um.

Kristen runzelte kurz die Stirn, weil Jim im Grunde genommen darauf gewartet hatte, dass jemand sterben würde, schüttelte diesen Gedanken aber schnell ab. Das war unproduktiver Blödsinn. Jonesy war weg und nichts konnte das ändern. Ihr Ziel war es nun, niemanden mehr zu verlieren und dazu gehörte auch das

Wunderkind. Sie würde ihn beschützen, so wie sie es für alle in ihrem Team tat und das würde ihn hoffentlich anders über Drachen denken lassen.

»Hernandez, Keith, wenn ihr uns die Ehre erweisen würdet?«, sagte Drew, nachdem er Gasmasken verteilt hatte.

»Auf geht's, Frischling. Denk daran, zuerst den Stift zu ziehen und dann zu werfen.« Hernandez mimte, wie sie den Stift zog und damit die Granate scharf machte.

»Ich weiß, wie man eine Granate benutzt«, beschwerte sich Keith, aber passte gut auf, als Hernandez herunterzählte.

»Drei, zwei, eins, bumm, bumm, los«, rief die Frau. Sie und Keith schleuderten jeweils ihre Granate auf das Gebäude. Bevor diese überhaupt angefangen hatten zu rauchen, folgten zwei weitere. In wenigen Augenblicken war der Parkplatz zwischen der Polizei und dem fünfstöckigen Gebäude in Rauch gehüllt.

»Los gehts. Gebt euch gegenseitig Rückendeckung. An der Spitze will ich ...«

»Ich mach das, Sir«, sagte Kristen, bevor er aussprechen konnte, verwandelte ihre Haut in Stahl und führte alle durch den Rauch.

Schüsse krachten von oben. Meistens konnte sie diese nicht sehen, aber manchmal kam einer näher, durchbohrte den Rauch und hinterließ eine wirbelnde Wolke. Sie ignorierte die Schüsse. Ihre selbst gewählte Rolle war es, das Gebäude als Erstes zu erreichen und ihre Gegner zum Rückzug zu bewegen, damit ihr Team sicher eintreten und die Ausgänge bewachen konnte, während sie das Gebäude räumte.

Sie bemerkte etwas an ihrer Brust und grinste. Das war offensichtlich eine Kugel, aber interessant war, dass sie von vorne gekommen war. Es gab also Schützen im Erdgeschoss, was bedeutete, dass sie die richtige Wahl getroffen hatte, voraus zu stürmen und ihr Team hinter sich zu behalten. Sie hatte etwas zu erledigen.

Augenblicke später betrat sie das Gebäude. Das Erdgeschoss war entkernt. Die gesamte Ebene war offen mit Betonpfeilern, die eine Decke in etwa zwei Meter Höhe trugen. Es kam nur sehr wenig Licht durch die Fenster und jede einzelne Säule war breit genug, um jeden zu verbergen mit Ausnahme von Butters.

Wer auch immer durch den Rauch auf sie geschossen hatte, wollte seine Position offensichtlich nicht verraten, denn im Moment war es völlig still. Sie hatte auch keine Schüsse aus den höheren Ebenen gehört. Vielleicht waren alle hierher gekommen und dachten, sie würden dem SWAT-Team eine Falle stellen.

Pech für sie. Sie konnten den Stahldrachen nicht aufhalten.

Es war zu dunkel, als dass ihre Stahlhaut viel Licht reflektieren konnte – also bewegte sich Kristen mit erhobener Waffe in den Raum, sodass sie eine offensichtliche Bedrohung darstellte. Mit etwas Glück stieß sie auf einen ihrer Gegner hinter einer Säule – er würde ihre Waffe sehen, versuchen zu schießen und schon wäre für ihn alles vorbei. Wenn das die anderen dazu veranlassen würde anzugreifen, wäre sie in der Lage, einen nach dem anderen abzuknallen.

Es funktionierte. Nach weniger als einer Minute gab jemand in der Nähe der anderen Seite des Raumes seine Deckung auf. Die Person – sie nahm an, dass es ein Mann war, weil es in der Regel Männer waren, die ihre Waffen für Macht schwangen – sprang heraus, gab so viele Schüsse wie möglich auf sie ab und rannte weiter durch den Raum, bevor er sich hinter einer anderen Säule duckte.

Sie musste lächeln. Das war zu einfach. Obwohl sie von Dutzenden Kugeln getroffen wurde, war sie unverletzt. Hatten diese Typen die Nachrichten nicht gesehen? Waffen konnten die Polizei nicht mehr aufhalten, nicht mit Kristen Hall – dem verlorenen Drachen, dem Stahldrachen – beim SWAT.

»Ergebt euch und das hier läuft friedlich ab«, rief sie und setzte ihre Aura ein während sie sprach.

Es hatte zu gut funktioniert. Diesmal sprangen drei Männer aus der Deckung, jeder hielt kurz inne, schoss auf sie zu und alle verschwanden durch eine offene Tür. Sie wollte ihnen Angst einjagen und dachte, sie hätte es getan, aber vielleicht war es zu viel. Vielleicht hatte sie die Vorstellung von Terror, die sie in ihre Aura hatte einfließen lassen, übertrieben. Anstatt sie dazu zu bewegen, sich zu ergeben, hatte sie sie um ihr Leben rennen lassen.

Kristen seufzte mürrisch – sie wünschte sich wirklich, sie könnte ihre Drachenkräfte besser kontrollieren – und machte sich auf die Suche.

»Hall! Verdammt, Hall, warte mal«, schrie Drew über Funk. Sie blickte hinter sich und erkannte, dass der Rest ihres Teams es durch den Rauch geschafft hatte. Drew und Wonderkid liefen an der Spitze, gefolgt vom Frischling und Hernandez. Alle bewegten sich noch gut, was bedeutete, dass niemand verletzt wurde. So weit, so gut.

»Sie sind hier durch«, rief sie und rannte zu der Tür, durch die ihre Gegner verschwunden waren.

»Hall! Stopp! Ich wiederhole: Stopp! Verdammt noch mal, das ist ein Befehl!«, brüllte Drew, als er durch die offene Halle eilte.

Kristen ignorierte ihn. Sie erreichte die Tür, um festzustellen, dass die Treppe, die nach oben führte, bereits zerstört war. Ihr erster Gedanke war, dass es einen anderen Weg nach oben geben musste, aber dann hörte sie etwas von der Treppe, die in den Keller hinunterführte.

Diese Idioten hatten sich verraten. Trotz der Scharfschützen in den oberen Stockwerken versuchten sie, sich im Keller zu verstecken. Sie mussten gehofft haben, dass sie versuchen würde, den zerstörten Weg zu erklimmen, oder – und das war wahrscheinlicher, dachte sie – es gab irgendwo im Gebäude eine weitere Treppe, die direkt in eine Falle führen würde.

Das könnte schnell gehen, aber im Moment wollte sie nur die Arschlöcher eliminieren, die dachten, sie könnten einen Drachen überlisten, indem sie sich im Keller verstecken.

»Verdammt, Hall, rühr dich nicht vom Fleck!« Drew befand sich jetzt am anderen Ende des Raumes.

Wenn sie sich nicht beeilte, könnte er sich in einem Feuergefecht zusammen mit ihr befinden, etwas, das sie definitiv nicht wollte.

Sie stürzte die Treppe hinunter in die Dunkelheit.

KAPITEL 8

Es war genügend Licht vorhanden, um zwei Stufen auf einmal zu bewältigen, aber für die letzten musste sie sich am Geländer festhalten. Mit jedem Schritt entfernte sie sich immer weiter vom Licht und bald konnte sie kaum noch etwas sehen.

Sie konnte gerade noch erkennen, dass der Boden im Wesentlichen dem im Erdgeschoss entsprach. Die Decke war nicht so hoch, aber die Betonpfeiler standen ebenso in Reihen und verschwanden in der Dunkelheit.

Kristen machte einen Schritt nach vorne. Schritte hallten durch den Raum und etwas Grünliches bewegte sich durch die Dunkelheit. Nachtsichtbrillen also, wurde ihr klar. Vielleicht war es ja so gewollt, dass das SWAT-Team dort hinunterkommt.

Das hieß natürlich, dass Kristen bereits in die Falle getappt war. Aber es bedeutete auch, dass es umso wichtiger war, dass ihr Team ihr nicht nach unten folgte.

»Hall«. Ich brauche dich hier im Erdgeschoss, sofort!«, befahl Drew kalt und präzise über Funk. Ihr Gesichtsausdruck zeigte Entschlossenheit und sie brachte das Gerät zum Schweigen.

Sie hörte noch mehr Schritte und schaute in die Finsternis. Plötzlich geschah etwas mit ihren Augen, als hätte jemand einen Dimmer bedient. Sie konnte – wenn auch nicht sehr gut – sehen, dass hinter einem der Pfeiler in der sechsten Reihe die Schulter eines Menschen leicht hervorlugte.

Ihre Gedanken kehrten kurz zur Drachenparty zurück. Hatte Shadowstorm nicht etwas über Nachtsicht gesagt, als sie getanzt hatten? War das eine weiteres Teilstück zur Manifestation ihrer Drachenkräfte?

Jemand sprintete von einer Säule zur anderen. Die Bewegung war ziemlich leicht auszumachen. Ihre Augen passten sich an, aber ihr lief die Zeit davon. Schritte hinter ihr und das schwere Atmen von Menschen in Bewegung erforderten ihre volle Aufmerksamkeit.

Sie musste sich bewegen, und zwar sofort, wenn sie verhindern wollte, dass ihr Team verletzt wurde. Ihr Team hatte Nachtsichtbrillen im Van, aber die Kollegen von der Polizei hatten gesagt, die Schüsse würden ausschließlich von oben abgegeben. Sie dachte darüber nach Drew zu informieren, aber sie wusste auch, dass dies das Team nur ermutigen würde, sich ihr anzuschließen. An den Keller hatte niemand gedacht. Das war ein dummer Fehler gewesen und sie wollte nicht zulassen, dass sie darunter leiden müssten. Nicht, wenn sie das beenden könnte, bevor in dieser Falle ihre Menschen verletzt würden.

Ihr Funkgerät blieb weiterhin ausgeschaltet, als sie in die Dunkelheit ging, immer noch in ihrer stählernen Haut und versuchte, ihre Aura zu nutzen, um diese Arschlöcher davor zu warnen, sie anzugreifen.

Nach fünf Schritten ohne weitere Vorkommnisse hielt sie inne und wartete.

Sie ging zehn Schritte weiter, aber trotzdem passierte nichts.

Nach zwanzig Schritten fing sie aus dem Augenwinkel eine Bewegung auf.

Sie hatten den Köder geschluckt. Ihre Sinne verfeinerten sich. Mit jedem Augenblick konnten ihre Augen tiefer in die Finsternis vordringen. Ihr Gehör schien auch schärfer zu werden und sie bemerkte, dass sie ziemlich genau sagen konnte, in welche Richtung sich die Menschen bewegten, einfach durch die Geräusche ihrer Schritte.

Zuversichtlich vertraute sie auf ihre Fähigkeiten, ließ ihre Gegner in Position gehen, bis sie schließlich umzingelt war. *Perfekt!* Jetzt waren die Feinde mit ihr beschäftigt, was Sicherheit für ihr Team bedeutete. Selbst Jim müsste zugeben, dass ein Drache, der mit Menschen arbeitete, die Lage ändern konnte.

Einer der Gegner beugte sich hinter einem Betonpfeiler hervor und schoss auf sie.

Sie lächelte und machte keine Anstalten auszuweichen. Es war ja nicht so, dass Waffen sie verletzen könnten.

Das Geschoss traf ihren Unterarm. Wie erwartet, hatte es nicht geschmerzt. Es blieb aber haften. Sie schaute schnell nach unten. Zwei mit Kupferdraht umwickelte Widerhaken konnte sie ausmachen, die bis zum Schützen zurückreichten. Für einen Moment konnte sie das Kitzeln des Magnetfeldes der kleinen Geräte tatsächlich spüren. Den Bruchteil einer Sekunde später strömte Elektrizität in ihre Haut und zum ersten Mal seit sie ein Drache geworden war, fühlte sie Schmerzen.

Das Gefühl war quälend – schlimmer als bei dem Versuch, die alte Uhr in der Garage ihres Großvaters auszustecken und den stromführenden Draht oder einen

Taser zu berühren, den sie während eines äußerst unangenehmen Trainingstages in der Polizeiakademie zu spüren bekommen hatte. Es war sogar schlimmer als von einer Rakete getroffen zu werden – für sie sowieso.

Ihre Zähne knirschten, sie bekämpfte den Drang ihres Körpers, sich zusammenzuziehen. Ihr Blick folgte den Drähten zu dem Mann, der sie getroffen hatte. Sehen bereitete ihr jetzt Probleme, anscheinend waren starke Schmerzen nicht gut für die Konzentration. Sie stellte fest, dass die Widerhaken mit einer Art Hochleistungs-Taser-Gewehr in den Händen eines Mannes in Tarnausrüstung mit Nachtsichtbrille verbunden waren.

Aus reiner Willenskraft machte sie einen Schritt auf ihn zu, gefolgt von einem weiteren. Es war verdammt schwer, trotz der Elektrizität, die durch ihre Haut strömte und ihre Muskeln zucken ließ, vorwärts zu kommen, aber sie konnte es schaffen. Die Kriminellen wollten offensichtlich, dass sie ihre Stahlhaut verschwinden ließ, aber darauf würde sie nicht hereinfallen.

Das dachte sie auch noch, als zwei weitere Widerhaken von links auf sie zuschossen und an ihren Rippen kleben blieben. Kristen versuchte, sie wegzuschlagen, aber mit ihren zuckenden Muskeln und den ständigen Stromstößen erreichte sie nichts. Stattdessen gaben diese Teile nur noch mehr Elektrizität an ihre Stahlhaut ab. Sie trat einen weiteren Schritt nach vorne, obwohl sie sich nun von einem ihrer Angreifer entfernte. Es war der härteste Schritt, den sie in ihrem ganzen Leben getan hatte.

Ein drittes Paar Widerhaken traf sie, diesmal im Rücken. Mehr Elektrizität schoss durch ihren Körper, wie

Drachenaura

Blitze, die in einen bereits brennenden Wald einschlugen.

Kristen versuchte einen weiteren Schritt, fiel aber auf ein Knie.

Als ein vierter Taser sie am Hals traf, konnte sie die Schnüre sehen, die in die Dunkelheit verschwanden – eine Dunkelheit, die viel tiefer war, als Augenblicke zuvor – und sie versuchte wieder, sie wegzuschlagen. Ihre Arme gehorchten ihr nicht mehr.

Sie stürzte schwer, ihr Stahlkörper krachte auf den Beton und der Lärm hallte vom Boden und den Säulen wider.

Verzweifelt versuchte sie aufzustehen – nein, das war eine enorme Übertreibung. Sie versuchte, über Aufstehen nachzudenken und kam kaum auf eine Idee, wie das funktionieren sollte.

Ihr Körper war nicht ihr eigener, er war ein zuckender Schmerz. Sie fühlte sich, als stünde sie in Flammen, nur noch viel schlimmer. Feuer ließ die Muskeln nicht so entspannen, dass man sich einnässte. Es brachte niemanden dazu, die Beine zu bewegen, während er eigentlich bewegungsunfähig war.

Der Klang von Gewehrschüssen drang in ihr Bewusstsein.

Nein. Nein! Nein, nein, nein, nein, nein, nein, nein, nein! Sie konnte nicht einmal mehr ihren Mund schließen. Sabber tropfte heraus und Elektrizität strömte hindurch, um ihre Zähne zu reizen.

Sie wollte sich umdrehen, sehen, was passierte, aber selbst das erwies sich als unmöglich. Trotzdem konnte sie klar genug denken, um zu wissen, dass sie ihr Team im Stich gelassen hatte. Sie hatte versucht, sie zu beschützen und jetzt befanden sie sich mit dem Feind im

Kampf, während sie auf nichts anderes als einen zitternden Haufen Metall reduziert war.

Aber sie war stärker als das. Sie ließ sich davon nicht unterkriegen. Schließlich war ihr Vater nur ein Mensch und er war angeschossen worden und hatte überlebt. Sie war ein Stahldrache und konnte dies auch überwinden.

Irgendwie bekam sie trotz aller Zuckungen die Arme unter Kontrolle und schob sich mit aller Kraft, die sie noch hatte, hoch.

Es war nicht mal annähernd genug. Die zusätzliche Belastung der Arme ließ sie nur noch mehr zucken und sie konnte ihre stählerne Brust kaum einen Zentimeter über den Boden anheben. Sie wand sich und brach dann völlig kraftlos zusammen.

Kristen konnte nicht einmal mehr den Kopf drehen, um hinter sich zu sehen. Sie wusste nicht, ob die Schüsse von ihrem eigenen Team stammten, das sie retten wollte oder von den Feinden, die sie exekutieren wollten.

Trotz ihrer wachsenden Verzweiflung nahm sie wahr, dass sich die Art der Schießerei geändert hatte. Statt der schnellen Feuerstöße – der regelmäßige Austausch, wenn zwei Teams von Kämpfern versuchten, die andere Seite festzunageln – dauerte es jetzt länger bis gezielt Schüsse fielen. Kristen konnte fast hören, wie ihr Team den Atem anhielt, während die Gegner – diese Feiglinge – tiefer in den Raum rannten.

Sie hatten es geschafft, ihr Team hatte es geschafft. Obwohl sie dummerweise zu ihrem Schutz hineingerannt war, hatten ihre Kameraden sie gerettet.

Kristen versuchte den Kopf zu drehen, um sich ihnen zuzuwenden, aber das schickte nur weitere Schmerzwellen durch ihren Körper.

Drachenaura

Sie schloss die Augen, kämpfte gegen die Tränen und öffnete sie wieder, um die roten Digitalzahlen einer Uhr vor sich zu sehen. War das alles nur ein Traum?

Nein, war es nicht. Sie wollte, dass es so wäre, aber das war kein Wecker. Es war ein Timer – und noch dazu einer, der mit etwas verbunden war, das an einer der Säulen befestigt war.

Oh. Eine Bombe, ihr Gehirn sagte es ihr. Ja, *natürlich*.

»Hernandez!«, versuchte Kristen zu rufen, aber ihre Stimmbänder gehorchten ihr nicht.

Stattdessen folgte ihr Blick einem Draht, der von dem Timer zu einem anderen Pfeiler lief und noch einem und noch einem. An vielen der Pfeiler waren Sprengsätze befestigt – vielleicht sogar an allen.

Die Schusswechsel war anscheinend vorbei und Drew kam mit ihrem Team heran. Sie versuchte ihnen zu erzählen, was passieren würde, dass sie eine Bombe gesehen hatte – nein, Bomben – aber sie konnte nur stottern und sabbern, während sie auf einen der Pfeiler starrte.

Hernandez winkte mit der Hand vor Kristens Gesicht. Sie blinzelte, schaute die Frau an – obwohl selbst diese Bewegung schmerzhaft war – und brachte dann ihren Blick zurück auf die Bombe.

Ihre Teamkollegin verstand den Wink, schaute auf und fluchte. »Wir haben eine verdammte Bombe.«

»Das ist im Moment nicht wichtig. Schafft den Scheiß von Hall weg«, polterte Drew los und trat einen der Widerhaken weg. Anscheinend hatten die Kriminellen ihre schicken Taser auf der Flucht zurückgelassen. Er und Keith rissen alle Widerhaken schnell heraus.

Kristen holte Luft, als der Letzte entfernt war. Ihre Muskeln reagierten nicht mehr wie ferngesteuert, aber sie taten immer noch weh. Es fühlte sich an, als wäre sie gekocht worden. Ihre Muskeln gehorchten ihr wieder, aber sie war völlig ausgelaugt. Sie versuchte zu sprechen, aber nicht einmal das war möglich.

»Sie sind in die Kanalisation geflohen«, meinte jemand. *Jim? Das war der Name des Neuen, Jim.* Sogar ihr Gehirn schien kaum noch zu funktionieren.

Drew sah ihr in die Augen. Sein Gesicht war voller Mitgefühl und Sorge. Hatte ihr Team sie auch so angesehen, nachdem sie irgendwo hineingestürmt war, um es zu beschützen? Das gefiel ihr nicht. »Hall, das wird schon wieder. Keith und ich werden diese Widerlinge fangen und dafür sorgen, dass dir so etwas nicht wieder passiert.

»Keine gute Idee!«, schrie Hernandez, bevor er mehr sagen konnte.

»Du kannst die Bombe nicht entschärfen?«

»Nicht in den vierzig Sekunden, die der Timer noch anzeigt. Außerdem ist es nicht nur eine Bombe. Das hier ist ein verdammtes Abrissunternehmen, zumindest soweit ich das beurteilen kann.« Sie klang verdammt nervös. Kristen hätte niemals vermutet, in Hernandez' Stimme jemals Angst hören zu müssen.

Sie wollte etwas darüber sagen, dass Hernandez doch ein feiges Huhn wäre, aber sie brachte nur ein Glucksen heraus und noch mehr Sabber.

»Wie groß?«, fragte der Teamleiter, als sein Blick auf den Timer fiel.

»Sie versuchen, das ganze verdammte Gebäude einzureißen, Drew.«

»Dann folgen wir diesen Arschlöchern in die Kanalisation. Sie werden uns an einen sicheren Ort führen«, rief Washington.

»Wir werden Kristen auf keinen Fall verlassen«, antwortete Drew fast bösartig.

»Sie hat eine Haut aus Stahl, also wird sie es überleben«, antwortete der Mann.

»Ihre Macht hat Grenzen, Mann.«

»Aber ...«

»Verdammt, Wonderkid, dafür ist jetzt nicht der richtige Zeitpunkt. Komm her und hilf mir mit ihr.«

Es gab einen Moment – wirklich nur eine Sekunde, in der sie sehen konnte, wie der Timer ablief, bevor Jim sich bewegte. Es fühlte sich an wie eine Ewigkeit. Auch wenn sie ihn nicht sehen konnte, seine Körperhaltung konnte sie sich seinem Tonfall entsprechend vorstellen. Es juckte ihn sehr, in die Kanalisation zu rennen und diese Typen zu erwischen, nicht weil sie ihr Schmerz zugefügt hatten, sondern weil es seine Aufgabe war. Er betrachtete Kristen lediglich als Kollateralschaden. Sie konnte nicht anders, als sich zu fragen, ob er, wenn es nach ihm ginge, das Gebäude über ihr einstürzen lassen würde, weil es dann einen Drachen weniger gäbe.

Aber er kniete vor ihr und half Drew, sie auf den Rücken zu drehen.

»Hernandez, kannst du es aufhalten?«

»Nein, Sir. Ich habe weder die Zeit noch die Mittel. Scheiße, das Ding sieht verdammt gut aus!«

»Dann komm her und hilf uns mit ihr. Keith, nimm ihre Beine.«

Keith und Hernandez griffen jeweils nach einem Bein, während Jim und Drew ihre Schultern nahmen. Gemeinsam konnten die vier sie gerade so vom Boden anheben.

»Red, wenn du deine verdammte Stahlhaut ausknipsen kannst, wäre jetzt ein verdammt guter Zeitpunkt dafür«, meinte Hernandez zähneknirschend.

Kristen wollte erklären, dass das nicht möglich war, dass ihr Körper sich anfühlte, als wäre er von einem Öltanker überrollt und dann frittiert worden, aber sie brachte nur ein weiteres Glucksen heraus.

Ihr Team schleifte sie zur Treppe während sie den Timer beobachtete.

Zwanzig ...

Neunzehn ...

Sie kamen an die Treppe.

Achtzehn ...

Sie zogen Kristen hinauf und fluchten dabei ausgiebig. Kristen verlor den Timer aus den Augen, als ihr Stahlkopf mit genügend Kraft gegen eine Betonstufe donnerte, um ein Stück des Gebäudes abzureißen.

Siebzehn ...

Sechzehn ...

Als sie den ersten Treppenabsatz erreichten, konnte sie erkennen, dass ihr Team Luft holen musste, aber alle wussten, dass dafür keine Zeit mehr war.

Fünfzehn ... vierzehn ... dreizehn.

Endlich hievten sie sie auf den Boden des Erdgeschosses.

Zwölf ...

Ohne ein Wort zu sagen, rannten sie an den Pfeilern vorbei.

Elf ...

Jemand stolperte und sie verloren den Halt. Ihr Körper schlug mit einem Scheppern auf dem Boden auf.

Zehn ... neun ... acht ... sieben ... sechs ...

Drachenaura

Sie rafften sich auf, hoben sie wieder an und rannten weiter.

Fünf ...

Näher an der Tür bedeutete näher an der Sicherheit.

Vier ... drei ...

Sie würden es schaffen.

Zwei ...

Das Team drängte nach draußen, ihre Atmung ging flach.

Eins ...

»Geht zurück. Geht alle zurück, verdammt!«, schrie Drew zwischen abgehackten, rasselnden Atemzügen. Er hätte sein Funkgerät benutzen sollen, um der Polizei zu sagen, dass hier eine Bombe war, aber er brauchte beide Hände, um Kristen zu tragen. Seine Freundlichkeit hätte Dutzende von Männern töten können.

Null.

Die erwartete Detonation blieb aus.

Sie grunzten nun vor Anstrengung und zogen Kristen mit, während ihr Stahlkörper über den Beton schleifte, aber nichts geschah. Sie hatte nichts gehört und das Gebäude war immer noch intakt. Also war es doch eine Ablenkung?

Dutzende von Explosionen beantworteten ihre unausgesprochene Frage. Die Sequenz begann im unteren Stockwerk und zog sich durch das gesamte Gebäude nach oben. Sie hatte die perfekte Sicht, als ihr Team sie rückwärts von der Halle wegzog. Offensichtlich hatten sie nicht korrekt gezählt.

Nach wenigen Sekunden waren die Detonationen vorbei und die Gebäudestruktur stürzte in sich zusammen.

In ihrem durch Schmerz verursachten Delirium erinnerte es Kristen an einen Zaubertrick, bei dem der Zauberer einen Vorhang vor eine Frau hält, bevor er ihn fallen lässt, um zu enthüllen, dass die Frau verschwunden ist. Wie ein Vorhang fiel auch das Gebäude gerade in sich zusammen. Das fünfstöckige Bauwerk verursachte nichts, außer einer großen Staubwolke und fliegender Betonbrocken. Es war buchstäblich in einer Wolke verschwunden.

»Scheiße«, fluchte Hernandez. Sie ließ ihre Teamkollegin fallen und keuchte, als sie die Explosion beobachtete. »Scheiße, scheiße, scheiße!«

»Was?«, keuchte Keith heiser. Das ganze Team war völlig außer Atem.

»Hausgemachte Bomben jagen etwas nicht so in die Luft. Das war definitiv ein professioneller Abriss.«

»Bist du sicher?«, fragte Drew.

»Ja, ich bin mir verdammt sicher. Kannst du dir vorstellen, wie oft ich davon geträumt habe, ein Gebäude so zu verkabeln?«

»Aber wer würde sich die Zeit nehmen, ein Gebäude abzureißen?«, fragte der Frischling. Er stand auf, stützte sein Kreuz mit den Händen und versuchte sich zu strecken, nachdem er Kristen aus dem Gebäude hinausgetragen hatte, das jetzt nur noch ein Trümmerhaufen war.

Der Teamleiter atmete tief ein, bevor er sprach. Wenn er das tat, fehlte seiner Stimme die übliche Entschlossenheit. Er war erschüttert und müde, zwei Dinge, die Kristen selten bei ihm gesehen hatte. »Jemand, der darauf vertraut hat, dass jedes verdammte Pfund davon auf den Stahldrachen im Keller fällt.«

KAPITEL 9

Die Fahrt zurück zum Revier war mehr als unangenehm. Niemand hatte viel zu sagen und Kristen konnte immer noch nicht sprechen. Unter großer Anstrengung gelang es ihr, in ihre menschliche Haut zurückzuschlüpfen. Alle ihre Kollegen waren in ihren eigenen Gedanken versunken.

Als sie dort ankamen und ausstiegen, war Kristen tatsächlich besorgt darüber, möglicherweise angeschrien zu werden und sie ging sogar davon aus, dass es passieren würde. Es stand Drew ins Gesicht geschrieben.

»Brauchst du Hilfe?«, fragte er und sie nahm dankend an.

»Danke«, keuchte sie.

»Geht voraus«, sagte er und alle gehorchten, ohne auch nur einen Blick zurückzuwerfen. In wenigen Augenblicken standen sie nur noch zu zweit hinter dem Van im Parkhaus.

»Geht es dir gut, Hall?«

»Ja, danke. Ich bin noch schwach, aber es fühlt sich immer mehr so an, als käme ich aus einem wirklich guten Training. Ich glaube, Bruce Lee hat mit Elektroschocks trainiert.« Schon als sie es sagte, wusste sie, dass der Witz mehr als schlecht war.

Er nickte und nickte für eine scheinbar unnatürlich lange Zeit weiter. Sein Gesichtsausdruck wurde immer finsterer. »Was zum Teufel hast du dir vorhin dabei gedacht? Du bist vorgeprescht, als hättest du verdammte Todessehnsucht. Was ist aus den gemeinsamen Trainings in den letzten Monaten geworden? Was war mit deinem Team? Und heute ist der erste Tag von Wonderkid. Was ist, wenn er jetzt glaubt, dass wir die Dinge so angehen und er auch noch anfängt, kopflos hereinzustürmen?«

»Washington ist aber kein Stahldrache.« Sie versuchte, cool zu klingen.

»Na und? Stehst du jetzt, wo du ein Drache bist, über uns mickrigen Menschen oder allen Regeln?«

»Nein, natürlich nicht. Drew, das weißt du auch. Mein Vater war dreißig Jahre lang Polizist. Ich bin ein Mensch.«

»Nun, die Leute in MEINEM Team haben MEINE Befehle zu befolgen.« Er war feuerrot im Gesicht und sie hatte ihn ehrlich gesagt noch nie so wütend gesehen.

»Und was wäre passiert, wenn einer dieser Taser ein anderes Teammitglied statt mir getroffen hätte?«

»Dann wäre es höchstwahrscheinlich tot.«

»Siehst du? Ich musste da reingehen.« Sie hob ihre Hände, um ihren Standpunkt zu verdeutlichen. Selbst diese Bewegung schmerzte, nachdem so viel Strom durch sie geflossen war.

»Was wäre passiert, wenn wir dich da nicht rausgeholt hätten? Hättest du es überlebt, wenn ein komplettes Gebäude auf deinen Kopf gefallen wäre?«

Sie schaute nach unten.

»Hall. Hall! Verdammt, Kristen, beantworte diese verdammte Frage.«

Drachenaura

»Ich weiß es nicht«, murmelte sie eher zu sich selbst.

»Was sagst du?«

»Ich weiß es nicht!«, schrie sie ihn schließlich an. Bei dieser Anstrengung tat ihr der Kopf weh und sie rieb sich die Schläfen.

»Das ist der Punkt, Hall. Du kennst deine Grenzen nicht. Ich habe gesehen, dass du tolle Sachen machen kannst – das haben wir alle – aber du bist nicht unbesiegbar.«

»Doch, das bin ich«, erwiderte sie scharf, überrascht von der Grausamkeit in ihrer eigenen Stimme.

»Bist du das? Bist du das wirklich? Und was ist, wenn dich jemand mit einer Rakete trifft, genau in diesem Moment unter Strom? Könntest du das überleben?«

Kristen biss die Zähne zusammen und schaute wieder weg. Sie wussten beide, dass sie es nicht konnte. Die Taser hatten sie völlig fertig gemacht. »Selbst wenn ich nicht überleben könnte, müsste ich es versuchen. Wie du gesagt hast, diese Taser hätten alle anderen getötet. Es musste einfach sein.«

»Ich kenne die Schuldgefühle, die Überlebende haben zu Genüge, aber das hier geht zu weit.«

»Die Schuldgefühle der Überlebenden?« Sie hatte über diesen Begriff nicht viel nachgedacht, aber jetzt traf er sie wie ein Pfeil in der Brust.

»Du hättest Jonesy nicht retten können, keiner hätte das gekonnt. Es ist nicht deine Schuld, dass er gestorben ist. Niemand ist schuld, außer dem Schützen, der abgedrückt hat.«

»Du irrst dich!«, rief sie. »Ich muss meine Leute beschützen. Ich muss mein Volk beschützen.«

Drew beobachtete sie einfach nur eine Weile, die Arme verschränkt und die Augen zusammengekniffen.

»Du veränderst dich immer noch, oder?«, meinte Drew schließlich.

Sie setzte sich auf die hintere Stoßstange des SWAT-Wagens. Diese brach unter ihrem Gewicht mit einem dumpfen Krachen weg. Kristen hatte nicht bemerkt, dass sie ihre Haut unterbewusst wieder in Stahl verwandelt hatte. Es kostete zwar einige Mühen, aber sie kehrte zur Normalität zurück, stand wieder auf und lief los. »Ich weiß nicht … Okay, ich weiß, dass es noch Kräfte gibt, die ich bisher nicht benutzen kann, aber ich weiß nicht welche. Es gibt auch diese seltsamen Gefühle, manchmal. Ich habe zwar keine Kinder, aber es fühlt sich so an. So als ob ihr all diese wehrlosen kleinen Wesen seid und ich euch beschützen muss, weil ihr mir gehört.«

»Wir gehören dir nicht, Kristen. Wir gehören niemandem. Wir sind Menschen. Das heißt, jeder steht für sich selbst.«

»Ich weiß. Glaub mir, ich weiß es! Und das Letzte, was ich will, ist dich so zu behandeln, wie die anderen Drachen die Menschen behandeln, aber … Ähm, es ist einfach anders. Ich denke, es gibt einen Grund dafür, dass Drachen so manipulativ oder distanziert sind. Entweder um Menschen zu schützen oder sich selbst von der Menschheit fernzuhalten und diesen Drang völlig zu ignorieren.«

»Aber du kannst uns nicht beschützen.«

»Doch, das kann ich sogar verdammt gut«, rastete sie grundlos aus. Sie schüttelte den Kopf und schrieb es der Müdigkeit zu. Sie war so müde, einige ihrer Reaktionen fühlten sich nicht einmal wie ihre eigenen an.

»Nein, Kristen, wenn du uns vor jeder Konfrontation beschützt, machst du es nicht besser. Es geht hier um

Erwachsene, über die du da redest. Und wahrscheinlich sogar über die fähigsten Erwachsenen in ganz Detroit.«

»Aber sie können keine Kugeln aufhalten.« Kristen ließ ihre Hand zu Stahl werden.

»Aber man kann nicht jede verdammte Kugel aufhalten. Was wäre, wenn es heute anders gelaufen wäre? Was wäre gewesen, wenn die Scharfschützen, als du in die Rauchwolke gerannt bist, einfach auf die ganze Truppe losgegangen wären?«

»Aber das haben sie nicht getan.«

»Nein, haben sie nicht. Aber ich behaupte, dass es viele Situationen gibt, in denen man sein Team nicht schützen kann. Siehst du, Tatsache ist, dass wir alle beim SWAT sind. Auf uns alle wurde schon geschossen. Wir haben uns alle für diesen Scheiß gemeldet. Wenn du uns schützen willst, musst du das Gleiche tun wie wir anderen und wir müssen uns gegenseitig vertrauen, um unsere Arbeit zu erledigen«.

»Aber ...«

»Sieh es endlich ein. Du bist diesmal allein losgezogen und das hat uns alle in Gefahr gebracht. Wir hätten heute alle zerquetscht werden können. Wie würdest du dich dann fühlen?«

Sie biss die Zähne zusammen und schüttelte den Kopf. Seine Worte waren ein Schlag in die Magengrube. »Wenn das Gebäude eingestürzt wäre, hätte ich ...«

»Einen Scheiß hättest du tun können, denn du warst nicht fähig dazu. Es war ein verdammtes Wunder, dass wir dich da haben herausholen können. Als wir diese Stufe mit deinem Kopf demoliert haben ...«, schnaubte Drew und lachte kurz. Kristen kannte dieses Geräusch.

Es war das Lachen, das du im Angesicht des Todes ausstoßen würdest, aber auch das, wenn der Tod dir jemanden ohne guten Grund genommen hat. Es war ein Lachen der Verzweiflung, beim Blick in ein verlorenes Gesicht und dem Wissen, nichts mehr tun zu können. Sie hatte so gelacht, als sie an Jonesys Tod in ihren Armen dachte.

»Danke«, sagte Kristen. Die Worte nahmen etwas von der Anspannung aus ihrem Körper, die sie gar nicht bemerkt hatte. »Dafür, dass du mich gerettet hast, meine ich.«

»Gern geschehen.« Sein rotes Gesicht verlor etwas von seiner Farbe und er lächelte tatsächlich. »Wir haben deinen stählernen Arsch gerettet.«

Jetzt war sie an der Reihe zu lachen. »Ja. Ja, ich schätze, das habt ihr.«

»Und zwing uns bloß nicht, das noch einmal zu tun«, schrie Drew so laut, dass es im Parkhaus widerhallte, aber es klang nicht mehr wütend.

»Ja, Sir«, nickte sie wissend.

»Du wiegst eine gottverdammte Tonne. Warum denkst Du, dass ich Butters immer außerhalb der Absperrung haben will?«

Diesmal lachte sie wirklich – ein ehrliches Lachen – das war jetzt wirklich lustig und irgendwie auch unhöflich. »Weißt du, ich wette, ich könnte ihn tragen, wenn ich müsste.«

Drew schnaubte. »Das ist gut zu wissen. Wenn ich mich dazu entschließe, dich in dieser Hinsicht einzusetzen, werde ich es sagen. Diese Art von Fähigkeiten könnten wir in unserem Team gut gebrauchen. Was wir nicht wollen, ist, dass du versuchst, die ganze verdammte Welt alleine zu retten oder eine Verhaftung nach der anderen durchzuführen.«

»Ja, Sir.«

»Du bist nicht unser Drachen-Boss, noch nicht. Nimm weiterhin Befehle entgegen, pass auf uns auf und lass uns auf dich aufpassen, solange bis du es bist.«

»Ja, Sir.«

»Also gut, dann lass uns reingehen. Wir haben Vieles zu besprechen.«

Sie gingen gemeinsam in den Aufenthaltsraum des Teams. Kristen konnte aus dem Flur hören, dass sie nicht die einzigen waren, die hitzige Diskussionen führten.

»Weil ich eine Sprengstoffexpertin bin, verdammt noch mal!« Das war offensichtlich Hernandez.

»Und das heißt, du kennst deren Absichten?« Das war der Neue, Washington, Spitzname Wonderkid.

Drew blieb in der Tür stehen. Sie spähte um seine massiven Schultern herum, um Hernandez und Wonderkid zu sehen, die sich gegenüber standen. Beide hatten ausgeprägte Halsvenen und ihre Gesichter waren rot, wobei Jims eher in Richtung Lila ging.

»Hernandez, Washington, setzt euch und esst einen Donut.« Drews Stimme goss Wasser in die lodernden Flammen.

Beide zogen sich sofort zurück. Washington setzte sich auf einen Stuhl, Hernandez schnappte sich einen Donut und quetschte sich neben Butters auf die Couch. Ihr finsterer Blick blieb, aber den hatte sie immer, sodass er kein Anzeichen für andauernde Aggression war.

»Also, Hernandez, erzähl, worüber streitet ihr.« Der Teamleiter hörte sich an, als würde er einen

Viertklässler bitten, sein Projekt für ›Jugend forscht‹ zu erklären.

»Ich habe es im Wagen schon gesagt und ich sage es noch einmal, das waren Sprengsätze auf Profi-Niveau. Die Art und Weise, wie das Gebäude runterkam, war absolut perfekt.«

Er nickte. »Es ist schwer, dem zu widersprechen. Washington, was war dein Argument?«

»Wenn die Sprengsätze so verdammt professionell waren, warum haben sie dann keine Polizisten damit getötet? Sie waren sehr wohl in der Lage, jeden verdammten Beamten zu töten, aber das taten sie nicht. Wie kann das professionell sein?«

»Vielleicht war ihr Ziel nicht der Durchschnittsbulle«, meinte Beanpole von der Wand. Seine Arme waren verschränkt, er war völlig ruhig und unbeweglich geblieben. Kristen hatte ihn nicht einmal bemerkt.

»Das habe ich mir auch gedacht.« Butters gestikulierte mit einem Gelee-Donut in der Hand und streute den Puderzucker über Hernandez. Zum Glück bemerkte sie es nicht.

»Wie meinst du das?«, fragte Drew den Scharfschützen, obwohl er wahrscheinlich schon genau wusste, worauf dieser hinauswollte. Er versuchte einfach, das gesamte Team einzubeziehen. Kristen hatte keinen Zweifel, dass es entweder zu Washingtons Nutzen erfolgte – es war schließlich sein erster Tag – oder zu ihrem. Offensichtlich schätzte der Mann Teamarbeit auf allen Gebieten.

»Nun, die Täter müssen diesen Ort lange vor der Ankunft der Beamten mit Sprengsätzen gespickt haben.« Butters' Akzent ließ sie an einen Anwalt aus dem Süden denken, der vor einem Richter dozierte. »Darüber hinaus hatten sie Waffen, die einen Stahldrachen verletzen konnten. Der Frischling sagte, die Widerhaken an diesen Tasern waren seltsam. Hat sie noch jemand genau angesehen?«

Drew nickte. »Sie waren magnetisch. Das ist mir auch aufgefallen.«

Kristen hatte es auch bemerkt, weil sie an ihrer Stahlhaut klebten, anstatt abzuprallen.

»Und dann ist da noch die Tatsache, dass sie die normalen Polizisten ferngehalten und nicht einmal versucht haben, einen von ihnen zu verletzen.«

Der Scharfschütze ließ seine Aussage für einen Moment im Raum schweben. Kristen hatte das Gefühl, dass alle den gleichen Gedanken hegten. Als sie sich räusperte und sprach, war sie nicht überrascht, dass alle zustimmend nickten. »Die ganze Sache war eine Falle für mich.«

»Und wir sind direkt hineingerannt«, stimmte Drew zu.

»Eher hat uns der Drache hineingeführt.« Washington starrte sie missmutig an.

Keiner sagte einen Moment lang etwas und sie verstand, dass sie alle ähnliche Gedanken darüber hatten, wie es sich abgespielt hatte. Sie war im Begriff, ihren Stolz zu schlucken und sich bei der ganzen Gruppe zu entschuldigen, aber zum Glück sprach Drew zuerst.

»Wir haben Halls Leichtsinn schon besprochen. Sie ist jetzt auf Bewährung und wir sind uns einig, dass es Konsequenzen haben wird, wenn sie wieder versucht, die Jungfrau in Not zu retten.«

»Bewährung?«, jammerte Kristen müde.

Alle mussten lachen.

Davon hatte Drew vorhin nichts gesagt, aber ihr wurde sofort klar, dass er das so beabsichtigt hatte. Er wollte, dass ihre Reaktion aufrichtig war, weil sie das Team daran erinnern würde, dass Kristen immer noch eine von ihnen war. Er war wirklich ein guter Anführer.

»Ernsthaft, wenn du das nächste Mal so einen Scheiß abziehen willst, lass es mich wissen, damit ich wenigstens mein verdammtes Zauberschwert mitnehmen kann«, schnaubte Hernandez.

»Und ich meine Axt«, fügte Keith hinzu.

Alle lachten und ein Teil der Spannungen verschwand aus dem Raum.

Die Stimmung blieb für einen Moment angenehm, bevor Washington sie effektiv zunichtemachte. »Warum stoßen wir auf militärisch ausgebildete Gegner und diese zielen auch noch auf Detroits neuen Drachen?«

»Glaubst du, das waren Militärs?«, fragte Keith neugierig.

Jim zuckte die Achseln. »Ihren Bewegungen nach, ja. Ich bezweifle natürlich, dass es eine echte Militärtruppe war, was bedeutet, dass sie wahrscheinlich Profis aus der Söldnerszene angeheuert und ihnen Ausrüstung gegeben haben – keine billige.«

»Vielleicht hat es etwas mit dem zu tun, der auch hinter der Bandengewalt gesteckt hat«, meinte Kristen vorsichtig.

Hernandez schüttelte den Kopf. »Verdammt noch mal, Hall. Ich vermisse Jonesy auch, aber nicht alles dreht sich um ihn.«

»Nein … nein, ich glaube, da könnte etwas dran sein.« Drew rieb sich das Kinn und runzelte die Stirn in

Gedanken. »Wir wissen, dass derjenige, der hinter der Bandengewalt steckt, immer noch da draußen ist. Das Drachen-SWAT sagte, es sei ein Drache und wir haben nie einen gefangen.«

»Sie aber auch nicht«, fügte Hernandez hinzu.

»Richtig, genau. Was bedeutet, dass es da draußen jemanden gibt, der versucht hat, die Stadt zu übernehmen und dann von einer Person aufgehalten wurde. Von derselben Person, die heute fast von einem Profi-Killer-Team zerquetscht worden wäre.«

»Scheiße«, sagte die Sprengstoffspezialistin und fasste in einem Wort zusammen, wie Kristen sich fühlte.

KAPITEL 10

Captain Hansen war offen skeptisch gegenüber der Idee, dass ein kriminelles Superhirn versuchte, ihren Drachen in eine Position zu manövrieren, in der er sie verletzen konnte. Trotzdem befahl sie dem Team, ihre Trainingswoche in dem verlassenen Apartmentkomplex zu verbringen, in dem Kristen die vielen Nuancen des erzwungenen und gewaltsamen Eindringens kennengelernt hatte.

Drew war der Idee gegenüber, dass sie das Ziel war, weit mehr aufgeschlossen als ihre Vorgesetzte und er entwarf Übungen, die dies widerspiegeln sollten.

Tatsächlich war Kristen von seiner Kreativität beeindruckt.

»In Ordnung.« Er sprach alle mit einem forschen Tonfall an, der sie aufforderte, trotz der den ganzen Morgen laufenden Übungen stramm zu stehen. »Wir haben einen Bericht über Leute, deren Besteck an der Decke klebt und deren Fernseher nicht funktioniert. Wir glauben, sie sind im dritten Stock.«

»Sir, ich dachte, wir üben das Eindringen, nicht Episoden aus der Twilight Zone«, beschwerte sich Washington.

»Falls du es nicht bemerkt hast, wir leben in einer Stadt, in der ein Drache seine psychischen Kräfte benutzen kann, um Menschen anzugreifen. Wir müssen auf alles vorbereitet sein«, antwortete der Teamleiter lapidar.

»Das müssten wir nicht, wenn wir keinen Drachen im Team hätten.« Er starrte Kristen an.

Sie wies ihn sehr höflich mit einer eindeutigen Handgeste ab.

»Weißt du, das bringt mich auf eine Idee. Wonderkid, Hall, ihr beide seid bis auf Weiteres zusammen.«

»Auf keinen Fall«, klagte Jim.

»Ich stimme Wonderkid zu, Sir.« Sie versuchte, jegliche Emotionen aus ihrer Stimme herauszuhalten, obwohl sie es lächerlich fand. »Er ist absolut fähig. Ich muss bei Keith oder Hernandez sein, damit ihnen nichts passiert.«

Drew lächelte und schüttelte den Kopf. »Und du warst so nah dran, Hall. So nah.« Er hielt zwei Finger im Abstand von einem Haar hoch. »Aber du bist immer noch zu sehr auf die Sicherheit deines Teams und nicht auf die Mission fokussiert. Wenn du mit Washington zusammen bist, konzentrierst du dich vielleicht auf die Aufgabe, anstatt Babysitter zu spielen.«

Sie stöhnte, aber wehrte sich nicht weiter.

»Sir, es ist eine Verschwendung meiner Talente, dass sie uns zusammen einteilen.«

»Schau, die Sache ist die, ich gebe einen Scheiß auf deine Vorurteile«, meinte Drew. »Es ist mir egal, ob ein Drache deine Großmutter gefressen hat. Hall ist eine von uns und jetzt auch du, Wonderkid. Das müsst ihr beide akzeptieren.«

Sie erhoben ihre Stimmen, um weiter zu protestieren, aber er nahm einfach seine Pfeife an die Lippen und blies hinein, bis sie zum Schweigen gebracht waren.

»Nun, wie ich schon sagte – Gegner im Inneren, Silberbesteck, das überall herumfliegt. Und ... Los!«

»Gut, ihr nehmt die Osttreppe und wir die Westtreppe«, sagte Kristen zu Keith und Beanpole.

»Ich hab's kapiert.«

»Drew, können wir davon ausgehen, dass der Strom zu den Aufzügen abgeschaltet wurde?«

»Die Aufzüge funktionieren nicht, aber das Gebäude hat noch Strom.«

»Ist das wichtig?«, wollte Washington wissen.

Drew lächelte nur. Das bedeutete, dass er etwas vorhatte. »Die Uhr tickt. Wenn ihr das in weniger als fünf Minuten schafft, geht die nächste Schachtel Donuts auf mich.«

»Bewegt euch, Leute«, rief Butters und alle lachten, als sie in das verlassene Übungsgebäude rannten.

Jim folgte ihr in Richtung der westlichen Treppe und sie bemühte sich bewusst, nicht voraus zu rennen, obwohl es nicht einfach war. Sie war es gewohnt, sich in solchen Situationen schnell zu bewegen. Sich an sein Tempo anpassen zu müssen, fühlte sich an wie Zeitlupe.

»Da sind wir, ich mache auf«, sagte er, als sie am Eingang angekommen waren.

Sie zuckte mit den Schultern, ließ ihn aber machen.

Er musste dreimal dagegen treten, bevor sich die Türe öffnete. Sie versuchte ihm nicht zu zeigen, wie viel Zeit er verschwendet hatte.

Sie rannten die drei Stockwerke hinauf, ohne anzuhalten. Oben angelangt, musste ihr Partner ein paar tiefe Atemzüge machen, um sich zu beruhigen. Kristen war nicht ein bisschen angestrengt.

»Okay ... ich gehe vor«, murmelte er zwischen den Atemzügen.

»Auf keinen Fall. Du bist völlig außer Atem und ich habe bessere Reflexe.«

»Weil du ein Drache bist.«

»Na und? Willst du erschossen werden, wenn es nicht sein muss?«

»Drew sagte ...«

»Drew sagte, er will, dass wir zusammenarbeiten«, erinnerte sie ihn mit Bestimmtheit daran. »Er sagte nicht, dass du alles machst, während ich zuschaue. Jetzt gehe ich vor.«

»Okay ... Okay, ist gut, aber verwandle dich nicht in Stahl.«

»Warum nicht?«, fragte sie und kämpfte gegen den Reflex zur Verwandlung an.

»Weil Drew gesagt hat, dass die Fernseher kaputt sind und das Besteck an der Decke klebt. Das klingt für mich nach einem Magneten.«

»Das ist doch lächerlich.«

»Drew sorgt sich um dich. Ich weiß nicht warum, aber ich weiß es. Ich sage dir, benutze deine Kräfte nicht. Nun, nicht, wenn du es vermeiden kannst. Macht es dir etwas aus, diese Türe zu öffnen?«

Kristen nickte und wischte sich über das Gesicht. Es war anstrengend, mit ihm zu arbeiten. In einer Sekunde sagte er ihr, sie solle ihre Kräfte nicht benutzen, dann wollte er, dass sie sie doch benutzte, um die Türe zu öffnen, das war inkonsequent und nervig. Trotzdem war es besser, als ihm dabei zuzusehen, wie er beim Öffnen ermüdete.

Sie gingen den Korridor hinunter. Das Gebäude war alt und daher nicht besonders ansprechend. Alte

Fliesen, die an einigen Stellen, an denen Wasser eingedrungen war, verfärbt waren, gräuliche Wände und billige Leuchtstoffröhren gaben dem Ort ein ausgesprochen schmutziges Ambiente. Nicht, dass es bei einer großen Zahl Menschen in den Vereinigten Staaten anders aussah.

Das Einzige, was diesen Wohnkomplex von vielen anderen alternden Strukturen, die modernisiert oder abgerissen werden mussten, unterschied, waren die Türen. SWAT brach durch die Türen, sodass sie ständig ersetzt wurden. Allein in diesem Flur befanden sich drei leuchtend rote Türen, eine violette, eine grüne und – sehr unwahrscheinlich für so ein Gebäude – eine Fliegengittertür.

Sie probierte jeden Knopf aus, bevor sie die Türe eintrat. Die ersten drei Räume waren verlassen, aber unter der vierten Tür, der grünen, schimmerte Licht.

»SWAT! Aufmachen!«, brüllte Kristen.

»Stirb, du Schlampe! Meine Mutanten werden diese Welt auf eine Weise regieren, wie ihr es nicht getan habt«, rief Hernandez als Antwort. Sie spielte die Feindin auf dieser Übungsmission und anscheinend stand ihre Teamkollegin mehr auf Rollenspiele, als Kristen bewusst war.

»Ich werde diese Tür aufbrechen«, sagte sie.

»Tu es, aber verwandle dich nicht in Stahl«, erinnerte Jim sie.

»Zum Beispiel, wenn ich verhindern muss, dass du erschossen wirst?«

Er sah sie finster an, doch er antwortete nicht.

»Ich komme rein«, schrie sie und trat in der Mitte gegen die Tür, wobei sie ihre Drachenkraft trotz der

Ermahnung ihres Partners, dies nicht zu tun, einsetzte. Es krachte und die Teile wurden nach innen katapultiert. Hoppla, vielleicht hatte sie etwas übertrieben.

Sie trat in den Raum, hob ihre Waffe und ging nach links. Washington trat direkt hinter ihr ein und ging nach rechts. Es fühlte sich träge an, sich mit menschlicher Geschwindigkeit bewegen zu müssen, aber sie konnte es. Sie könnte in einem Team arbeiten.

»Jetzt habe ich dich, du dummer, verdammter Drache. Ich werde deine Eier zerschlagen und deine Flammen löschen«, rief Hernandez aus dem anderen Raum. Anscheinend spielte sie einen russischen Mafioso oder zumindest deutete der Akzent darauf hin.

Sie folgten der Stimme durch einen winzigen Flur in ein Schlafzimmer.

Hernandez wartete dort, mit einer Waffe ausgerüstet. Sie hielt sie hoch und zielte auf Kristens Gesicht.

»Du hast deinen Helm vergessen, Red«, schimpfte die Frau, als Kristen eine Hand hochhielt, um die Softair-Kügelchen zu blockieren.

»Hall, nicht.«

Sie ignorierte Washington. Wenn er so ein großartiger Partner war, hätte er ihr sagen sollen, dass sie ihren Helm aufsetzen muss, bevor sie das Gebäude betraten – nicht, dass es tatsächlich eine Rolle gespielt hätte. Die Visiere an den Helmen waren kaum kugelsicher.

Ihre Hand blockierte die Softair-Kügelchen mit Leichtigkeit. Sie piksten, also hatte sie ihre Hand zu Stahl werden lassen.

»Hab dich, Drachenkapitalistenschwein«, krähte Hernandez vergnügt und stampfte auf eine Art Pedal, von dem schwarze Drähte zur Wand hinter Kristen liefen.

Auf ein Summen folgte sofort ein starker Sog, der ihre stählerne Hand zurückzog.

»Wandel dich zurück, Hall«, schrie ihr Partner.

Sie nahm ihm übel, dass er ihr sagte, was sie tun sollte. Dieser winzige Wutausbruch und das Gefühl, dass sie ihre Hand nicht unter Kontrolle hatte, veranlasste sie zu einem reflexartigen Verhalten. Sie verwandelte ihren Körper in Stahl. Es bestand keine Möglichkeit, dass die Kraft, die den Sog ausübte, einen Stahlkörper bewegen konnte.

Es sei denn, es handelte sich um eine ganze Reihe von Elektromagneten.

Die Kraft wurde sofort sichtbar als ihr Körper zu Metall wurde. Sie zog an jedem Zentimeter von ihr und schleppte sie unaufhaltsam nach hinten. Kristen versuchte, sich dagegen aufzulehnen und sich mit ihren Muskeln, die ihr enormes Gewicht tragen konnten, von der Kraft zu befreien, aber die Magnete waren zu stark. Sie wurde gegen die Rückwand gerissen.

»Peng! Peng!«, sagte Hernandez und tat so, als würde sie zuerst Kristen hinrichten, dann Washington. »Die Demokratie stirbt in der Dunkelheit, ihr dummen Amerikaner.«

Kristen versuchte, die Wand einzureißen, aber sie konnte nicht. Sie saß fest, bis die andere Frau erneut auf das Pedal trat, das die magnetische Vorrichtung aktiviert hatte. Es deaktivierte die Magneten und Kristen war wieder frei.

»Wie haben sie sich gemacht?«, fragte Drews Stimme über Funk.

»Nicht gut. Kristen verwandelte sich in Metall und war gefangen.«, höhnte die Sprengstoffexpertin etwas zu selbstgefällig.

»Ich habe dir gesagt, du sollst dich nicht in Stahl verwandeln«, maulte Washington.

»Oh, wie auch immer. Du willst doch nur nicht, dass ich meine Kräfte benutze, weil es dich schlecht aussehen lässt«, erwiderte sie.

»Ich habe dir gesagt, dass es hier vermutlich etwas Magnetisches gibt. Das Besteck und die Fernseher waren ein verdammter Hinweis dafür.«

Sie biss die Zähne zusammen. Verdammt, genau das hatte er gesagt.

»Du hättest dich einfach wieder in einen Menschen verwandeln können«, erklärte Hernandez, offensichtlich sehr zufrieden mit sich und der Magnetwand.

»Ja, ja, was auch immer. Ich schätze, ich werde das im Kopf behalten, falls wir mal auf einer Müllhalde kämpfen müssen.« Sie winkte der anderen Frau abweisend zu und begab sich auf den Weg nach draußen.

Ihre beiden Teamkollegen hatten natürlich recht. Hätte sie nur auf ihre Stahlhaut verzichtet, hätte sie Hernandez jederzeit ausschalten können. Das Problem war nur, dass sie jeden Tag daran gearbeitet hatte, ihre Reflexe zu schärfen, um die Stahlhaut einfach anzuknipsen, wenn es eine Bedrohung geben sollte. Es würde eindeutig nicht leicht werden, das wieder zu verlernen.

Sie liefen die drei Stockwerke hinunter, sammelten Keith und Beanpole ein, die nicht bis in den Raum gekommen waren, weil Hernandez die Tür zum Treppenhaus mit ein paar Ketten verschlossen hatte und gingen zum Van.

»Das üben wir noch einmal«, sagte Drew. »Das bedeutet, heute wird es nichts mit Donuts.«

»Ich kann welche kaufen«, protestierte Butters.

Drew schüttelte den Kopf. »Hündchen bekommen keine Leckerchen, wenn sie nicht Sitz machen können.«

»Komm schon, Drew, Magnete? Wirklich?«, beschwerte sich Kristen.

»Du wurdest buchstäblich von Magneten aufgehalten.« Er zuckte die Achseln und sah für ihren Geschmack viel zu selbstzufrieden aus. »Ich bin nicht so dumm zu glauben, dass du noch einmal in die gleiche Falle tappen würdest, aber wir wären noch dümmer, wenn wir diese Möglichkeit nicht berücksichtigten. Das ist eine sehr spezifische Bedrohung für dich. Ich denke, wir müssen bereit sein, falls sie versuchen, etwas in der Art einzusetzen.«

»Aber eine Wand aus Magneten?« Sie schnaubte. Es war lächerlich.

»Das war verdammt krass, oder? Das waren hauptsächlich Autolautsprecher und zusätzlich jedes Volt Strom, das durch das Gebäude floss«, erwiderte Hernandez selbstgefällig.

»Richtig, aber wer hat schon Zeit für so etwas?«

»Dieselben Leute, die ein ganzes Gebäude eingerissen haben in der Hoffnung, dich zu eliminieren«, machte Washington das Offensichtliche deutlich.

Sie seufzte und akzeptierte die Möglichkeit schließlich.

»Außerdem, ich bin vielleicht handwerklich geschickt, habe aber keine Ahnung, wie man einen verdammten magnetischen Taser zum Üben entwickelt.« Hernandez zuckte die Achseln, sah aber enttäuscht aus.

»Aber wir haben ihre Taser doch«, wies Kristen darauf hin.

»Die Batterien sind alle leer und die Technik ist seltsam. Ich weiß nicht einmal, wie sie sie aufgeladen haben«, erklärte Hernandez.

»Können wir zurück zum Revier fahren?«, fragte Kristen. »Ich will eine verdammte Dusche.«

»Darauf wette ich. Ich musste den Strom für die Klimaanlage abschalten, um genug Saft für den Magneten zu haben. Du stinkst.«

»Meine Güte, herzlichen Dank auch.«

Kristen war frustriert, müde und ja, sie stank. Sie war davon ausgegangen, dass sie als Team trainierten und doch fühlte es sich so an, als ob Drew einfach versuchte, Wege zu finden, sie davon abzuhalten ihre Kräfte zu benutzen. Es war anstrengend und es fühlte sich kleinlich und kindisch an.

Haben andere Drachen zugelassen, dass Menschen ihnen das antun? Sie auf Schwächen zu testen, sie herumzukommandieren, sie mit zweierlei Maß zu messen? Kristen bezweifelte es und konnte sich nicht vorstellen, dass der Stonequest-Typ vom Drachen-SWAT die Leute mit Meißeln oder was auch immer auf sich loslassen würde.

Sie wusste auch nicht, ob der Nachname von Stonequest bedeuten könnte, dass er über andere Kräfte als ein normaler Drache verfügte. Es gab immer noch so viel, was sie nicht wusste und ihr Team half ihr nicht unbedingt, indem es ihre Kräfte einschränkte. Sie sollten sich ihre Fähigkeiten zunutze machen und nicht versuchen, irgendwelche Schlupflöcher zu finden.

Diese Gedanken erfüllten ihren Geist und beschäftigten sie bis zum Revier zurück. Als die anderen den Wagen verließen, war sie fast überrascht, dass sie schon angekommen waren.

»Okay. Geht duschen, dann will ich, dass ihr in zwanzig Minuten in der Lounge seid. Ich habe noch mehr Ideen für die Teambildung«, sagte Drew, als ob es ihm wirklich Spaß machen würde, sich konkrete Wege auszudenken, sie zu quälen.

Kristen nickte und ging zu den Duschen. Es war ein langer Morgen gewesen und sie wollte einfach nur nach Hause. Es waren jedoch noch einige Stunden des Tages übrig, was ausreichend Zeit dafür bedeutete, weitere Taktiken oder was auch immer ihr Teamleiter von ihnen verlangte, zu überprüfen, bis es jegliche Bedeutung verlor.

Sie zog ihre kugelsichere Weste aus – Drew hatte darauf bestanden, dass sie sie anziehen sollte – ihren Pistolengürtel, ihre Stiefel und stopfte alles in ihren Spind. Sie machte ein angeekeltes Gesicht, als sie ihr Uniformhemd auszog und bemerkte, dass sie es ebenso durchgeschwitzt hatte wie ihr Shirt.

Schüsse hallten durch das Gebäude, als sie sich gerade ausziehen und in die Dusche gehen wollte.

»Code Red! Ich wiederhole, Code Red! Feinde im ...«, fing ihr Funkgerät an zu plärren.

Instinktiv verwandelte sie ihre Haut in Stahl und raste aus der Umkleidekabine.

Während sie rannte – sie hatte ihre Drachengeschwindigkeit so schnell wie möglich eingesetzt – hörte sie, wie aus mehreren Waffen tonnenweise Munition abgegeben wurde.

Als sie es aus dem Flur im Hauptbürobereich des Reviers ankam, herrschte Chaos. Einschusslöcher zierten die Wände, Computer waren zerstört und überall lag loser Papierkram verstreut. Die Kriminellen standen noch immer vor der Tür, alle trugen Skimasken.

Kaum war sie stehen geblieben, um das Szenario aufzunehmen, begannen sie, auf Kristen zu schießen.

Sie zog sich zurück – das Training, ihre Kräfte nicht zu benutzen, hatte bis zu einem gewissen Grad funktioniert – und nahm sich einen Moment Zeit, um die Situation zu beurteilen. Sie war unbewaffnet, zu wenig bekleidet, ohne kugelsichere Weste oder gar Schuhe und ... sie war allein. Das schien der perfekte Zeitpunkt zu sein, ihre Kräfte zu aktivieren und diesen Arschlöchern zu zeigen, was passieren würde, wenn sie den Kampf in ihr Gebiet tragen.

Kristen beugte sich vor, um zu überprüfen, ob ihr ganzer Körper zu Stahl geworden und bereit war, durch den Raum zu rasen, als sie eine Hand auf ihrer Schulter spürte.

»Warte. Butters und Beanpole sind fast in Position.« Washington hatte es mit der Dusche offensichtlich weiter geschafft als sie. Er war zwar ohne Hemd und roch angenehm nach Seife, aber er hatte weder Schuhe noch Schutzausrüstung angezogen. Zum Glück trug er mehr als nur ein Handtuch.

»Ich kann sie mir schnappen«, sagte sie und wandte sich von ihm ab.

»Gib deinem Team eine Chance.«

Sie sah finster drein, aber sie wartete.

Eine Sekunde später schoss Beanpole mit einer Schrotflinte aus dem Eingangsbereich und feuerte dreimal, um die Gegner zu zwingen, hinter dem Empfangstresen in Deckung zu gehen. Sobald sie das taten, tauchte Butters mit einem Gewehr auf.

Er gab zwei Schüsse ab – und verfehlte beide Male – bevor die Eindringlinge versuchten, durch die Vordertür zu fliehen.

Einer der Männer rutschte auf einem Papier aus, landete hart auf dem Boden und drückte sich hoch. Er rutschte ab, zog seine Skimaske zurück und zeigte ein hellhäutiges Gesicht und einen braunen Schnurrbart.

»Ich hab ihn«, sagte Butters.

»Nein, warte.« Washington stolperte auf den Scharfschützen zu und blockierte seinen Schuss.

»Verdammt, Wonderkid!«

Kristen starrte Jim an. Er erwiderte den Blick nicht und schien zu abgelenkt, um ihn zu bemerken. Es war allerdings etwas merkwürdig in seinem Gesichtsausdruck. Überraschung? Angst? Anerkennung?

Die Eindringlinge nutzten die durch den kurzen Moment der Verwirrung geschaffene Gelegenheit, um aus der Tür zu rennen und der Vorteil war dahin.

»Ich krieg sie noch«, sagte Kristen. Die Flüchtigen waren kaum an der Haustür angelangt und sie konnte es ohne Probleme dorthin schaffen. Wenn sie ihre Stahlhaut einsetzen würde, könnte sie sogar das Fluchtfahrzeug anhalten.

»Nein! Nein, warte«, rief Washington und stellte sich ihr in den Weg.

»Sie werden entkommen.« Kristen legte eine Hand auf seine Schulter, um ihn daran zu erinnern, dass sie auch ihn durch den Raum schleudern konnte, wenn sie es nur wollte.

»Genau. Obwohl sie nichts anderes getan haben, als Chaos zu veranstalten, sind sie schon auf der Flucht. Das muss eine Falle sein.«

»Er könnte recht haben«, meinte Drew vom Ende des Korridors aus. »Hall, nicht verfolgen.«

Sie gehorchte, aber sie machte eine gedankliche Notiz, später mit ihrem Teamleiter über Washington zu sprechen. Warum hatte er Butters davon abgehalten, diesen Schuss abzugeben? Was hatte sie in seinen Augen gesehen? Konnte sie ihm vertrauen?

In diesem Moment der Stille, der dem Angriff folgte, raste ihr Geist. Er war an besagtem Tag auch in dem Abrissgebäude gewesen. Tatsächlich hatte er sie zurücklassen wollen. Nun hat er die Kriminellen gedeckt, die dreist genug waren, das SWAT-Revier anzugreifen?

Angesichts all dessen beschloss Kristen, dass sie nichts dagegen hatte, ihn als neuen Partner zu bekommen. Zumindest konnte sie ihn so besser im Auge behalten und ihm das Genick brechen, wenn sie herausfand, dass man ihm nicht trauen konnte.

KAPITEL 11

Kristen hatte die nächsten zwei Tage frei, was aufgrund von Drews neuer Berufung, dass sie ein Team zu bilden hatten, bedeutete, dass sie nicht zur Arbeit kommen durfte. Anscheinend hieß ein Teil des Teams zu sein, die anderen Mitglieder ihre Arbeit machen zu lassen, ohne auf sie aufzupassen. Captain Hansen hätte es vielleicht noch erlaubt – sie mochte die Publicity, die ihr persönlicher Drache brachte – aber sie wollte nicht über Drew hinweg entscheiden. Dafür respektierte sie ihn zu sehr.

Also lief sie stattdessen in ihrer Wohnung herum, rief ihre Mutter an und besuchte in einem Moment wahrer Verzweiflung ihre Eltern, um mit ihrem Bruder Videospiele zu spielen.

Nachdem er sie in drei verschiedenen Spielen gnadenlos geschlagen hatte, warf Brian seinen Controller frustriert zu Boden. »Du versuchst es nicht einmal. Du warst mal gut in Pro-Skater.«

»Ja, ich weiß. Entschuldige.« Sie legte auch ihren Controller zurück auf den Tisch und stand auf, um sich einen Snack aus der Tiefkühltruhe zu holen. Obwohl ihre Mutter oft darüber scherzte, dass ihr Bruder ein männliches Kind sei, behandelten sie ihn trotzdem wie eines. Kristen fand die Gefriertruhe voll mit Eissandwiches, Corn Dogs und gefrorenen Burgerpatties.

»Also, was ist los?«, fragte er, während er auf seiner Konsole einen Einspieler-Ego-Shooter startete. Er schien diesen Spielstil mehr zu mögen, seit sie beim SWAT war.

Sie wählte einen Corndog und steckte ihn in die Mikrowelle. »Weißt du, dass es in Pro-Skater einige Level gibt, in denen du deine Spezialfähigkeiten nicht benutzen kannst?«

»Ja, in den schlimmsten Leveln. Ich hasse diese Scheiße. Der beste Teil am Spiels ist es doch, deine coolen Moves zu verwenden, also warum einschränken?«

»Genau! Nun, so geht es mir im Moment bei der Arbeit auch. Sie wollen nicht, dass ich meine Drachenkräfte nutze, obwohl ich weiß, dass ich der größere Gewinn wäre, wenn ich mehr damit machen könnte.«

Er zuckte die Achseln, sein Blick noch immer auf den Bildschirm gerichtet. »Für mich ergibt das Sinn. Hochleveln macht alles einfacher.«

»Richtig! Und doch tun sie so, als würde mich das verletzlich machen.«

»Nun, du bist doch verletzlich, oder? Zum einen hast du herausgefunden, dass sich Stahlhaut nicht mit Elektrizität verträgt.«

»Ja, habe ich. Geschweige denn mit Magneten, also will mein Boss, dass ich meine Kräfte nicht einsetze, damit ich mich nicht auf sie verlasse.«

»Das ist dumm.« Brian unterbrach das Spiel, als die Mikrowelle piepte. Anscheinend war sie nicht die Einzige, die einen Corndog wollte.

»Ich weiß nicht ... ich schätze, es ergibt Sinn. Schließlich gibt es ja auch Level ohne Spezialfähigkeiten, oder?«

»Ja, aber nicht im wirklichen Leben. Ich schätze, wenn du in einem Kraftwerk oder so kämpfst, darfst du deine Stahlkraft nicht einsetzen, aber das bedeutet nur, dass du mit deinen anderen Kräften noch besser werden musst, oder?«

»Vermutlich! Ich weiß nicht einmal, welche Kräfte ich sonst noch habe«, seufzte Kristen. Es war so frustrierend.

»Offensichtlich nicht wie in Videospielen«, meinte Brian, schob seinen Corndog in die Mikrowelle und goss seine spezielle Soße – Mayo und Ketchup mit Tabasco – darüber.

»Ich weiß nicht, ob Drachen Kräfte wie in Videospielen haben können.« Sie schüttelte den Kopf über die Lächerlichkeit dieser Aussage. »Ehrlich gesagt weiß ich nicht einmal, ob Drachen wirklich Feuer speien können. Das muss ich erst selbst noch sehen. Und sie haben diese seltsamen Namen. Als wären sie Hinweise auf ihre Fähigkeiten. Ich weiß es einfach nicht.«

»Du brauchst ein Tutorial«, erklärte er weise.

»Ein was?«, fragte sie mit einem Bissen Corndog im Mund.

»Du weißt schon, wie bei einem Computerspiel, als Ersatz für eine Anleitung. Ein Tutorial zeigt dir alle Züge, die Combos, wie man blockiert, solche Sachen eben. Du musst ein Drachen-Tutorial mitmachen.«

»Erwachsene nennen das Training, Brian.«

»Klar, wenn du meinst. Dann brauchst du eben eine Ausbildung. Drachentraining.« Brian nahm seinen Corndog aus der Mikrowelle und biss genussvoll hinein, als ob das seinen Standpunkt unterstreichen würde.

»Aber ich kann nicht mit Drew und den anderen trainieren.«

»Richtig, das wäre so, als würde man ein Todesopfer in Street Fighter verwenden.«

»Was?«

»Weißt du, es ist wirklich schade, dass du dich nie auf Kampfspiele eingelassen hast. Ich meine nur ...« Er kratzte sich den erbärmlichen Wuchs von Pfirsichflaum am Kinn. »Du gehst es falsch an, das ist alles. Du brauchst jemanden, der dir zeigt, was es heißt ein Drache zu sein. Was wahrscheinlich bedeutet ...«

»Einen Drachen«, warf Kristen ein und beendete seinen Gedanken.

Er nickte, sein Corndog war bereits fast bis auf den Holzspieß aufgegessen.

»Zu schade, dass du da der große Verlierer bist, der so gar keine Drachenfreunde hat.« Er suchte sich ein anderes Spiel aus, lud es und wählte einen Kämpfer. »Aber ich werde dir zeigen, wie man jemandem den Kopf abtrennt.«

»Ja, genau das wollte ich schon immer mal lernen.« Kristen verzog angewidert das Gesicht. »Aber was das Andere angeht, ich habe schon Drachenfreunde!«, sagte sie und bereute es sofort. Wenn es jemanden gab, der wusste, wie man sie unter der Gürtellinie traf, dann war es ihr Bruder.

»Na, ich weiß nicht, Kristen. Zählt dieser Stonequest-Typ vom Drachen-SWAT wirklich als Freund? Hat nicht er gesagt, dass du so lange beim SWAT bleiben sollst, bis deine Kräfte voll da sind? Das klingt nicht gerade nach einem Kerl, der Zeit dafür hat, einen kompletten Neuling auszubilden.«

»Nein, nein, du hast recht. Ich glaube nicht, dass mir Stonequest helfen würde. Außerdem hat er mir seine

Karte nicht gegeben oder so. Ich müsste den üblichen Weg gehen und das könnte Drew verärgern.«

»Dann hängst du also in der Luft.«

Sie nickte, obwohl es nicht wahr war. Auf der Drachenparty hatte der schwarze Drache angeboten ihr zu helfen, wenn sie jemals etwas brauchen sollte. Sebastian Shadowstorm war sein Name. Er war ein echter Gentleman gewesen.

Nachdenklich aß sie ihren Corndog fertig, steckte den Spieß in eine Topfpflanze ihrer Mutter und grub in ihrer Handtasche nach der Karte. Sie zog sie heraus und sah sich die Telefonnummer an. Eine Adresse war nicht vorhanden.

»Hey, Brian, ich muss mal telefonieren.«

»Oh, ja? Hat sich ein anderer Drache gemeldet?«

Kristen ignorierte ihn und ging in den Garten. Sie wählte die Nummer. Es klingelte dreimal, bevor eine Männerstimme antwortete.

»Wie kann ich Ihnen helfen?« Das war nicht Shadowstorm.

»Hallo. Vielleicht habe ich mich verwählt. Ich würde gerne mit Sebastian Shadowstorm sprechen. Ist das die richtige Nummer?«

»Wer will das wissen?«, fragte der Mann ziemlich unhöflich und antwortete nicht auf ihre Frage.

»Hier spricht Kristen Hall. Ich traf Mister Shadowstorm auf einer Party. Er sagte, ich solle anrufen, wenn ich etwas brauche.«

»Ah, ja. Lady Hall. Der Meister hat Ihren Anruf erwartet. Möchten Sie heute Nachmittag zu seiner Residenz kommen?«

Sie blickte nach drinnen. Brian biss die Zähne zusammen, als er tief in den Fängen seines Kampfspiels auf die Knöpfe des Controllers einschlug. »Ja. Das wäre toll.«

Der Mann gab ihr die Adresse und sie schrieb sie auf. Sie steckte ihren Kopf ins Zimmer, verabschiedete sich von Brian und ging durch das Seitentor.

»Genieß dein heißes Date«, rief ihr Bruder hinterher.

Nach einem oberflächlichen und etwas abgelenkten Winken in seine Richtung – das er offensichtlich sowieso nicht bemerkt hatte – schlüpfte sie in ihr Auto und fuhr zu der Adresse.

Die Fahrt führte sie durch einen Teil von Detroit, der schon seit Jahrzehnten zu den reichsten und luxuriösesten Stadtteilen gehörte. Jedes Haus war ein Herrenhaus aus Ziegelsteinen, komplett mit Wintergarten und Turm. Die Straße war fast hundert Jahre zuvor von den Kapitalisten des letzten Jahrhunderts angelegt worden, hatte aber in den letzten Jahren unter dem Verkehr gelitten.

Trotzdem war alles in einem besseren Zustand als früher. Früher hatte jede dritte Villa verwahrloste Dächer, zerbrochene Fenster und verwilderte Rasenflächen, aber jetzt war immerhin nur noch jedes zehnte Haus baufällig. Bald würden auch diese letzten Relikte der Renovierungswelle zum Opfer fallen, die in den letzten zehn Jahren über die Stadt hereingebrochen war.

Sie fuhr weiter, bis sie die Adresse von Shadowstorm fand. Sobald sie die Villa sah, wusste sie, dass es seine war, ohne die Adresse noch einmal vergleichen zu müssen.

Während die meisten Häuser in diese Viertel – und im Vergleich zu Shadowstorms Residenz waren die Villen, an denen sie vorbeigefahren war, kaum mehr als Häuser und stetigem Verfall ausgesetzt. Bei ihm allerdings sah es so aus, als hätte er die letzten hundert Jahre damit verbracht, den Glanz seines Besitzes zu vergrößern.

Das Haus war in absolut perfektem Zustand. Sie war sich nicht sicher, wie das gehen sollte, aber die Holzverkleidung sah original aus – obwohl die schwarze Farbe vermutlich aufsehenerregend sein sollte – und der rote Ziegelschornstein war nirgendwo auf der ganzen gewaltigen Höhe verrußt oder bröckelte. Da war auch noch ein weiterer Turm sichtbar, rundum verglast.

Der Vorgarten war unglaublich. Perfekt geschnittenes Gras, das sich bis zu blühenden Hecken und gut gepflegten Eichen erstreckte. Sie sah sogar eine blühende Glyzinie. Seltsam, wenn man bedachte, dass diese normalerweise im Frühjahr blühten und es jetzt Spätsommer war, aber wer auch immer sich um die Gartengestaltung bei Shadowstorm kümmerte, kannte sich offensichtlich damit aus.

Kristen parkte, stieg aus und näherte sich dem schmiedeeisernen, schwarzen Zaun, der das Grundstück umgab. Auf ihrem Weg entlang der ausgedehnten Gartenanlage stellte sie fest, dass dort wahrscheinlich noch andere Häuser gestanden hatten. Es sah so aus, als hätte er die Grundstücke gekauft und die Gebäude abgerissen, um mehr Platz für einen Garten zu schaffen, der mit Marmorstatuen von Menschen und Bronzeskulpturen von Körperteilen von Drachen gefüllt war.

Hier war der Kopf eines Drachen und dort das Skelett eines Drachenarmes, der sich von der Erde hochdrückte. Überall standen Statuen von Menschen, die etwas kleiner als lebensgroß in hellem Marmor gearbeitet waren, was die Drachenkörperteile nur umso größer erscheinen ließ. Eine Frau kauerte am Boden, ein Kind beschützend, während ein Mann mit einem erhobenen Schwert – die Steinwaffe war zerbrochen – und Bösartigkeit im Gesicht vor ihr stand.

Sie nahm nicht an, dass es im Detroit Institute for Art so viele Skulpturen geben würde. Alles war so spezifisch. Teile von Drachen und Menschen in verschiedenen Phasen der Angst. Hatte Shadowstorm das alles in Auftrag gegeben? Es sah jedenfalls so aus, als hätte er es getan.

Was sagte das über ihn aus? Mochte er Menschen in Angst? Wollte er sie beschützen? Wollte er sehen, wie Drachen sie in Stücke rissen? Fand er ihre Anatomie faszinierend und schön?

Ungeduldig schüttelte sie den Kopf. Sie dachte zu viel darüber nach. Ihre Eltern hatten jahrelang die Statue eines Pfaus im Vorgarten, bis Kristen einen Fußball darauf geschossen hatte. Sie hatten ihn gekauft, weil sie es sich leisten konnten und behielten ihn, weil sie nicht wussten, was sie sonst damit tun sollten. Sicherlich hatte Shadowstorm einen Grund für diese sehr spezifische Kunstsammlung, aber es könnte auch ein Grund sein, der nicht mehr Sinn ergab als der Pfau ihrer Eltern.

Schließlich wollte sie nicht mehr länger warten, näherte sich dem Tor und suchte nach einer Klingel. Dort wurde sie mit einem Wachmann konfrontiert, der nach ihrem Ausweis fragte.

Kristen zeigte ihm ihre Polizeimarke – das war immerhin ein gültiger Ausweis – und ganz nebenbei hatte sie Shadowstorm nur getroffen, weil ihr Gesicht überall in den Nachrichten gezeigt wurde. Der Wachmann studierte die Marke, sah Kirsten noch einmal an, schloss dann das Fenster seines Häuschens und sprach über Funk.

KAPITEL 12

»Eine menschliche junge Frau ist hier und zeigt eine Marke der Polizei von Detroit vor«, meldete der Wachmann über Funk.

Sebastian Shadowstorm runzelte die Stirn. Eine menschliche Frau mit einer Polizeimarke? Wer könnte das denn sein? Die verdammten Wachen konnten sich manchmal unglaublich dumm anstellen.

»Heißt sie zufällig Kristen Hall?«, fragte er ungehalten.

»Ja, Sir.«

»Sie ist kein Mensch, du Idiot, sondern der Stahldrache des SWAT. Gehst du auch manchmal nach Hause und liest Zeitung oder verbringst du deine ganze Zeit in deiner Wachhütte?«

»Entschuldigung, Sir. Verzeihung, Sir«, jammerte der Mann. Sogar über Funk konnte Shadowstorm erkennen, dass er große Angst hatte. Ausgezeichnet. Die Sicherheitsleute mussten wissen, für wen sie kämpfen. »Soll ich sie reinlassen?«

»Sie sagten, sie hat ihre Marke gezeigt?«

»Ja, Sir.«

»Sehr gut. Wir dürfen uns der offiziellen Polizeigewalt nicht in den Weg stellen. Lass sie rein, verschließe das Tor hinter ihr und aktiviere den Graben.« Wenn sie im Auftrag der Polizei tätig war, könnte sie seine Geheimnisse bereits entdeckt haben oder sehr nahe dran sein. Aber, wenn sie allein war? Nun, er konnte es mit dem Stahldrachen aufnehmen, solange sie in ihrer menschlichen Gestalt blieb.

»Den … Graben, Sir?«, fragte der Wächter in die Gedanken von Shadowstorm hinein.

»Verdammt, du Idiot, du weißt, was ich meine. Nicht den Graben, sondern die … Verteidigungsanlagen. Um alle Fahrzeuge zu stoppen.«

»Sobald sie drinnen ist, fahre ich die Reifenspikes herauf, Sir«, antwortete er, offensichtlich überhaupt nicht glücklich darüber, seinen Chef zu korrigieren.

»Ja, die Reifenspikes. Tu das!« Er knurrte verärgert. Die Zeiten änderten sich so schnell und die Menschen fassten nur selten die gesamte Entwicklungsphase ins Auge. Bezeichnete man ein Auto als Kutsche oder sogar als Automobil sehen sie aus, als würde die Grundlage ihrer Existenz infrage gestellt. Jetzt mit der Erfindung ihres höllisch plappernden Fernsehers war alles noch schlimmer geworden.

Seine Residenz spiegelte wider, was er über den ekelhaft schnellen Technologiewandel dachte. Er verließ seinen Turm und ging die mit Teppichboden ausgelegten Treppen hinunter, vorbei an Ölgemälden von Königen, die er abgesetzt hatte und Prinzen, die weise genug waren, ihm heimlich Lehenstreue zu schwören.

Verschiedene Rüstungen standen strategisch angeordnet, einige noch geschwärzt von den Rittern, die darin lebendig gekocht worden waren. Er kam an Schätzen aus fünf Kontinenten vorbei und an Möbeln, auf denen einige Dokumente von denen unterzeichnet worden waren, die heute die Welt regieren.

Drachenaura

Sebastian hatte ein Telefon – er schätzte den Wert dieser Erfindung, auch wenn er das verfluchte Klingeln der Glocke nicht ertragen konnte – und er hatte natürlich elektrisches Licht. Abgesehen davon hatte er nie einen Fernseher gekauft und verstand die Besessenheit an Computern nicht ganz.

Aber nichts davon war jetzt wichtig. Inkompetente Wachen hatten lediglich die Möglichkeit, Shadowstorm an die Prioritäten der Menschheit zu erinnern und daran, warum sie mit einer stärkeren Hand als dem schwachen Handgelenk des Drachenrates unterworfen oder zumindest geführt werden mussten.

Er wunderte sich wieder über diese Kristen Hall. Er hatte sie eingeladen und doch hatte sie über eine Woche gewartet, ihn zu besuchen. Das klang nicht gerade nach einem Freundschaftsbesuch. Es klang eher nach einem Sheriff, der unbeantworteten Fragen nachging.

Aber wie konnte sie so schnell etwas entdecken? Trotzdem war es nicht wichtig. Wenn sie es wusste, wusste sie es und das bedeutete, dass sie vernichtet werden musste. Er überlegte, ein Schwert von der Wand zu nehmen, entschied sich aber dagegen. Mit ihrer Stahlhaut wäre seine Drachenform für ihre Niederlage so gut wie unerlässlich.

Aber war das ihre Absicht? Ihn zu verhaften? Er konnte sich nicht sicher sein.

Wenn der Welpe ihn in seinem Haus herausfordern wollte, würde er sie selbst zerstören. Das Eindringen in eine andere Drachenfestung war schließlich mehr als unangemessen.

Shadowstorm zog in Erwägung, sie im Garten zu empfangen, um mögliche Schäden an seiner Wohnung zu verhindern, entschied sich aber dagegen. Es wäre besser für sie, wenn sie hereinkommen würde. Wenn sie sich gegen ihn wenden sollte, würde es ihn vielleicht ein paar Mauern kosten, aber der Kollateralschaden wäre tragbar, falls andere Drachen infrage stellen würden, was passiert war. Wenn es wie ein Einbruch aussehen würde, könnte niemand – nicht einmal dieser Schwachkopf Ironclaw – seine Entscheidung, den kleinen Stahlzwerg abzuschlachten, infrage stellen.

Es klopfte an der Tür und ließ seine beiden Diener diese öffnen. Jeder griff nach einer der riesigen Eichentüren mit eisernen Beschlägen und zog sie auf.

Kristen Hall stand in der Öffnung, eingerahmt von dem massiven Rahmen. In Jeans und T-Shirt sah sie völlig fehl am Platz aus, wie ein modernes Kunstwerk, das irgendwie in der Renaissance-Galerie gelandet war.

»Mister Shadowstorm, hallo«, grüßte sie freundlich.

Er verbarg ein Grinsen. Sie klang nicht nach einem Sheriff im Einsatz, sie klang … eher eingeschüchtert. »Miss Hall. Ich dachte, ich hätte dich gebeten, mich Sebastian zu nennen.«

Ihre Nervosität legte sich und sie lächelte. »Richtig, Sebastian. Entschuldigung. Es ist einfach so, dass dieser Ort … na ja, er ist erstaunlich.«

»In der Tat, danke. Bitte, willst du nicht hereinkommen? Dein Besuch ehrt mich.«

Kristen nickte, blickte schnell auf den Kronleuchter, dann auf den Eisbärteppich auf dem Boden, trat über die Schwelle und in seine Festung. »Nun, du hast gesagt, wenn ich etwas brauche, soll ich mich melden, also … hier bin ich.« Sie versuchte zu lächeln, aber ihre Nervosität machte es etwas unsicher.

Shadowstorm hingegen strahlte einfach. Er konnte es kaum fassen, denn er hatte den Versuch, eine Beziehung zum Stahldrachen aufzubauen, bereits so gut wie aufgegeben. Der Mensch, so wusste er, hatte die Aufmerksamkeitsspanne eines der kleineren Tiere. Einige waren zwar aufmerksam, aber wenn sie nicht innerhalb von ein oder zwei Tagen zurückgerufen hatten, hatten sie es einfach vergessen. Anscheinend hatte sie doch an ihn gedacht.

»Aber natürlich, Kristen, aber natürlich. Bitte komm herein und mache es dir bequem. Tyler, ein Getränk, wenn ich bitten darf. Unser Gast sieht aus, als bräuchte sie etwas zur Beruhigung der Nerven.«

Die beiden Bediensteten schlossen die Tür hinter ihr und einer verschwand, um Getränke zu holen.

Der andere Mann – Shadowstorm konnte sich nie an seinen Namen erinnern, Mitchell? McDonald? Jedenfalls etwas in der Art – begleitete seine Besucherin durch den geräumigen Eingangsbereich zum Wohnzimmer.

Sebastian machte Kristen deutlich, dass sie auf dem letzten Stuhl – auf dem Mussolini vor seinem Tod gesessen hatte – Platz nehmen sollte, während er es sich auf Napoleons Sofa bequem machte.

»Also, wie kann ich helfen?«

»Nun, um gleich zur Sache zu kommen, ich möchte mehr von meinen Drachenfähigkeiten aktivieren.«

»Ja, natürlich.« Es war an der Zeit für ein Glücksspiel, aber er hatte immer daran geglaubt, seine Chancen nutzen zu können. »Aber hat dir das Drachen-SWAT nicht einige unserer Methoden gezeigt?«

Kristen lachte höhnisch. »Ich hätte es mir gewünscht. Sie – oder besser gesagt er – der Typ namens Stonequest befahl mir, zu bleiben, bis sich meine Kräfte entwickelt hätten.«

Shadowstorm unterdrückte seine Freude. Sein Spiel hatte sich wunderbar bewährt! »Stonequest ... Ja, ich muss sagen, der Herr ist mir bekannt. Er ist mehr als gut in seinem Job, den Rest von uns zu schikanieren. Ich kann nicht behaupten, ich wäre überrascht, dass er sich nicht die Zeit genommen hat, dich in unserer kleinen Gemeinschaft richtig willkommen zu heißen.«

Sie seufzte. »Und jetzt? Er hält mich einfach auf Abstand, bis ich gelernt habe, was ich tun muss?«

Er zuckte langsam und vorsichtig mit den Achseln, als wollte er vermeiden, direkt etwas gegen Stonequest zu erwähnen, obwohl er eigentlich nur wollte, dass sie mehr über ihn fragte. »Das könnte seine Absicht sein.«

»Ach ja?« Sie hob eine Augenbraue. »Nun, was könnte es noch sein?«

»Nun, Kristen, ich weiß, dass das alles noch recht neu für dich ist, aber ... na ja, wie drücke ich das taktvoll aus? Man kann nicht allen Drachen trauen.«

Das schien sie zu erschrecken. Shadowstorm empfand es als echte Herausforderung, nicht zu lächeln. Wie konnte sie nur so leichtgläubig sein? Seine Bemühungen, öffentliche Schulen zu unterstützen, könnten sich jetzt auszahlen.

»Also du glaubst, dass er ... dass er mich angelogen hat oder so?«

Wieder zuckte er vorsichtig die Achseln. Er stand auf und begann im Wohnzimmer umherzugehen, bevor er innehielt, um die gekreuzten Schwerter an der Wand zu bewundern. »Ich glaube nicht, dass er es böse meint oder so was, aber ... nun, Stonequest arbeitet für die

Polizei und die Polizei mag Stabilität. Aber das weißt du natürlich.«

»Natürlich. Aber daran ist doch nichts falsch.«

»Natürlich nicht. Aber, betrachte es aus der Sicht von Stonequest. Seine Aufgabe ist es, Drachen zu überwachen, Wesen, die seit Jahrhunderten oder sogar Jahrtausenden existieren. Nicht alle gehen mit der Zeit oder lassen ihre Motivation für bestimmte Dinge hinterfragen.« Er schnaubte spielerisch. »Warum auch, selbst ich muss noch eins dieser neuen Handys kaufen.«

»Okay, aber was soll's? Ich weiß, wie man Xbox spielt, aber was hat das damit zu tun, dass man mich ignoriert?«

Er hatte keine andere Wahl, als den Xbox-Kommentar zu ignorieren. Es musste sich dabei um eine Art von Vergnügungsspiel handeln, wie die Flipperautomaten, die Menschen so gerne mochten. »Es ist nicht so, dass er dich ignoriert, sondern dass er ein Gleichgewicht zwischen vielen verschiedenen mächtigen und hartnäckigen Kräften aufrechterhalten muss. Du hast – aufgrund deines Wesens, von Menschen aufgezogen und noch so jung – eine neue Reihe von Idealen. Und dann ist da noch deine Fähigkeit. Ich habe so etwas noch nie gesehen und obwohl Stonequests Finger weiter reichen als meine, er wahrscheinlich auch nicht. Aus seiner Sicht ist es vermutlich einfacher, wenn du ein menschlicher Sheriff bleibst, der Kugeln aufhalten kann.«

»Ein Sheriff?« Kristen musste lachen.

Shadowstorm winkte mit der Hand bei ihrem schallenden Lachen. Das war ehrlich gesagt zu einfach. »Beamter, Hüter des Friedens, wie auch immer du dich nennen magst. Ich werde dir helfen, aber du musst versprechen, mich nicht in dieses Jahrhundert zu zerren. Es ist zu laut und viel zu hell.«

»Du wirst mir helfen?«, fragte sie erleichtert.

»Natürlich, obwohl das mit Stonequest kein Witz war. Es wäre wahrscheinlich besser, wenn du ihm nichts davon erzählst.«

»Das werde ich nicht. Er hat wahrscheinlich … wie hast du gemeint? Seine Finger – auch in unseren Büros im Spiel. Wenn du mich zu einem besseren Drachen ausbilden kannst, lasse ich die Ergebnisse für sich sprechen.«

In diesem Moment kam Tyler mit den Getränken zurück. Shadowstorm nahm seins und hob es zu einem Toast an. »Ein Toast! Auf unsere neue Allianz.«

Sie lächelte und hob ihr Glas. »Auf neue Freunde.«

Sie stießen mit den Gläsern an und eine Welle der Genugtuung überflutete ihn. Es war so überwältigend, dass er es fast fühlen konnte. Es war ihre Aura, die mit der Stärke einer ansteigenden Flut gegen ihn drückte. Wer war dieses Mädchen? Wie konnte sie so mächtig sein? Er sah seine Diener an, die auch beide lächelten. Sie hatte die Wirkung auf sie übertragen, ohne es zu wollen.

Ja, er hatte sich richtig entschieden. Indem er mit dem Stahldrachen arbeiten würde, konnte er ein Gefühl für ihre Kräfte, ihre Stärken und vor allem ihre Schwächen entwickeln. »Sollen wir anfangen?«

»Was? Heute?«

»Ja, jetzt sofort. Ich würde gerne ein Gefühl dafür bekommen, wozu du fähig bist … um meinen Unterricht besser gestalten zu können. Es ergibt keinen Sinn, Zeit zu verschwenden, deine Geschwindigkeit zu entwickeln, wenn du schon schneller bist als ich.« Shadowstorm kicherte und Kristen lächelte. Er musste sie nicht einmal über sein Interesse an ihren Stärken belügen.

»Äh, sicher.«

Wenn sie eine Verbündete werden sollte, musste er noch an ihren Manieren arbeiten, aber dazu später. Er nahm ein Schwert von der Wand und ging auf die Tür zu. »Bitte, hier entlang.«

Sie folgte ihm durch seine Villa und hinaus in seinen Garten.

Sie schlenderten an der Skulpturensammlung vorbei. Sollte sich Kristen dabei unwohl fühlen, verbarg sie es gut, indem sie drauflos plapperte. »Haben also alle Drachen im Grunde genommen die gleichen Kräfte oder wie? Ich weiß, dass ein Kerl seine Hand in Metall verwandeln kann. Gibt es das häufiger, als ich angenommen habe? Sind wir alle mehr oder weniger gleich stark oder kann Training etwas bewirken? Ich kann mir aber keinen Drachen vorstellen, der Liegestütze macht oder ins Fitnessstudio geht. Gleichen sich unsere beiden Formen irgendwie? Wenn ich als Mensch schon stark bin, heißt das, ich werde ein extra starker Drache?«

»Kristen, bitte, beruhige dich. Es gibt viel zu lernen, aber ich kann dir nicht einfach alles erzählen.«

»Warum nicht?«

Shadowstorm seufzte und versuchte, liebenswert zu klingen. Sie war einfach im Grunde ein Mensch ohne Sinn für Geduld und Anstand. »Zunächst einmal habe ich heute Abend eine andere Verabredung und nicht die Zeit, die nötig wäre, um alle deine Fragen umfassend zu beantworten. Darüber hinaus kenne ich auch nicht alle Antworten.«

»Was? Aber du bist doch schon seit … Moment, wie alt bist du, hast du gesagt?«

Er winkte die Frage ab. »Alt genug, meine Liebe, alt genug. Ich bin schon lange genug dabei, um zu wissen, dass wir Drachen sehr private Wesen sind. Wir könnten diese Welt regieren, wenn wir nur die Hand ausstrecken und die Menschen sie ergreifen würden. Es gab eine Zeit, in der sich Menschen unserem Willen weit mehr gebeugt haben als heute und doch ziehen es meine Brüder und Schwestern vor, ihren Rat vom Rand der Gesellschaft aus zu erteilen«.

»Nun, ist das nicht gut so? Ich finde es sehr lobenswert, dass die menschliche Demokratie gedeihen kann, wenn man bedenkt, dass einer von euch einen Staat alleine regieren könnte, wenn er es wollte.«

»Ist es aber wirklich das Beste? Ich verstehe, dass die Menschen die Aufsicht über ihre eigenen Angelegenheiten behalten wollen, aber sicherlich ist eine gewisse Richtungsweisung erforderlich. Schaue dir Hitler an und betrachte die brutale Geschichte der Sklaverei in den Vereinigten Staaten. Die Demokratie ist nur so gut wie ihre Mehrheit. Manchmal frage ich mich, ob es weniger Gewalt in der Welt gäbe, wenn wir einfach einen Herrscher hätten, der sie gar nicht erst zulässt.«

Sie hielt inne, um zu überlegen. »So habe ich das noch nie gesehen. Ich schätze, aus eurer Perspektive könnte das sinnvoll sein.«

»Aus unserer Sicht, Kristen. Ich weiß, dass du dich als Drache noch nicht ganz wohlfühlst, aber ich habe über dich in der Zeitung gelesen. Du hältst im Alleingang Kriminelle davon ab, in der Stadt Gewalt zu anzuwenden. Sag mir, wie denken deine menschlichen Kollegen darüber?«

Shadowstorm ließ sie darüber nachdenken, als sie seine Trainingsarena betraten. Es war ein großer Sandplatz, der oft für Volleyballspiele genutzt wurde, wenn er Unterhaltung wollte – menschliche Spiele waren immer so lustig anzusehen – aber seine Diener hatten seine Absicht verstanden und das Netz für die beiden Drachen entfernt. Einer von ihnen war noch dabei, die letzte Ecke des sandigen Platzes glatt zu rechen. Der Mann würde später bestraft werden, wenn sein Gast abgelenkt wäre.

Er blieb stehen und drehte sich zu ihr um. Sie sah aus, als hätte sie eine Antwort auf seine Frage parat, aber er wollte sie nicht hören. Er wollte nur, dass sie über ihren neuen Platz in der Welt nachdachte. Wenn sie seine Verbündete werden sollte, müsste sie zu ihren eigenen Schlussfolgerungen kommen, was das Beste für die Menschen wäre, die diesen Planeten für sich beanspruchten. Er wusste, was er für das Ungeziefer empfand, aber viele schreckten vor solchen Urteilen gegenüber den erbärmlichen, unverantwortlichen Wesen zurück, die sich selbst als intelligent bezeichneten.

Anstatt sie also die Frage beantworten zu lassen, zog er mit dem Schwert eine Linie im Sand zu seinen Füßen, richtete die Klinge auf sie, lächelte und sagte: »Wichtig ist, dass du deine Fähigkeiten kennenlernst, also versuche bitte, diese Linie zu überschreiten«.

Kristen grinste. »Das ist alles? So willst du mich ausbilden? Keine Theorie und keine Anleitungen?«

Shadowstorm lachte nachsichtig. »Wir sind Drachen, keine Basketballspieler. Unsere Kraft entspringt unserer Form. Um deine Fragen nach unserer Stärke zu beantworten: Ich kenne nicht alle Details eines jeden Drachen. Ich denke, dass jeder von uns unterschiedliche Fähigkeiten hat und dennoch erkennen nur wenige meiner Brüder und Schwestern ihr volles Potenzial«.

»Und du willst mir helfen, mein volles Potenzial zu entfalten?«

Wieder lachte er. »Ich denke, wir sollten damit anfangen, dass du diese Grenze überschreitest. Komm, so schnell du kannst. Nutze deine Geschwindigkeit.« Er stach das Schwert in den Sand und hob beide Hände defensiv an.

Sie nickte. Kaum hatte sich ihr Kopf bewegt, raste sie schon vorwärts.

Er musste sein instinktives Keuchen unterdrücken. *Zur Hölle, sie ist schnell!* In einem Augenblick hatte sie den Abstand zwischen ihnen halbiert und im nächsten war sie dabei, die Grenze zu überschreiten.

Shadowstorm hob das Schwert und schwang es an ihre Schulter.

»Hey!« Sie verwandelte ihren Arm in Stahl und wehrte den Schlag mühelos ab. »Du hast die Klinge in den Sand gesteckt. Ich dachte, das bedeutet, dass sie verboten ist.«

»Das habe ich nie gesagt und außerdem habe ich nicht erwartet, dass du so schnell bist.«

Sein Lob zauberte ihr ein breites Lächeln ins Gesicht.

»Es gab Drachen auf der Party, die sich nicht so schnell bewegen wie du.«

Kristen zuckte die Achseln. »Du scheinst auch schnell zu sein, denn du hast mich ohne Probleme blockiert.«

Drachenaura

Er lächelte und hoffte, es sei eine warme Geste. Meistens sollte sein Lächeln schließlich eine Drohung darstellen. »Ich habe noch nie einen Drachen gelehrt, wie er seine Kräfte einsetzen kann. Geh nicht davon aus, dass ich ein Lehrer von solcher Qualität bin, dass du irgendwann besser bist als ich mit meinen eigenen bescheidenen Fähigkeiten.«

Sie nickte und schien den tieferen Sinn dessen, was er gesagt hatte, zu analysieren. Das war ein Fehler. Seine Aussage war zu nahe an der Wahrheit.

Hastig wechselte er das Thema. »Lass uns deine Stärke testen. Wir fassen uns an den Händen und versuchen, den anderen in den Sand zu schieben oder über die Linie zu ziehen.«

»Du meinst wie beim Profi-Wrestling?«, grinste sie.

Shadowstorm konnte den Vergleich nicht einmal annähernd nachvollziehen – Wrestling war ein menschlicher Sport, den er als ziemlich langweilig empfand – aber er nickte trotzdem. Seine Anweisungen waren klar genug, sogar für jemanden, der von Menschen aufgezogen wurde.

Sie standen auf beiden Seiten der Linie, nahmen sich an den Händen und jeder versuchte, seinen Gegner zu bewegen.

Die ersten beiden Runden gingen ganz leicht an ihn. Er war einfach größer als sie und hatte jahrhundertelang sowohl in seiner menschlichen als auch in seiner Drachenform gerungen. Beim ersten Mal schob er sie einfach zurück in den Sand und beim zweiten Mal zog er sie zu sich, hob sie von den Füßen und warf sie auf den Boden.

In der dritten Runde jedoch verwandelte sie sich, bevor er sie hochheben konnte, in Stahl. Er dachte, er könne sie immer noch anheben, aber nicht mit dem Halt, den er gerade hatte und nicht bei ihrer so starken Zugkraft.

Shadowstorm gab ein paar Zentimeter nach und als sie zurückrutschte, stellte er sich neu auf, verlagerte seinen Schwerpunkt näher zum Boden und zog erneut.

Sie kam ihm entgegen, kippte aber nicht nach vorne. Stattdessen hielt sie das Gleichgewicht und zog sich zurück.

Er benutzte eines seiner am besten gehüteten Geheimnisse und stellte sich nur für einen kurzen Moment substanzlos dar. Das war nicht leicht, denn er hatte diesen Trick selten angewandt, aber es funktionierte. Kristen – unfähig, sich an reinem Schatten festzuhalten – stürzte in den Sand.

»Schon wieder«, sagte sie, grinste und drückte sich hoch. »Ich weiß nicht, wie du meinem Griff entkommen bist, aber das passiert nicht zweimal hintereinander.«

Shadowstorm sah die Weisheit darin und veränderte seine Aktivitäten.

In der nächsten Stunde testete er sie auf jede erdenkliche Weise. Sie war stark, schnell und beherrschte ihre Fähigkeit, sich in Stahl zu verwandeln, fast vollkommen. Er zeigte ihr ein paar Tricks, vor allem, wie man die Heilungsgeschwindigkeit erhöht und die Aura nutzt, um seine Diener zu beeinflussen. Er wollte zwar nichts verraten, aber sie hatte bereits eine starke Aura, die zweifellos die Menschen um sie herum beeinflusste, also könne sie genauso gut wissen, wie sie richtig einzusetzen war. Außerdem funktionierte die Aura bei anderen Drachen nicht, sodass sie nicht gegen ihn verwendet werden konnte, wenn sie sich dazu entscheiden sollte.

Drachenaura

Und sie könnte sehr wohl dahinter kommen, dass er tatsächlich ihr Feind war. Soviel musste er sich eingestehen. Sie lernte schnell und war klug. Wenn sie erkannte, dass ihr Gegner sie schlagen würde, versuchte sie, andere Wege zu finden, um trotzdem zu gewinnen.

Wenn sie entdecken würde, dass er die Banden zusammengeschlossen hatte, um die Stadt anzugreifen – der liebe alte Sebastian war in der Tat Mister Black – hatte er keinen Zweifel, dass sie sich gegen ihn stellen würde. Dennoch wäre sie eine mächtige Waffe, wenn sie richtig eingestellt werden könnte.

Am Ende lud er sie zu einem weiteren Training ein. Es würde ein gefährliches Spiel von Drache und Ritter werden, aber er fühlte, dass sich die Risiken lohnen würden. Sie musste ihn als Verbündeten und hoffentlich als Partner sehen. Nur dann konnte er sie als Waffe auf diese wertlose Stadt loslassen.

KAPITEL 13

Die nächsten paar Tage auf der Arbeit wären entspannend gewesen, wenn Kristen nicht ausgerechnet für Drew arbeiten würde. Es gab keine größeren Zwischenfälle und auch keine merkwürdigen Anlockversuche mehr von irgendwelchen Schreckgespenstern, wie sie auch das Revier angegriffen hatten. Keiner der Beamten konnte jedoch etwas über die Typen in Erfahrung bringen, die hereingekommen waren und sie angegriffen hatten. Sie waren in einem Fahrzeug geflohen, das eine Stunde später verlassen aufgefunden wurde, ohne Fingerabdrücke, ohne DNA und ohne andere Hinweise.

Kristen hätte sich Sorgen über diese Flucht gemacht, wenn sie nicht absolut sicher gewesen wäre, dass sie wieder angreifen würden. Sie musste nur abwarten und sie würden sie noch einmal ins Visier nehmen. Der Gedanke daran war ebenso wahnsinnig wie erschreckend.

Ihr Teamleiter nutzte die Gelegenheit, sie während des Trainings hart ran zu nehmen und genoss es offensichtlich, Washington als neuen Rekruten und Kristen als Menschen wieder zu haben.

In dem Bemühen, die Verpflichtungen einzuhalten, die sie ihm gegenüber eingegangen war, behielt sie ihre Vorbehalte erst einmal für sich. Es lag wohl an Drews

Herkunft. Er konnte das Ausmaß ihrer Kräfte nicht wirklich einschätzen und – wenn das Drachen-SWAT ehrlich war – würde sie ohnehin nicht für immer bei ihnen bleiben. Und doch fühlte sich das Training, nach einer weiteren Einheit mit Shadowstorm, erdrückend an. Es war eher so, dass das Team neu erlernte, sich wie früher und ohne Drachen im Team zu verhalten – was ihrer Meinung nach völlige Zeitverschwendung war.

Kristen wusste zwar nicht, wie lange sie noch beim SWAT bleiben würde, aber wenn ihre Fähigkeiten tatsächlich genutzt würden, könnten sie eine echte Veränderung in der Stadt bewirken.

Sie beendeten das Training für den nicht tödlichen Nahkampf und Drew schickte alle unter die Dusche. Kristen lächelte, als sie das heiße Wasser aufdrehte. Shadowstorm und sie hatten die gleiche Art zu kämpfen trainiert und er war ein viel härterer Gegner. Die Arbeit mit normalen Menschen war eher eine Herausforderung an ihre Fähigkeit ihren Körper zu kontrollieren als ein Erlernen von Fähigkeiten zum Kämpfen.

Nach dem Training mit dem viel mächtigeren Drachen verstand sie voll und ganz, dass sie jeden Menschen im Nahkampf auch ohne ihre Stahlhaut recht einfach besiegen konnte. Zwar hatte sie schon vorher einen Eindruck davon bekommen, aber er hatte sich nie wirklich bestätigt. Sie war viel schneller als ein normaler Mensch und stark genug, mit ihren bloßen Händen Knochen brechen zu lassen.

Trotzdem behielt sie ihrem Team gegenüber diese Neuigkeiten für sich. Sowenig sie es auch zugeben wollte, Shadowstorm hatte recht. Sie war anders als eine normale Person und sie erkannte, dass es klüger war, einige dieser Unterschiede geheim zu halten, besonders weil ihr Chef so viel Wert darauf legte, dass sie sich bei der Arbeit menschlich verhielt.

Kristen duschte fertig, zog ihre normale Kleidung an und ging zu den anderen in die Lounge. Es wurde hitzig darüber debattiert, was man zur Entspannung nach der Arbeit tun könnte.

»Ich sage euch, das sind die besten Hot Wings, die ihr hier im Norden je gegessen habt«, dozierte Butters.

»Hört, hört«, rief der Frischling. »Happy Hour mit Bier und Hot Wings.«

»Das können wir auch später machen«, argumentierte Hernandez. »Ich zahle dir die 50 Cent, die du pro Bier sparen würdest, wenn wir erst noch zum Softair fahren.«

»Ich dachte, nach dem, was letztes Mal mit ...« Drew beendete seinen Satz nicht. Sie wussten alle, dass er sagen wollte: ›mit Jonesy‹, aber er tat es nicht. Manchmal war es besser, nicht in einer offenen Wunde herumzustochern.

»Die Arena wurde neu aufgebaut.« Die Augen der Frau blitzten, was Kristen davon überzeugte, dass sie wieder schwachen Sprengstoff versteckt hatte und eine der Aufbauten über den Köpfen ihres Teams einstürzen lassen wollte.

Der Teamleiter überlegte und zuckte die Achseln. »Ich stimme für Softair. Wir können mit verschiedenen Partnern neue Strategien üben, während wir dort sind. Beanpole, was denkst du?«

»Softair klingt gut. Ich würde Butters gerne mal zeigen, was passiert, wenn ich ihm nicht den Rücken decke.«

»In Ordnung, drei zu zwei. Hall, willst du zu einer soliden Mehrheit beitragen?«

Sie dachte an das letzte Mal, als sie Softair gespielt hatte und schüttelte den Kopf. »Entschuldigung. Ich halte zu Butters und dem Frischling. Bier und Hot Wings klingt fantastisch nach all den Trainingseinheiten, die wir diese Woche machen mussten.« Sie erwähnte nicht, dass ihr Softair keinen Spaß mehr machte, seit sie wusste, dass sie sich schneller bewegen konnte als die Plastikkügelchen und das war Monate her. Zum jetzigen Zeitpunkt wäre es nicht einmal mehr eine winzige Herausforderung für sie.

»Verdammt, drei zu drei. Ich schätze, alles hängt von Wonderkid ab. Wo ist er überhaupt?« Drew steckte seinen Kopf in den Flur hinaus. »Washington! Willst du deine Freunde erschießen oder lieber Gift trinken?«

»Ich erschieße immer meine Freunde«, rief der als Antwort.

»Verdammt«, sagte Hernandez. »Vier zu drei. Wollt ihr zusammen fahren oder lieber ein Wettrennen?«

Die Gruppe verließ den Aufenthaltsraum und ging zur Vorderseite des Reviers an den bewaffneten Beamten vorbei, die derzeit Dienst hatten.

»Wonderkid«, rief die Frau, die an der Rezeption arbeitete.

»Ja, Ma'am?«

»Hat dich deine Frau geärgert oder so?«

»Ma'am?«

»Ich habe noch nie einen so großen Blumenstrauß für jemanden kommen sehen, wenn nicht gerade ein Kampf stattgefunden hat.« Auf ihrem Schreibtisch lag tatsächlich ein riesiger Blumenstrauß.

»Oder eine Beerdigung«, witzelte Hernandez und alle lachten. Manchmal war Galgenhumor das Einzige, was Verlierer noch hatten.

»Ich bin immer noch Single ... und am Leben«, grinste Wonderkid.

Auch darüber lachten alle. Die Woche war tatsächlich gut für das Team gewesen. Es gab nichts, was Drew sie nicht hatte hart trainieren lassen, um sie als Team zusammenzuschweißen.

»Nun, sie sind immer noch für dich. Du bist das einzige Wonderkid, das es hier gibt.«

Washington runzelte die Stirn. »Sicher? Von wem sind die denn?«

»Da steht ›Ein geheimer Verehrer‹. Ein Gedicht steht auch noch da. Du hast uns nie gesagt, dass du der romantische Typ bist, Jim.«

»Lass mich sehen.« Er schnappte sich den Zettel, als die Frau gerade anfangen wollte vorzulesen.

»Juhu!«, rief Butters aus. »Eine Vorstellung, bitte, fang an. Wir würden alle gerne hören, welchen Unsinn es braucht, um dem Wonderkid an die Wäsche zu dürfen.«

Alle lachten, außer Washington, der den Zettel mit zusammengezogenen Augenbrauen und leichten Lippenbewegungen las. Er hielt inne und las noch einmal.

»Okay, Washington, du kannst die auf deinen Schreibtisch werfen. Wir fahren jetzt gemeinsam und morgen früh holst du deine tollen Blumen ab.«

»Nein ... Nein, wisst ihr was? Ich denke, ich könnte ... äh, die hier mit nach Hause nehmen. Softair ist sowieso nicht so mein Ding.«

»Was? Das ist doch Schwachsinn! Du hast deutlich gesagt, dass du deine Freunde erschießen willst.«

Hernandez klang, als ob sie auf ihrem Sterbebett verraten worden wäre.

Keith kicherte. »Verdammt, Mann. Blumen, ein Gedicht und du springst sofort? Ich schätze, das würde ich auch. Das ist jetzt nicht gerade eine diskrete Aufforderung für eine Bettgeschichte.«

Jetzt drehten alle völlig durch. Er strahlte die Lachenden an bis Drew ihm auf den Rücken klopfte. »Kommt schon, Leute«, sagte der Teamleiter. »Nehmt es dem Kerl nicht übel, dass er es lieber krachen lässt, während wir uns durch Schießen mit winzigen Plastikkügelchen entspannen müssen.«

Das Gekicher ging weiter. Die Woche war lang gewesen, aber Kristen nahm nicht an, dass das etwas mit der Meinungsänderung ihres Teamkollegen zu tun hatte. Washington sah nicht so aus, als würde er sich demnächst flachlegen lassen. Er sah nervös aus – sogar ängstlich – und er blickte ständig von den Blumen zum Rest des Teams. Er bemühte sich sehr, es zu verbergen, aber mit dem Wonderkid stimmte etwas nicht.

»Jetzt wartet mal!«, sagte Butters. »Es steht unentschieden, drei zu drei. Es gibt keinen Grund mehr Softair zu spielen ohne eine richtige Abstimmung und eine neue Auszählung.«

Hernandez legte ihre Hände auf die Hüften. »Blödsinn. Die Stimme Washingtons zählt oder glaubst du nicht an Abstimmung in Abwesenheit?«

»Nein, das kann ich nicht behaupten«, antwortete der Scharfschütze schlau.

»Ich sage immer noch, Drinks klingen besser als Softair«, meinte Keith.

»So oder so, lasst uns einsteigen«, sagte Drew und marschierte zu seinem Auto – einem SUV, der zwar neuer aber nicht annähernd so gemütlich war wie Jonesys ausgemusterter SWAT-Van.

Während sie unter dem sich verdunkelnden Himmel liefen, beobachtete Kristen die Motor City. Das SWAT-Revier befand sich tatsächlich auf einem erstklassigen Grundstück. An der entsprechend benannten Atwater Street stand es direkt am Fluss mit der Innenstadt hinten und dem Blick auf das Wasser davor. Sie schaute hinter sich, um die Sonne zwischen den Gebäuden versinken zu sehen. Da war auch Washington, wie er mit seinem Strauß in der Hand die Bates Street in Richtung Stadtzentrum hinunterhuschte und sich bewegte, als wäre er auf einem Einsatz.

Irgendetwas daran gefiel Kristen nicht. Sie dachte zurück an das Team von Arschlöchern, das versucht hatte, ein Gebäude über ihrem Kopf einzureißen. Washington hatte sie verlassen wollen, um die Leute zu verfolgen. Damals hatte sie angenommen, er wolle die Täter fangen, aber jetzt kam ihr eine andere Idee. Was, wenn er gewusst hätte, dass das Gebäude einstürzt? Was, wenn er nur versucht hätte, sich in Sicherheit zu bringen und sie zurückzulassen? Seine Abneigung gegen Drachen war kein Geheimnis und auch dieser Schlägertrupp schien sie im Visier gehabt zu haben.

Nur dass es keine Schlägertypen waren. Sie waren offensichtlich Profis und höchstwahrscheinlich genau wie Washington militärisch ausgebildet.

Und dann war da noch der Vorfall, als das Revier angegriffen wurde. Das war ein gut koordinierter, präziser Schlag; rein und raus ohne Verluste auf beiden Seiten.

Drachenaura

Sie mussten den Grundriss des Reviers gekannt haben, damit ihr Angriff so reibungslos verlaufen konnte. Aber das sollte es eigentlich nicht, erinnerte sich Kristen. Sie hätte sie verfolgen können, aber jemand hatte sie aufgehalten. Er hatte sie aufgehalten und er hatte auch Butters daran gehindert, einen Schuss zu platzieren, den dieser wahrscheinlich mit verbundenen Augen hätte machen können.

Was, wenn Jim Washington, das Wonderkid, ein Maulwurf war?

»Wisst ihr was?«, sagte Kristen, als sie ihn mit seinem Strauß auf die Lichter der Innenstadt zulaufen sah. »Ich glaube, ich gehe nach Hause und ruhe mich aus. Wenn ich mich beeile, kann ich vielleicht noch 20 Minuten fernsehen, bevor ich einschlafe.«

»Das heißt, es steht wieder drei zu zwei, Softair gewinnt.« Hernandez stieß ihre Faust in die Luft.

»Was? Auf keinen Fall«, jammerte Keith. »Komm schon. Ich möchte ein Bier mit dem verlorenen Drachen trinken und vielleicht etwas Geld auf einen Kerl setzen, der gegen dich beim Armdrücken verliert. Ich möchte sein Gesicht sehen, wenn du zu Stahl wirst.«

»Mensch, wie konnte ich vergessen, dass der Frischling meine mysteriösen Stahldrachen-Fähigkeiten braucht, um an kostenlose Hot Wings zu kommen? Wir sehen uns morgen früh, okay?«

Hernandez schnaubte und stieg in den SUV. Wenn sie so sauer war, würde sie es am Rest des Teams auslassen. Kristen fühlte sich vielleicht ein wenig schuldig deswegen, aber sie musste sehen wohin Washington ging.

Der Rest ihres Teams stieg in das Fahrzeug. Sie trödelte auf dem Weg zu ihrem Auto bis der Van wegfuhr, weil sie nicht wollte, dass ihre Kollegen sie zu Fuß gehen sahen. Es würde den Verdacht erwecken, dass sie nicht mit ihnen zusammen sein wollte.

Als sie außer Sichtweite waren, joggte sie zurück und schaute die Bates Street hinunter. Obwohl es ziemlich weit bis zur ersten Abzweigung war, sah sie kein Anzeichen von Washington mehr.

»Verdammt«, fluchte sie leise und sprintete ihm nach.

Oh, es fühlte sich gut an, mit voller Geschwindigkeit zu laufen. Sie raste die Bates hinunter und ihre Muskeln arbeiteten schneller als je zuvor. Ihr Training mit Sebastian hatte ihr geholfen zu verstehen, wozu sie fähig war. Sie konnte sich schneller bewegen, ihre Beine trommelten wie Kolben auf den Boden und sie konnte auch mit jedem Schritt weiter springen. Es war nicht so, dass sie einen Super-Speed-Modus hatte. Sie war keine Comic-Heldin und konnte nicht ihren ganzen Körper so schnell vibrieren lassen, dass die Welt langsamer wurde. Es war eher so, dass sie sich in weniger Schritten irgendwo hinbewegen konnte als ein normaler Mensch und zusätzlich jeden Schritt viel schneller ausführte. Die einzige Voraussetzung war, dass sie lernte sich zu kontrollieren.

Das tat sie jetzt, als sie die Straße hinunterspurtete. Die Betonwände zu ihrer Linken verschwammen und der Eisenzaun mit seinen zur Straße hin gebogenen Spitzen flimmerte zu ihrer Rechten. Sie bekam ein Gefühl dafür, wie Sebastian sich bewegte. Er konnte nicht im Schatten verschwinden – daran hatte sie ohnehin nicht geglaubt – aber er kannte einfach seine Fähigkeiten gut genug, um sie voll auszuschöpfen. Sie strebte ebenfalls nach diesem Maß an Kontrolle.

Drachenaura

Offensichtlich war sie noch nicht ganz so weit. Als sie an der Jefferson ankam, versuchte sie anzuhalten, trotzdem rutschte sie auf die Fahrbahn. Sie wurde zwar langsamer, dennoch musste ein Fahrer ausweichen, um sie nicht zu überfahren. Er hupte sie an und stieß wüste Schimpfworte aus.

Kristen fluchte und krabbelte zurück auf den Bürgersteig. Ein junges Paar lachte sie aus und ein alter Mann schüttelte den Kopf, aber es gab immer noch keine Anzeichen von ... ah, da war er ja.

Washington war bereits auf der Jefferson unterwegs und überquerte nun die Straße. Sie achtete auf den Verkehr und eilte hinüber, als er im Millender Center verschwand.

Sie erreichte die andere Seite, beobachtete die Fußgänger und rannte mit aller Geschwindigkeit, die sie zu geben vermochte – schnell genug, um jemandem die Zeitung aus der Hand zu blasen. Wenn sie nicht so sehr darauf konzentriert gewesen wäre zu sehen, was Washington vorhatte, wäre sie von sich begeistert gewesen.

Augenblicke später erreichte sie das Millender Center, als Washington Ashleys Blumenladen verließ, ohne einen Strauß.

Er war auf keinen Fall den ganzen Weg dorthin geeilt, nur um die Blumen zurückzubringen. Was sollte das? Sie hatte das Gefühl, dass sich ihr Verdacht als gerechtfertigt erweisen könnte. Niemand brachte Blumen zurück, also war definitiv etwas los.

Er verließ das Gebäude nicht, sondern nahm stattdessen die Treppe zur ›People Mover‹-Haltestelle.

»Scheiße!« Der ›People Mover‹ war eine spezielle Bahn, die auf einer ziemlich kleinen Schleife in der

Innenstadt von Detroit fuhr. Einige Leute scherzten, dass man zu Fuß schneller wäre, aber Kristen fand ihn immer liebenswert. Obwohl sie ihre Bahn verpassen könnte, wenn sie sich nicht beeilen würde ... Ein Zug fuhr über ihren Kopf hinweg und würde in weniger als einer Minute im Bahnhof sein.

Kristen huschte hinauf, hüpfte über das Drehkreuz – sie fragte sich, ob sich Cops jemals die Mühe gemacht hatten, für solche Behördendienste zu bezahlen – und nahm die Treppe zuerst drei, dann vier, dann sogar fünf Stufen auf einmal. Sie schaffte es nach oben, ohne auch nur ein bisschen außer Atem zu kommen.

Das war auch gut so, denn sie musste sich hinter einen Mülleimer werfen, um nicht gesehen zu werden. Sie hielt den Atem an, bis sie das Zischen beim Öffnen der Türen hörte, dann stand sie auf und versuchte, lässig zu bleiben. Es kam ihr in den Sinn, dass sie keine Ahnung hatte was Washington sagen könnte, wenn er sie jetzt sehen würde. Ihr war aber klar, dass ihr Plan, ihn auszuspionieren, dann zum Scheitern verurteilt wäre.

Er war vorne auf dem Bahnsteig, also ging sie in den hinteren Waggon.

Es hatte sich gelohnt. Solange ihr Teamkollege nicht eingestiegen war, konnte sie ihn durch das Fenster sehen. Er sah sich nervös um, hatte sie aber nicht bemerkt.

Der Zug setzte sich in Bewegung. Washington stieg nicht an der nächsten Haltestelle – dem ›Renaissance Center‹ – aus. Sie atmete durch, als er dort nicht aufstand.

Dort oben hatte die Drachenparty stattgefunden. Wäre er ausgestiegen, hätte sich seine Zusammenarbeit mit einem Drachen bestätigt. Er hatte es nicht getan, was ... genau genommen eigentlich nichts bedeutete. Es hieß bislang nicht, dass er nicht mit einem Drachen arbeiten würde, nur dass er nicht unbedingt mit einem Drachen arbeiten musste.

Sie schüttelte den Kopf und konzentrierte sich. Für Spekulationen bliebe später noch Zeit, nun war es an der Zeit, an Fakten zu kommen. Hypothesen würden folgen, wenn sie mehr Informationen hätte.

Sie fuhren mit dem Zug an ›Bricktown‹ und der Haltestelle in der Nähe des ›Greektown Casinos‹ vorbei, dann an den Haltestellen ›Cadillac Center‹ und ›Broadway Street‹.

Kristen wollte schon aufgeben und das Abenteuer nur als eine weitere nostalgische Fahrt mit der Hochbahn verbuchen, als er an der Haltestelle ›Grand Circus Park‹ aufstand und ausstieg.

Zum Glück sah er sich nicht um. Sie wartete bis zum letzten Moment, dann huschte sie durch die Türen. Sie sprang hindurch wie eine Heuschrecke. In einem Moment war sie noch im Zug und im nächsten stand sie drei Meter weit auf dem Bahnsteig. Sie sah nach rechts. Washington war schon auf dem Weg nach unten. Sie gab ihm ein paar Augenblicke Vorsprung, dann folgte sie ihm.

Er war leicht zu erkennen, als er die Park Avenue überquerte. Er schaute zurück, sie rannte neben einem Bus her und hielt mit ihm locker Schritt. Als sie anhielt, befand sie sich nicht mehr hinter Washington, sondern bereits einen Block weiter vorne. Sie beobachtete ihn, wie er weiter in den Park Richtung Edison-Gedächtnisbrunnen ging.

Ihre Drachenkräfte wurden definitiv stärker. Obwohl es dunkel und der Grand Circus Park nicht sonderlich gut ausgeleuchtet war, konnte sie Wonderkid leicht von den anderen späten Parkbesuchern unterscheiden.

Sie wagte sich über die Straße und wich mit Leichtigkeit den rasenden Autos aus. Einer hupte sie an und sie musste eine Geschwindigkeitsstufe zulegen, um aus dem Weg zu kommen. Sie war froh, dass sie es getan hatte. Die knappe Angelegenheit hatte ihre Stahlhaut bereits aktiviert. Wenn sie vom Auto angefahren worden wäre, wäre ihr wahrscheinlich nichts passiert, aber sie hätte das Fahrzeug zerstört und der Gejagte hätte sie gesehen.

So wie sie war, stürzte sie auf den Bürgersteig und ihr Gewicht pulverisierte die bereits bröckelnde Oberfläche. Sie würde sich künftig nicht mehr über ihre Steuern beschweren – schließlich hatte sie der Stadt einen kleinen Schaden zugefügt – und folgte Wonderkid in den Park.

Er war jetzt deutlich nervöser und sah sich fast ständig um. Tatsächlich schien er verdammt paranoid zu sein, was es schwieriger machte, ihm zu folgen, aber sie auch davon überzeugte, jetzt nicht aufgeben zu dürfen.

Vorsichtig bewegte sie sich von Baum zu Baum und versuchte, immer näher und näher zu kommen ohne gesehen zu werden, aber er blieb plötzlich stehen.

Er stand in einem Lichtkegel, entstanden durch den Edison-Gedächtnisbrunnen und die Lichter im Park.

Kristen konnte nicht näher ran, ohne das Risiko einzugehen, ihre Anwesenheit zu verraten. Sie akzeptierte das trotz ihrer Ungeduld, wartete im Schatten und beobachtete ihn weiter.

Drachenaura

Die Überwachungssituation hier war ein wenig surreal. Sie hatte den Brunnen auf Dutzenden von Postkarten gesehen als sie aufgewachsen war, immer mit voll aufgedrehten Düsen und einem Regenbogen aus Lichtern, die sich im Wasser spiegelten.

Im wirklichen Leben war er nicht ganz so großartig wie auf den Postkarten, aber trotzdem sehenswert. Sie bemerkte auch, dass Tauben – oh Gott, ehrlich, Tauben – als Skulpturen in den Brunnen integriert waren, als jemand aus der Dunkelheit auf der anderen Seite des Parks trat und sich Washington näherte.

Die beiden Männer nickten sich zu und ihr Teamkollege sah sowohl unbehaglich als auch wütend aus, während der andere Mann mehr als schuldig aussah. Sie wollte das Gespräch gern belauschen, aber der Springbrunnen war zu laut. Vielleicht hatten die beiden deshalb speziell diesen Treffpunkt gewählt.

Sie blinzelte durch die Finsternis und bemühte sich weiter zu lauschen, leider mit wenig Erfolg. Ihre Drachenfähigkeiten bedeuteten, dass sie besser sehen konnte als Menschen, aber sollte sie nicht auch besser hören können? Sie wusste es nicht und es war nicht so, dass sie Sebastian einfach anrufen und ihn fragen konnte, wie sie mehr von ihren Kräften aktivieren konnte, also fand sie sich damit ab, dass sie nur zusehen konnte.

Der Fremde war hellhäutig, hatte einen braunen Schnurrbart und kam ihr vertraut vor. Sie konnte ihn beinahe zuordnen, aber die Erkenntnis war noch verborgen.

Nach einigen Minuten Gespräch verwandelte sich Washingtons Ausdruck in Wut. »Das ist inakzeptabel und das weißt du«, schrie er seinen Begleiter an.

Der andere Mann schaute finster drein und fuhr sich mit der Hand durchs Haar. Diese Geste löste ihre Erinnerung aus und sie erkannte ihn. Sie hatte gesehen, wie er dasselbe tat – mit der Hand über das Gesicht zu fahren und die Haare zurückzuschieben – aber das letzte Mal, als sie die Geste gesehen hatte, hatte er eine Skimaske vom Gesicht geschoben.

Er war einer der Männer, die das Revier angegriffen hatten – derjenige, der auf den Papieren ausgerutscht war und der Mann, bei dem Washington Butters vom Schießen abgehalten hatte.

Sein Wutausbruch schien jedoch das Gespräch ruiniert zu haben, denn der Mann murmelte etwas. Jim protestierte, aber was immer er auch sagte, hatte anscheinend wenig Wirkung, da sein Kontakt wieder murmelte und anschließend im Park verschwand. Washington folgte ihm nicht.

Plötzlich war es egal, dass sie nichts hatte hören können. Er arbeitete mit dem Feind zusammen. Anstatt diesen Mann zu verhaften, hatte er sich mit ihm unterhalten. Welche Beweise brauchte sie noch?

★ ★ ★

Jim Washington fühlte sich, als würden sich Augen in seinen Nacken bohren, aber er konnte niemanden ausfindig machen, der ihm folgte. Also schrieb er dieses Gefühl seiner posttraumatischen Belastungsstörung zu. Manchmal war das Schlimmste am Feindkontakt das Warten. Wenigstens wusste man beim Schießen, wo sich der Feind befand. Das hier war ein Überbleibsel, das einen Mann in die Selbstzerstörung treiben konnte.

Drachenaura

Jim verließ den People Mover und eilte von der Plattform, um noch einmal zu überprüfen, ob er nicht doch verfolgt wurde. Er konnte niemanden sehen und eilte die Treppe hinunter, bevor er die Türen zischen hörte.

Er überquerte die Park Avenue und ging zum Zentrum des Grand Circus Park und dem Edison-Brunnen.

»Wo die Elefanten spielen und die Lichter verschwinden«, hatte das Gedicht gelautet.

Nur dass es kein Gedicht war, sondern ein Rap-Text, den er und ein Kumpel aus Detroit geschrieben hatten, als sie zusammen in Übersee waren. Es sollte ein einfaches Lied darüber sein, dass der Schein immer trog, wenn man in Detroit arm aufwuchs – keine Elefanten im Zirkus und Lichter, die auf einer Postkarte besser aussahen als im echten Leben, weil sie die Hälfte der verdammten Zeit ausgeschaltet waren.

Das war natürlich jetzt nicht mehr der Fall, die Stadt hatte sich verändert.

Genau wie anscheinend sein Freund. Dwight Olsen war ein Unteroffizier, den Jim während seines Dienstes bei den Marines kennengelernt hatte. Sie waren beide aus Detroit, kannten sich aber nicht, bis sie sich in Übersee getroffen hatten.

Er hatte fast einen Herzinfarkt bekommen, als er gesehen hatte, wie Dwight nach dem Angriff auf das Revier seine Maske abgenommen hatte. Er war ein guter Mann gewesen – nicht perfekt, denn niemand, der auf der falschen Seite der Armutsgrenze aufgewachsen war, konnte es sich leisten, perfekt und trotzdem gut zu sein. Nun, Dwight hatte versucht, ein verdammter Polizistenmörder zu werden!

Es ergab einfach keinen Sinn. Jim hatte sich über Hintertürchen an ihn gewandt und auf ein Treffen in einer Bar gehofft. Er hätte vielleicht ein paar Drinks mit seinem alten Freund trinken können, bevor er ihn ausgequetscht hätte, um seine Rolle in all dem aufzudecken. Dwight hatte das jedoch durchschaut und die Blumen mit einer Notiz geschickt, die nur er verstehen konnte.

Das bedeutete, dass sein Freund tief in der Scheiße steckte, tiefer als ihm lieb war.

Voller Bedenken hatte er am Brunnen gewartet und nach dem Mann Ausschau gehalten, den er treffen sollte. Ein Teil von ihm sorgte sich, dass er paranoid aussehen könnte, aber da war eine Handvoll Leute, die an diesem Treffpunkt auf jemanden warteten, also sagte er sich, er wäre nur nervös.

Schließlich, nach einer gefühlten Ewigkeit, schlenderte Dwight aus der Dunkelheit.

»Dwight, wie geht's dir, mein Freund? Was soll der ganze Mantel- und Degenkram?«, sagte er, in der Hoffnung, auf ihre Freundschaft anspielen zu können.

»Ich wollte sichergehen, dass du immer noch der Jim bist, mit dem ich gedient habe.«

»Ich könnte diese verdammten Texte nie vergessen, selbst wenn ich wollte.«

»Oh, du willst also nicht?« Dwight lächelte. Es sah sogar größtenteils echt aus, obwohl es die Nähe seiner Augen gerade so erreichte.

Jim lachte trotzdem. Es war noch nicht zu spät ... noch nicht.

»Und wie lange bist du schon in der Stadt, Dwight?«

»Jim, wir können auch gleich zur Sache kommen, Mann. Ich weiß, dass du mich auf dem Revier gesehen hast, Scheißkerl, du hast mir das Leben gerettet.«

»Ja, Mann, ich wollte mich nur revanchieren«, meinte Jim. Die Beiläufigkeit der Aussage funktionierte wie beabsichtigt. Dwight zuckte bei den Worten zusammen. Er fuhr fort. »Die Sache ist die, ich habe jetzt all diese anderen Leute, die sich darauf verlassen, dass ich sie beschütze und du kommst einfach rein und versuchst, ihnen allen den verdammten Kopf wegzublasen.«

»Wir wollten ihnen nicht den Kopf wegblasen. Ich hätte keinen reingebracht, wenn ich geahnt hätte, dass einer meiner alten Freunde von den Marines verletzt werden könnte.

»Die Sache ist die, ich war nun mal da drin und wir beide wissen verdammt gut, dass wenn man eine Schießerei beginnt, immer Menschen verletzt werden – unschuldige Menschen.«

»Das sind Cops, Mann.«

»Das bin ich auch.«

Dwight starrte ihn einfach für eine Sekunde an, als ob er ihn abschätzen wollte. »Wir werden diesen Ort nicht mehr angreifen. Aber Jim, Mann, du solltest wirklich aus der Stadt verschwinden.«

»Und warum?«

»Jetzt ist es notwendig, einige Informationen auf den Tisch zu legen. Die Leute, mit denen ich zusammen bin ... sagen wir, sie lassen die Marines wie eine Schar Erstklässler aussehen. Eine Organisation wie du es nicht glauben würdest. Du und der fette Bulle, der mich fast erschossen hätte, können sie nicht aufhalten und ich sage dir was, du redest zehn Minuten mit ihnen und dann willst du es auch nicht mehr.«

»Ach ja? Bietest du mir ein Treffen an?« Es war nicht das, was er vorgehabt hatte, aber wenn er jemanden treffen könnte, der höher in dieser gut organisierten Gruppe stand, würde er diesen Kontakt nutzen.

»Glaubst du, dass sie sich mit einem Polizisten zusammensetzen würden? Komm schon, Jim, du solltest klüger sein.«

»Du hast gesagt, dass ich mich mit ihnen treffen sollte.« Er war frustriert. Der Mann führte ihn an der Nase herum.

»Was du tun musst«, fuhr Dwight eindringlich fort und legte eine Hand auf Jims Schulter, »ist, verdammt noch mal aus Detroit zu verschwinden.«

»Wir wissen beide, dass ich das nicht tun werde.«

»Wir machen weiter, Jim. Deshalb bin ich hier, Mann, weil ich nicht will, dass du verletzt wirst. Verschwinde, nimm dein Mädchen, wenn du eins hast und vergiss die Motor City. Es wird hier für eine Weile sehr unangenehm werden.«

»Das ist inakzeptabel und das weißt du«, schrie Washington und verlor die Fassung. Er war sich ziemlich sicher, dass Dwight diesen Treffpunkt gewählt hatte, weil das Geräusch des Brunnens ein Abhören erschweren würde, aber das jetzt hätte jeder hören können.

Sein Begleiter fuhr mit der Hand durchs Haar. Das hatte er immer gemacht, wenn er einen Befehl bekam, den er nicht hören wollte. Scheiße. Er hatte es versaut.

»Ich muss gehen, Jim. War nett, mit dir zu reden.«

»Dwight, komm mit mir. Ich kann dir Immunität verschaffen.«

»Nachdem ich versucht habe, einen Polizisten zu erschießen? Ja, klar. Außerdem habe ich dir gesagt, dass es eine verdammt strenge Operation ist. Wenn ich in 30 Minuten nicht zurück bin ... Ich muss zurück, sonst bekommen einige der Jungs, von denen ich dir erzählt habe, den Lohn dafür.«

Jim nickte und ließ ihn gehen. Er hatte gehofft ihn mitnehmen zu können, ihm Handschellen anzulegen und ihn einzusperren, wenn es nötig wäre, aber Dwight war keiner, der ihn belügen würde. Wenn er behauptete, die Leute, mit denen er zusammen war, hätten seine Freunde bedroht, dann hatten sie das wahrscheinlich auch.

Jim seufzte und schaute sich noch einmal um – er fühlte immer noch, wie sich Augen in seinen Rücken bohrten – dann steckte er die Hände in die Taschen und ging nach Hause. Er könnte sich ein Taxi nehmen oder wieder den People Mover, aber er dachte immer gerne nach, wenn er zu Fuß ging und es gab reichlich nachzudenken.

KAPITEL 14

Kristen hatte ihren freien Tag. Das hieß, sie war bei Sebastian auf dem Trainingsplatz.

Der Drache ließ sie Übungen mit Gewichten machen. Er hatte einige der Skulpturen in der sandigen Arena aufgestellt und sie musste sie herumschleppen. Zuerst schien es ihr unmöglich, aber als sie erst einmal gelernt hatte, wie man sie ausbalancierte, wurde es einfacher. Nicht leicht, nur leichter als unmöglich.

Kristen sollte die Skulptur in ihren Händen von einer Seite der Arena auf die andere bringen, ohne stehen zu bleiben. Es war die Skulptur einer Frau mit einem Blumenstrauß. Der Gesichtsausdruck der Frau war nachdenklich und voller Angst. Die eingefrorenen Gesichtszüge ließen Kristen vermuten, die Frau würde nach jemandem suchen.

Die Blumen ließen sie an Washington denken. Wie konnte er sie alle hintergehen? Der Gedanke, dass er sein eigenes verdammtes Team verraten würde, war ekelhaft. Sie sollten zusammen arbeiten, nicht ...

Ihr Fuß rutschte aus und die Statue schaukelte in ihrem Griff.

»Kristen!«, schrie Sebastian und eilte nach vorne. Er schob eine Hand unter die Skulptur und verhinderte, dass sie zu Boden stürzte. Es ärgerte sie, dass er sie so leicht abgefangen hatte, wie sie selbst eine Dose Bier abfangen würde.

Er sah nicht gerade glücklich darüber aus. »Kristen. Ich habe diese Statuen ausgewählt, weil ich annahm, es würde dir helfen dich darauf zu konzentrieren, sie nicht zu zerbrechen.«

»Ich bin konzentriert!«

Seine hochgezogene Augenbraue sagte ihr genau, was er von ihrer offensichtlichen Lüge hielt.

»Ich bin konzentriert. Nur ... nicht darauf.«

»Worauf dann?«

Sie zögerte. Die Sache mit Washington war nicht seine Angelegenheit. Das war Polizeiarbeit, aber sie konnte ihren Kollegen nicht sagen, dass sie ihn bis in den Park beschattet hatte, oder? Sie war sicher, dass Drew ausflippen würde und der Captain würde mindestens auf einen ganzen Berg Papierkram bestehen. Trotzdem sollte sie es ihnen wahrscheinlich sagen, aber würde es schaden, es Sebastian zu erzählen? Es war nicht so, als hätte er seine Gefühle für normale Menschen geheim gehalten. Das bisschen Drama bei der Polizei war wahrscheinlich unter seiner Würde. Vielleicht wäre es sogar besser, zuerst mit ihm zu reden. Sie konnte ihm darlegen, was sie herausgefunden hatte, sehen, wie er es aufnehmen würde und seine Reaktion dann nutzen, um den Captain und Drew zu überzeugen.

»Ich ... ich bin nicht sicher, ob so etwas für einen Drachen interessant ist, aber ... Nun, ich fürchte, dass ich einem meiner Teamkollegen nicht trauen kann.«

Er wirkte verblüfft. »Vertrauen ist in der Tat wichtig für Drachen und ich kann an deinem Beruf und dem Beharren deines angeblichen Vorgesetzten darauf, dass du deine Kräfte nicht einsetzen sollst, sehen wie dich das verärgert. Ist er es? Ist es der Große, dem du nicht traust?«

»Nein, Drew ist großartig, es ist ein neuer Typ. Du hast ihn noch nicht kennengelernt, er war nicht auf der Party.«

»Ah«, meinte Shadowstorm.

Kristen hätte es fast gelassen. Als sie ihm zu erzählen begann, wurde ihr klar, dass sie es besser Drew und dem Captain sagen sollte. Aber da war etwas an dem Mann, der ihr gegenüber stand, etwas an der Art, wie er sie ansah … Sie konnte nicht anders und ließ einfach alles raus.

»Da sind diese Söldner in der Stadt. Zumindest glauben wir, dass es Söldner sind. Sie sind der Grund, warum ich mit dir trainieren wollte, weil sie Profis sind. Sie haben magnetische Taser auf meine Stahlhaut geschossen bevor sie versucht haben, ein komplettes Gebäude über meinem Kopf zusammenstürzen zu lassen. Später haben sie das Revier angegriffen.«

»Und was ist dein Problem mit diesem neuen Kerl? Ist er ein Feigling?«

»Nein … nein, ich glaube, er könnte ein Maulwurf sein.« Sie sah Sebastian mit Schuldgefühlen in den Augen an. Während sie sich schlecht fühlte, weil sie so etwas dachte, musste sie die Wahrheit herausfinden, was bedeutete, dass sie ihre Gedanken mit anderen teilen musste.

Sebastians Gesichtsausdruck war völlig leer. »Ein Maulwurf?«

Ihr Lachen unterbrach die Spannung des Augenblicks. »Richtig, dieser Ausdruck muss noch ziemlich neu für dich sein.«

Drachenaura

Er holte tief Luft und schien sie genau zu beobachten. »Nein ... Nein, ich glaube, ich weiß, wovon du redest. Glaubst du, dass dieser neue Teamkollege ein Spion ist, dass er verdeckt arbeitet?«

»Ja, genau. Entschuldige, als ich es gesagt habe, hast du ... unbehaglich ausgesehen. Ich musste annehmen, du kennst die Ausdrucksweise nicht, wie ›Fingerabdrücke nehmen‹ oder so.«

Bei dem Wort ›Fingerabdrücke‹ blinzelte Sebastian nur. Er lebte wirklich in einem anderen Jahrzehnt oder vielleicht sogar einem anderen Jahrhundert. »Du glaubst das, weil ... sie die Polizeiwache angegriffen haben?« Er kratzte sich am Kinn.

»Nein oder doch, ja. Sie müssen den Grundriss gekannt haben, aber das ist noch nicht alles.«

Er zog eine Augenbraue hoch, als wolle er sie zum Weitermachen ermuntern.

»Gestern Abend bin ich Washington gefolgt, das ist der Neue. Er hat einen großen Blumenstrauß bekommen mit einer Notiz und das machte ihn offensichtlich fast wahnsinnig. Er hat sich eilig auf den Weg gemacht und ich bin ihm mit meiner Drachengeschwindigkeit gefolgt. Übrigens, danke noch mal, dass du mir das beigebracht hast.«

Sebastian nickte und winkte abweisend mit der Hand. »Das war nichts Besonderes, nur dein Geburtsrecht als Drache. Erzähl mir mehr, die Spannung bringt mich um.«

»Er traf eines der Arschlöcher, die das Revier überfallen haben.«

»Woher willst du das wissen?«, konterte er. »Waren diese Söldner nicht maskiert?«

Sie hielt einen Moment inne und runzelte die Stirn. Sie hatte bisher nicht erwähnt, dass die Söldner maskiert waren. »Die Skimaske von diesem Typen rutschte hoch, als er gestolpert war, also konnte ich sein Gesicht sehen. Aber woher wusstest du das? Ich habe nicht gesagt, dass sie maskiert waren.«

Sebastian lächelte. »Kristen, ich mag ein alter Drache sein, aber du hast erzählt, das seien Profis gewesen. Sogar ich weiß so viel über Technik, dass ich davon ausgehen kann, dass das Polizeirevier über Kameras verfügt, um Bilder von ihren Gesichtern zu machen. Nur ein kompletter und vollkommener Idiot würde dort sein Gesicht zeigen.« Die Art und Weise, wie er Idiot gesagt hatte, ließ sie innehalten. Er hatte das Wort geknurrt, als ob er selbst direkt beleidigt worden wäre und deshalb Handlungsbedarf bestünde.

»Nun, Idiot oder einfach nur Glück, ich habe jedenfalls sein Gesicht gesehen. Als ich dann Washington gefolgt bin, war es derselbe Typ. Die Blumen müssen ein Code oder sowas gewesen sein. Verdammt! Ich hätte Fotos machen sollen. So oder so, jetzt wo ich mit dir rede, wird mir klar, dass ich es Drew einfach sagen muss. Auch ohne Fotos habe ich genug Beweise, um ihn dazu zu bringen, dem Wonderkid wenigstens ein paar Fragen zu stellen.«

Sebastian nickte langsam. Seine Körpersprache hatte sich allerdings etwas verändert. Er schien hellhörig zu sein. Sorgte er sich etwa um sie? Wenn das alles war, hatten Drachen eine seltsame Art, sich zu sorgen. »Wann ist das alles passiert?«

»Gestern Abend.«

»Um wie viel Uhr?«

»Warum ist das wichtig?«

Sein Grinsen war entwaffnend. »Wie du vielleicht bemerkt hast, habe ich beachtliche Ressourcen. Es ärgert mich unendlich, dass sich ein Söldner mit einem schmutzigen Polizisten verbrüdert. Wenn du mir die Zeit und den Ort dieses geheimen Treffens nennst, kann ich vielleicht mehr Informationen über dieses ... Leck in deiner Organisation aufspüren.«

»Ich denke, ich werde es Drew sagen und wir werden dort ansetzen.«

»Ich glaube nicht, dass das klug ist, Kristen.«

»Ich vertraue Drew mein Leben an.«

»Ja, natürlich«, beschwichtigte er. »Es ist nur so, dass Polizei eben Polizei ist. Es gibt Vorschriften, die sie einhalten müssen – Vorschriften, die das Ziel sehr wohl aufschrecken könnten. Wenn er ein Maulwurf ist – und es klingt zumindest so, als hätte er Geheimnisse vor seinen Vorgesetzten – wird er wissen, wie er fliehen kann und er verschwindet einfach, wenn die Dinge schieflaufen. Wir müssen vorsichtig vorgehen, herausfinden, wer sein Boss ist und vielleicht können wir dann auch das Chaos um diese Verbindung zu den Söldnern entwirren. Ich versichere dir, ich werde diskret sein. Alles, was ich brauche, ist Zeit und Ort, bitte.«

»Es war im Grand Circus Park, am Edison-Brunnen, gegen acht Uhr abends«, antwortete Kristen folgsam.

Sebastian nickte und sein Lächeln wurde breiter. Es ließ sie an eine Katze denken, die eine Maus unter einem Sofa in der Falle hatte.

»Ich bin immer noch überzeugt, dass ich es Drew melden sollte. Ich muss wissen, wer diese Arschlöcher sind.«

»Du musst vorsichtig sein. Ich bin sicher, du kannst Drew vertrauen, aber vertraust du jedem, dem er vertraut? Außerdem, wo würdest du es ihm erzählen? Wenn es wirklich einen Maulwurf gibt, könnte er diese höllischen Überwachungsgeräte platziert haben, die die Menschen in den letzten Jahren erfunden haben. Er könnte die Aufzeichnung holen und alles herausfinden, was du weißt. Gib mir 48 Stunden. Wenn ich nichts finde, liefere ihnen den Maulwurf. Hört sich das gut an?«

Sie nickte. »Sollen wir weiter trainieren?«

»Ich glaube nicht. Wir beide sind doch ziemlich abgelenkt jetzt. Lass mich an die Arbeit gehen. Ich melde mich wieder.«

»Sicher«, stimmte sie zu, aber sie konnte Washington nicht einfach ignorieren. Dennoch, wenn Sebastian dachte, es sei das Beste für sie, die Wahrheit vor Drew und Captain Hansen zu verbergen, dann war es offensichtlich richtig, die beiden zu täuschen. Es wäre vielleicht auch besser, wenn der Stahldrache ein wenig anders als Shadowstorm an die Sache heranginge. Eine andere Sichtweise, über die sie ihm nichts zu erzählen brauchte, bis sie entweder mehr herausfinden oder er ihr zufriedenstellende Antworten geben würde.

KAPITEL 15

Am nächsten Abend traf ein absolut riesiger Blumenstrauß für Washington ein. Kristen wusste nicht viel über Blumen, aber die sahen richtig teuer aus. Zum Glück musste sie nicht herumschleichen, um das Gedicht zu sehen, denn das ganze verdammte Revier wollte die Nachricht des geheimen Verehrers von Wonderkid lesen.

Als sie aus dem Aufenthaltsraum in das Büro trat, stand Hernandez bereits auf einem Schreibtisch und schwang das Schreiben, als hätte sie die Flagge erobert. Nach dem finsteren und aschfahlen Gesicht von Wonderkid zu urteilen, schien er das auch zu glauben.

»Wo die großen Katzen brüllen bis die Kehlen schmerzen, sehe ich dich von meinem Standpunkt aus. Wo Jungs und Männer zusammen spielen, greift man mit der Hand nach Bällen.«

Das ganze Büro brüllte vor Lachen.

»Es ist nichts falsch daran, bi zu sein«, rief die Sprengstoffexpertin in die Menge. »Aber egal, wie man es auch dreht und wendet, Blumen und Poesie sind für Prinzessinnen, nicht für die Polizei. Außerdem, Wonderkid, ist das nicht gerade diskret. Kannst du wenigstens etwas Klasse zeigen? Willst du dir einen runterholen oder so? Selbst wenn es einvernehmlich wäre, dürfte man diesen Scheiß nicht mit kleinen Jungs machen.«

Alle lachten lauthals los, außer Washington, der innerlich bereits kochte. Keith lachte so sehr, dass er nicht mehr atmen konnte. Sogar Beanpole musste kichern.

»Gib mir den verdammten Zettel, okay?«, sagte Jim gereizt.

Hernandez gab nach und reichte die Nachricht weiter.

»Was steht da wirklich drauf?«, rief einer der Beamten.

»Hey, Anderson, ich bin für Abbrucharbeiten zuständig, kein verdammter Poet. Glaubst du, ich habe mir den Scheiß gerade ausgedacht?«

Wieder lachten alle, Anderson am lautesten. Kristen behielt Washington im Auge, der seinen Kiefer so fest zusammenpresste, dass sie dachte, er könnte sich einen Zahn abbrechen. Das stand also tatsächlich auf dem Zettel.

»Alles klar, ihr Tiere, zurück an die Arbeit! Ich bezahle euch, um diese Stadt zu beschützen, nicht um Stand-Up-Comedy und Liebesgedichte zu Gehör zu bringen«, befahl Captain Hansen und die immer noch kichernde Menge zerstreute sich.

Kristen beschäftigte sich mit Papierkram. Vorher hatte ein Überfall auf einen Lebensmittelladen stattgefunden, den sie beendet hatte. *Nein, ich habe geholfen, es zum Abschluss zu bringen.* Sie war nach Vorschrift vorgegangen, ohne Drachengeschwindigkeit oder ihrer Stahlhaut als Schild. Es war gut gelaufen, niemand war gestorben – aber das bedeutete nicht, dass der Papierkram sich von selbst erledigte.

Während sie die Daten eintippte, dachte sie über die Aussage des Gedichts nach. Offensichtlich war es ein

Hinweis auf ein weiteres Treffen. Wenn es tatsächlich Informationen enthalten hätte, wäre Washington nicht in den Park gegangen. Sollte das bedeuten, dass das Gedicht ihm den Ort verriet?

Wenn ja, worauf deutete es hin?

»Wo die Großkatzen brüllen, bis die Kehlen schmerzen«, schien auf den Zoo von Detroit zu verweisen. Es gab nirgendwo sonst eine Stelle in der Stadt, an der es große Katzen gab, aber die Sache mit den Halsschmerzen ergab keinen Sinn. Im Zoo gab es natürlich Löwen und auch einen Tiger, aber sie brüllten erst dann, wenn ihnen die Kehle schmerzte. Meistens schliefen sie nur.

Dann war da noch der Teil mit den Jungs und Männern, die sich die Bälle schnappen. Ehrlich gesagt, war sie etwas erleichtert, dass Hernandez es in einen Sex-Witz verwandelt hatte. Das wäre aber zu vordergründig, kein versteckter Hinweis. Aber was sollte das bedeuten? Kristen nahm nicht an, dass Wonderkid schwul wäre und selbst wenn er es wäre, hätte er keinen heimlichen Geliebten im Park getroffen.

Nein, es war ein weiterer Hinweis, es musste so sein. Aber wohin würde man in der Stadt gehen, um Großkatzen brüllen zu hören und auch Bälle zu fangen? Vielleicht war das mit den Jungs und Männern so eine Vater-Sohn-Geschichte?

Schließlich schlug sie sich auf die Stirn. »Puh!« Sie hatte das Rätsel gelöst und konnte nicht fassen, wie offensichtlich die Antwort war. Ihr Vater hätte sich dafür geschämt, dass sie mehr als eine Sekunde gebraucht hatte, das Problem zu lösen.

Ihr Teamkollege traf seinen Kontakt im Comerica Park, wo die Detroit Tigers Baseball spielten. Jetzt, da sie die Antwort gefunden hatte, schien es fast schmerzhaft klar. Jeder einzelne Tigers-Fan ging mit Halsschmerzen nach Hause und die Zeile über das Fangen eines Balles schloss die Detroit Lions aus. Niemand ist jemals mit einem Football nach Hause gegangen, aber im Baseball war das zu erwarten.

Eine Zeitangabe war nicht vorhanden, also nahm sie an, dass er sich nach seiner Schicht einfach dorthin begeben würde.

Eine Stunde später folgte sie ihm wieder zum People Mover. Diesmal war er jedoch viel vorsichtiger und beobachtete die Treppe, auf der sie sich zusammenkauerte, bis sich die Türen schlossen. Erst dann wandte er sich ab, was bedeutete, dass es für sie zu spät war, in die Bahn zu kommen.

Das spielte allerdings keine Rolle. Sie war ein Drache und sie wusste, wohin er wollte.

Als sie die Randolph Street hinunterspurtete, war sie schneller unterwegs als einige Autos. Ihr Training mit Sebastian hatte wirklich einen Unterschied gemacht. Er hatte ihr nicht nur geholfen, ihre Geschwindigkeit zu erhöhen, sondern auch ihre Reflexe besser zu nutzen. Das bedeutete, dass sie schneller laufen konnte, einfach weil sie sich keine Sorgen mehr machte, über jede Kleinigkeit zu stolpern.

Sie war tatsächlich überrascht, als sie von der Randolph Street in den Broadway einbog, dass sie so schnell gelaufen war und früher ankam, als sie gerechnet hatte. Der Broadway führte sie in die Witherell Street, von der sie rechts abbog und ihr Ziel erreichte.

Und keinen Moment zu früh. Der Zug war fast zur gleichen Zeit in den Bahnhof eingefahren. Es amüsierte sie, dass sie praktisch so schnell wie ein Zug unterwegs war. Sie versteckte sich hinter einem Müllcontainer und wartete, dass Washington die Treppe herunterkam.

Als er das tat, schaute er sich um und ging sofort in Richtung Comerica Park. Sie hatte also das Rätsel wirklich gelöst. Dass sie den People Mover verpasst hatte, ließ sie etwas nervös werden. Hätte sie sich verrechnet und er wäre woanders hingefahren, hätte sie auf den nächsten Strauß warten müssen und wahrscheinlich mit Drew darüber gesprochen.

Heute hatte sie auf jeden Fall eine bessere Kamera dabei als die auf ihrem Handy. Ihr Plan war, Bilder und – wenn möglich – Tonaufnahmen zu machen. Zu schade, dass das Stadion so groß war und sie nicht direkt vor seiner Nase alles aufnehmen konnte. Sie konnte ihn einfach nur beschatten.

Washington eilte zum Haupteingang und bog dann nach rechts ab. Er folgte eine Weile der Wand des riesigen Stadions, fast bis zur Rückseite, an der die Anzeigetafel stand. Sobald die Barriere einem schwarzen, schmiedeeisernen Zaun wich, zog er seine Lederjacke aus – Kristen hatte sich noch gefragt, weshalb er sie angezogen hatte, da es nicht kalt war – und warf sie oben über die Stacheln. Er ging ein paar Schritte zurück, rannte an den Zaun, bog sich hoch um seine Jacke zu greifen – zerriss diese dabei – und zog sich hinüber.

Er ließ die Jacke dort hängen, vermutlich für eine schnelle Flucht und ging weiter ins Stadion.

Sie überlegte, die Jacke zu nehmen und Drew anzurufen, entschied sich aber dagegen. Wenn eine Vielzahl von Polizisten eintreffen würde, könnte das Washington und den Söldner verschrecken.

Nein, es war besser, soviel in Erfahrung zu bringen wie sie konnte. Wenn er dann morgens zur Arbeit kommen würde, lief er in eine Falle.

Kristen trat an den etwa drei Meter hohen Zaun, ging in die Hocke und wollte drüberspringen. Anscheinend lag ein vertikaler Sprung von dieser Höhe immer noch jenseits ihrer Fähigkeiten, aber den Zaun zu überwinden nicht. Sobald sie bemerkte, dass ihre Füße nicht über die Spitzen kommen würden, ließ sie ihre Hände zu Stahl werden und griff nach den Stacheln. Sie zog sich mühelos auf die andere Seite, landete und joggte in die Dunkelheit, wohin der Gejagte verschwunden war.

Es gab hier einen Durchgang zu den Tribünen – speziell zu dem Teil in der Nähe der ersten Base und der Home Plate, Foulball-Gebiet. Wo könnte man besser einen Ball fangen?

Washington sprach einen Mann an, der mit hochgezogener Kapuze auf der Tribüne saß. Das Einzige, was sie von seinem Gesicht im Mondlicht sehen konnte, war ein brauner Schnurrbart, alles andere lag im Schatten.

Sie bewegte sich vier Reihen nach hinten, fiel auf Hände und Knie und kroch hinter Washington her. Zum Glück ging er in einem normalen Tempo und sie konnte ohne allzu große Schwierigkeiten mithalten. Als Wonderkid sich neben seinen Kontaktmann setzte, befand sich Kristen direkt hinter ihnen, wenn auch vier Reihen dahinter.

Als das Gespräch begann, krabbelte sie über die Sitzreihe, sodass sie sich nur mehr drei Reihen dahinter befand und nahe genug, das Gespräch zu verfolgen. Sie schaltete die Aufnahme an ihrem Telefon ein und wartete auf einen günstigen Moment für ein Foto.

»Was gibt's, Dwight? Ich dachte, ich würde nie wieder von dir hören.«

Das war sehr seltsam, so etwas von einem Maulwurf zu hören. Natürlich würde er von seinem Kontaktmann hören.

Der andere Mann reagierte nicht.

»Zwei Mal in einer Woche ist etwas viel, Mann und dieser Text? Scheiße, Alter. Das war ein bisschen zu offensichtlich, findest du nicht?« Wonderkid kicherte seltsam, wie sie es schon von ihm gehört hatte und sie wusste, dass er damit die Spannung lösen wollte.

»Ich hatte keine Wahl«, sagte Dwight und legte Washington Handschellen an.

»Was zum Teufel soll das, Dwight?«

»Es tut mir leid, Jim, wirklich«, sagte dieser, stand auf und wich zwei Schritte zurück von dem Mann, den er an einen Stuhl gefesselt hatte. »Ich habe dir gesagt, sie würden meine Leute töten. Ich habe es dir wirklich gesagt. Warum musstest du tiefer graben?«

»Habe ich nicht, Mann. Ich sage es dir, ich habe keinen verdammten Finger gerührt.« Er rüttelte an den Handschellen. Das Rasseln der winzigen Kette klang in der Stille des Stadions sehr laut.

»Ich habe ihm alles erzählt, Jim – über den Text, wie wir uns kennengelernt haben, wie ich versucht habe, deinen dummen, verdammten Arsch zu retten. Er hat diese Wirkung auf Menschen. Sie können einfach nicht nein sagen. Er sagte, er würde mich meine Leute aus der Stadt bringen lassen. Das ist ... das ist mehr, als er für die meisten Leute tun würde.«

»Und du hast ihm geglaubt?«, wollte Washington ungläubig wissen.

»Scheiße, ja, ich habe ihm geglaubt. Er wusste von unserem Treffen am Edison-Brunnen. Er wusste es verdammt noch mal, Jim und ich habe es ihm ganz sicher nicht gesagt, was bedeutet, dass du es getan haben musst.«

»Nein, habe ich nicht, Dwight, jemand muss dir gefolgt sein. Aber es ist in Ordnung, ich kann dich in Sicherheit bringen. Mit deinen Informationen können wir diese Arschlöcher stoppen und deine Familie und Freunde schützen. Du musst mich gehen lassen.«

Der andere Mann hatte keine Gelegenheit mehr zu antworten. Stattdessen erwischte ihn eine Kugel in der Schläfe und sein Gehirn flog auf der anderen Seite des Kopfes hinaus.

»Scheiße!«, fluchte Washington und versuchte, sich fallen zu lassen. Er konnte sich aber nicht verstecken. Kristen konnte immer noch seine Hand sehen. Jetzt, wo Dwight ihn an den Stuhl gefesselt hatte, hatte der Söldner offensichtlich seinen Zweck erfüllt.

Der Schuss war von hinten gekommen, was bedeutete, dass der Scharfschütze sich bewegen musste, um Jim ins Visier zu bekommen. Ihr Teamkollege kauerte auf dem Boden und kämpfte verzweifelt mit seinen Fesseln.

Kristen wollte sich gerade nach vorne schleichen, als ein Mann aus der ersten Reihe auftauchte. Ein anderer erschien aus der nächsten Reihe darüber.

Es gab also nicht nur einen Scharfschützen, sondern ein ganzes verdammtes Todeskommando.

Sie verwandelte ihre Haut in Stahl und sprang los.

»Wonderkid, mach dich verdammt noch mal bereit.« Sie sprang über die Reihen, die sie trennten und landete auf einem Stuhl, der unter ihrem Gewicht zusammenbrach.

Die Schüsse trafen sie, taten ihrer Stahlhaut aber nichts an. Sie ließ sich fallen, sodass sie auf Augenhöhe mit Washington war, während die Söldner weiter näher kamen.

Washington schaute sie erschrocken an, aber die Kugeln, die von ihr *abprallten*, schienen ihn zu ernüchtern. »Du bist mir gefolgt.«

»Du hast verdammt recht, das habe ich getan und das ist auch gut so. Bist du bewaffnet?«

»Mit einer Pistole.«

»Nicht gut genug. Mach dich bereit, mir zu folgen.«

»Ich bin gefesselt.«

Mit einer kurzen Bewegung zerriss Kristen die Kette, die ihn mit dem Sitz verband, als wäre sie aus Seidenpapier gewesen. Es fielen weitere Schüsse. Einer hatte sie in den Rücken getroffen. »Planänderung. Ich eliminiere ein paar von diesen Typen, dann rennst du aufs Feld.«

»Aufs Feld? Da gibt es keine Deckung.«

»Die Spielerbank.«

»Du kannst es nicht allein mit diesen Arschlöchern aufnehmen. Das sind die, die versucht haben, dich zu töten.«

»Diese Arschlöcher sind gut vorbereitet, aber sie wussten nicht, dass ich hier sein würde. Jetzt stehe ich auf und sie schießen auf mich. Ich werde einen von ihnen töten und dann bewege ich mich. Dann rennst du weg. Kapiert?«

»Aber ...«

»Hast du den Plan verstanden?«, zischte sie und benutzte ihre Aura. Jim war sofort fügsam. Er hatte keine

Wahl und fühlte, was sie fühlte – den Wunsch, ihren Plan zu vollenden.

Sie stand auf und stellte fest, dass die Söldner tatsächlich näher gekommen waren. Sie eröffneten das Feuer, aber ihre Kugeln taten ihr weiterhin nichts.

»Wir haben dich umzingelt, Stahlschlampe!«, schrie einer der Männer. »Du hast keine Waffe, was willst du also tun? Auf mich losgehen?«

Also hatten sie doch Taser. Diese Idioten. Kristen hätte es vielleicht im Nahkampf versucht, aber jetzt nicht mehr. Nicht, wenn einer sie ködern sollte.

Stattdessen riss sie einen der Stühle aus der Verankerung und schleuderte ihn auf den Söldner, der sie reizen wollte.

Sie traf ihn mit voller Wucht und er flog mehrere Meter rückwärts. Ihr Kraft- und Genauigkeitstraining mit Sebastian hatte ihre Zielgenauigkeit dramatisch verbessert.

Sie riss noch zwei weitere Stühle aus der Verankerung, einen in jeder Hand und warf diese auf zwei weitere Männer. Einer der Söldner konnte ausweichen, aber der andere fing das Geschoss direkt mit der Brust ab. Er landete ausgestreckt zwischen den Sitzreihen.

»Washington, los!«, rief sie und er gehorchte, sprang die Tribüne hinunter, hechtete über die Umzäunung und landete auf der Spielerbank. Er kletterte hinunter und war nicht mehr sichtbar.

Wenigstens müsste sie sich keine Sorgen mehr um ihn machen.

Als er sicher aus dem Weg war, riss sie einen weiteren Stuhl los. Etwas hatte in der Nähe geknallt, sie drehte sich um und schaffte es, den Taser mit dem Sitz abzufangen.

Die Arschlöcher hatten sich wirklich auf jedes Szenario vorbereitet.

Kristen wandte sich nach links, ergriff einen Handlauf, riss ihn los und warf ihn nach ihrem Gegner. Er drehte sich wie eine Frisbeescheibe, obwohl es sich um ein zwei Meter langes Stück Stahl handelte. Der Söldner, auf den sie gezielt hatte, konnte gerade noch ausweichen und behielt deshalb seinen Kopf.

Sie hielt inne, wachsam für den nächsten Angriff, aber ihre Gegner entschieden sich offensichtlich für einen strategischen Rückzug. Drei Männerpaare liefen jeweils zu verschiedenen Ausgängen. Sie überlegte, ihnen zu folgen, aber sie musste annehmen, dass jeder einen Taser dabei hatte und dass sie wissen würden, wie man ihr eine Falle stellte.

Außerdem war da noch Washington. Wenn sie ihn an der Spielerbank zurücklassen und im Comerica-Park verschwinden würde, hatte sie keinen Zweifel daran, dass eines der Teams zurückkehren und ihn hinrichten würde. Das war ihr vorrangiges Ziel gewesen – diesmal jedenfalls, dessen war sie sich sicher.

Anstatt die Verfolgung aufzunehmen, sprang sie hinunter auf das Feld, fand ihren Teamkollegen zusammengekauert bei der Spielerbank, warf ihn wie eine Jungfrau in Not über ihre Schulter und verschwand von dort.

Seine Jacke war der einzige Hinweis darauf, dass sie dort gewesen waren – wenn man von den Sitzen, die sie aus der Verankerung gerissen hatte und den Einschusslöchern überall absah.

Sie schüttelte den Kopf. Es war wirklich gut, dass sie Polizisten waren. Sie würde nicht der Beamte sein wollen, der die Aufgabe bekäme, herauszufinden, was verdammt noch mal hier geschehen war.

KAPITEL 16

Der People Mover brachte das Duo zurück ins Revier. Sie dachte, es würde heikel werden, aber fast gemeinsam zu sterben ließ unangenehme Meinungsverschiedenheiten nichtig erscheinen.

»Danke, dass du mir das Leben gerettet hast«, sagte Washington.

»Das war doch nichts«, antwortete sie und fühlte sich sofort schuldig.

»Nein, ernsthaft. Ich habe einen Scheiß dafür gegeben, dass du ein Drache bist, und wenn du nicht gewesen wärst ... Nun, du hast gesehen, was mit Dwight passiert ist.«

»Hör zu, Washington ...«

»Nenn mich Jim, im Ernst.«

»Jim, sicher, schau mal. Ich ... es gibt etwas, das ich dir sagen muss.«

Er nickte. »Sicher, aber wir sollten das Team anrufen, oder? Ich weiß, dass ich nach all der Scheiße sowieso nicht mehr schlafen kann.«

Sie nickte, obwohl sie nichts mehr wollte, als zu schlafen. »Ja, du hast recht. Ich rufe Drew und den Frischling an, du Butters und Beanpole. Wer zuerst fertig ist, ruft Hernandez an.«

»Das klingt gut.«

Sie verbrachten die nächsten paar Halts damit, das Team zu verständigen. Bis sie aus dem Zug ausstiegen und beim Revier ankamen, hatten sich die anderen bereits versammelt.

Mit Ausnahme von Keith, der anscheinend ohne es richtig wahrzunehmen an sein Telefon gegangen war. Er hatte sich eine romantische Komödie angesehen und brüllend gelacht. Obwohl sie ins Telefon geschrien hatte, hatte er sich nicht ablenken lassen.

»Warum genau bin ich jetzt aufgestanden?«, fragte Drew.

»Will ich auch wissen! Und wo zum Teufel ist der Frischling?«, meckerte Hernandez.

»Okay, ich bin in meiner Freizeit einigen Hinweisen nachgegangen«, erklärte Jim und ignorierte die Sprengstoffexpertin. Kristen fand heraus, dass sie ihn sich nur noch als Jim vorzustellen konnte. Jemandem in Gefahr das Leben zu retten, machte komische Dinge mit dem Gehirn.

»Nennt man das jetzt so, wenn jemand Blumen wegen einer Bettgeschichte schickt?«, wollte Hernandez grinsend wissen.

Es gab ein paar Lacher, aber der Ausdruck auf Kristens und Jims Gesichtern ließ sie schnell verstummen.

»Die Blumen waren nur ein Code. Alte Texte von einigen Raps, die ich zusammen mit einem Kumpel verfasst habe.«

»Du bist also ein SWAT-Beamter und arbeitest nebenbei als schwuler Rapper?« Die Frau hatte einen ungläubigen Gesichtsausdruck im Gesicht. Diesmal lachte niemand mehr.

»Nein. Die Blumen waren von einem der Typen, die das Revier überfallen haben«, erläuterte er.

Drachenaura

Für einen Moment schienen die Worte einfach in der Luft zu hängen, während alle deren Tragweite ans Tageslicht kommen ließen. Kristen hatte Jim immer noch nicht alles erzählt, aber er hatte darauf bestanden, dem Team zu sagen, was er als Erstes getan hatte. Anscheinend fühlte er sich schuldig und wollte reinen Tisch machen, sie kannte das Gefühl. Obwohl auch sie gestehen wollte, wusste sie, dass das Team seine Informationen zuerst brauchen würde, damit ihre einen Sinn ergeben konnten.

»Hast du mich deshalb daran gehindert, dieses ungeschickte Arschloch abzuknallen?«, fragte Butters schließlich.

Drew sagte gar nichts, aber sein zusammengepresster Kiefer sprach Bände. Er war kurz davor, sich den Mann zu greifen und in eine Zelle zu werfen.

Jim nickte und sah höllisch schuldig aus. »Ja, Sir. Das war mein Kumpel Dwight. Wir waren zusammen bei den Marines. Er ist auch aus Detroit – war aus Detroit.«

»Du hast also dein altes Team dem neuen vorgezogen?«, rastete Drew aus.

»Bitte hör zu, Drew«, beschwichtigte Kristen.

»Der erste Blumenstrauß, den er mir geschickt hat, enthielt einen Code für einen Treffpunkt. Er hat mir nahe gelegt, aus Detroit zu verschwinden. Ich habe nicht auf ihn gehört.«

»Warum wollte er dich aus der Stadt raus haben?«, hakte Beanpole nach.

»Er hat versucht, mich zu beschützen. Die Kriminellen, die hier rumlaufen, sind definitiv Söldner und zwar hoch qualifizierte.«

»Ja, ohne Scheiß. Das hätte ich schon sagen können, als das Gebäude beinah über uns eingestürzt ist«, murrte Hernandez. Sie sah ungefähr so angepisst aus wie Drew.

»Was noch?«, lautete die nächste Frage des Teamleiters.

»Sie arbeiten für jemanden, aber Dwight wollte mir nicht sagen, für wen.«

»Vielleicht sagt er es uns.«

»Das bezweifle ich«, erklärte Kristen beiläufig. »Zum Reden bräuchtest du einen intakten Kopf mit Hirn drin.«

»Wovon redest du, Hall?« Drew starrte sie an, als wolle er ihren Platz in dieser Sache verstehen.

»Dwight ist tot. Ich wollte ihn heute Abend wieder treffen, aber es war eine Falle«, warf Jim ein, bevor Kristen antworten konnte. »Sie haben ihn als Köder benutzt, dann haben sie ihn ausgeknipst und versucht, auch mich zu töten. Ich wäre tot, wenn der Stahldrache nicht gewesen wäre.«

»Cops ködern? Das riecht nach der Scheiße, die mit den Gangs passiert ist.« Hernandez rieb ihr Gesicht. »Glaubst du, das Arschloch, von dem das Drachen-SWAT geredet hat, ist wieder da?«

»Davon weiß ich nichts. Eigentlich weiß ich nicht einmal, wie sie herausgefunden haben, dass Dwight die undichte Stelle war. Beide Treffen fanden zu seinen Bedingungen statt und er benutzte die Texte, mit denen niemand außer mir etwas anfangen könnte. Es ist ja nicht so, als hätten wir ein Album veröffentlicht.«

»Das war dann wohl ich«, gestand Kristen voller Schuldgefühle ein. »Ich bin dir schon in der ersten Nacht gefolgt.«

»Auf keinen Fall«, platzte Jim heraus. »Ich weiß, wie man auf Verfolger achtet.«

»Ja, aber nicht, wenn ich im Drachentempo unterwegs bin. Dann ist das ein wenig schwieriger«, sagte sie.

»Das erklärt nicht ...«

»Bitte hör zu, Jim.« Kristen schnitt ihm das Wort ab. Das Vertrauen, das er jetzt in sie setzte, brachte sie fast um. »Ich bin dir in der ersten Nacht gefolgt und heute Nacht, na ja, eigentlich habe ich diesmal euren Code geknackt, aber das ist nicht das Wichtigste.«

Alle starrten Kristen an und zogen kollektiv die Augenbrauen hoch. Sie schluckte. »Ich habe jemandem erzählt, dass ich dich verdächtige.«

»Nicht deinem Vorgesetzten«, brüllte Drew wütend.

»Oder deinem Freund.« Butters klang verletzt.

»Nein. Das hatte ich vor, aber ihr habt recht, ich habe es nicht getan.«

»Wem dann?«, fragte Beanpole.

»Sebastian Shadowstorm«.

»Tut mir leid, ist das eine Zeichentrickfigur?«, rastete Hernandez aus.

»Das ist der Drache, den ich auf der Dachparty kennengelernt habe. Er hatte Ironclaw vom Dach geworfen.«

»Red weiter«, sagte der Teamleiter. Alle anderen nickten.

»Er bot mir an, mir bei der Ausbildung zu helfen und ... ich habe angenommen. Es war bei der Arbeit so schwer, meine Kräfte zu unterdrücken. Er hat mir angeboten, mich in meinen Drachenfähigkeiten zu unterrichten. Ich weiß, ich muss mehr Teamgeist zeigen, aber da konnte ich nicht nein sagen. Es hat auch geholfen, ich bin jetzt schneller und ich weiß, wie man die Kräfte präziser einsetzt.«

»Verdammt richtig«, sagte Washington. »Hall hielt mit nichts als Stühlen sechs bewaffnete Söldner davon ab, mich umzubringen.«

»Das ist nicht ganz wahr«, protestierte sie.

»Oh, stimmt. Du hast auch noch ein verdammtes Geländer abgerissen.«

»Nun, das ist die Geschichte, die ich hören will«, meinte Butters neugierig.

»Oh, ich bin sicher, Officer Hall wird alle schmutzigen Details in ihren Bericht schreiben und auf den Schreibtisch des Captains legen.«

»Ja, Sir.« Kristen schaute auf den Boden, das würde eine lange Nacht werden.

»Warum glaubst du, dass es dieser Drache war? Er klingt eher wie dein Verbündeter«, sagte Beanpole pragmatisch.

»Er sagte zu mir, er würde es sich ansehen. Am nächsten Tag kam der Blumenstrauß.« Kristen zuckte die Achseln. Obwohl sie Sebastian gerne vertrauen wollte, war es nicht so, als hätte er aus seiner Verachtung für die Menschen ein Geheimnis gemacht.

»Es könnte auch Zufall sein«, schlug Beanpole vor.

Drew schüttelte den Kopf. »Das bezweifle ich.«

Jim sah auch nicht überzeugt aus. »Das Letzte, was Dwight zu mir sagen konnte war, dass der Kerl eine bestimmte Wirkung auf ihn hätte. Drachen können das, oder? Leute zu Sachen zwingen oder so?«

Kristen nickte. Das war eine der Fähigkeiten, bei denen Sebastian ihr geholfen hatte. Er war ein Experte im Umgang mit seiner Aura.

»Wir müssen davon ausgehen, dass dein Freund Sebastian Mister Black ist«, sprach der Teamleiter seine Vermutung aus.

Hernandez atmete zischend durch die Zähne ein. »Scheiße, glaubst du wirklich?«

Mister Black war der einzige Name, den sie von den wenigen verbliebenen Gangmitgliedern nach dem Überfall auf die Stadt erhalten hatten.

»Vielleicht ist er der wahre Täter, vielleicht nicht, aber es sieht so aus, als wäre er zumindest beteiligt.«

Kristen stimmte ihm zu. Wenn Sebastian nicht beteiligt wäre, wäre sie schockiert. Sie wusste einfach nicht, wer sonst die undichte Stelle hätte aufdecken können. Zudem hatte er die Fähigkeit, Dwight so zu manipulieren, dass er seinen Code preisgibt.

»Also ... ich will ja keine Pussy sein, aber das bedeutet, wir übergeben den Scheiß an das Drachen-SWAT, richtig?« Stolz war Hernandez nicht auf ihren Vorschlag, aber da war er.

Drew kratzte sich am Kinn. »Ja. Ja, theoretisch sollten wir das. Drachen fallen in ihren Zuständigkeitsbereich.«

»Dann sind die Söldner aber fürs Erste raus, nicht wahr?«, erkundigte sich Butters.

»Zumindest für eine Weile.« Drew nickte, sein Gesichtsausdruck war düster.

»Wie schnell wird das Drachen-SWAT wohl mit den Vorwürfen zu Shadowstorm fertig?«, wollte Beanpole wissen.

Kristen zuckte die Achseln. »Das ist eine gute Frage. Soweit ich weiß, ist er ziemlich bekannt. Er hat Ironclaw vom Dach geworfen und keiner hat auch nur geblinzelt. Ich glaube nicht, dass das Drachen-SWAT eine bloße Anschuldigung für bare Münze nimmt. Vor allem nicht, wenn ... na ja, vor allem nicht, wenn sie von Menschen kommt.« Sie schaute auf ihr Team und versuchte, ihre

Verlegenheit darüber zu verbergen, dass sie selbst nicht mehr nur menschlich war.

»Du sagst also, wir brauchen Beweise«, stellte Jim fest. »Nicht nur Indizien.«

Drew, Beanpole und Butters nickten zustimmend. Hernandez blickte finster drein, stand auf und begann herumzulaufen. Sie fluchte die ganze Zeit leise vor sich hin.

»Und wie bekommen wir die? Es ist ja nicht so, dass wir ihm eine Aufforderung schicken und erwarten können, dass er freiwillig ins Revier kommt«, erklärte Butters.

»Nein. Er würde nicht einmal seine E-Mails checken«, sagte Kristen, aber ein Plan nahm in ihrem Kopf Gestalt an. Er wäre verdammt riskant, vor allem für sie. Angesichts der Tatsache, dass sie an all dem schuld war, fand sie das mehr als akzeptabel. Damit es funktionieren würde, müssten einige ihrer Vermutungen wahr sein. Wenn sie sich irren würde, war klar, dass es schlecht für sie ausgehen würde, aber vorläufig ging sie nicht davon aus.

»Das war nur Spaß, Kristen.«

»Aber du hast mich auf eine Idee gebracht. Ich denke, es ist an der Zeit, nun selbst eine Falle zu stellen.«

KAPITEL 17

Drew platzte in den Aufenthaltsraum, obwohl er gerade erst mit einer Tasse Kaffee gegangen war. »Okay, Leute, bewegt eure Ärsche in den Van. Wir haben ein Problem.«

»Unsere Jungs?«, fragte Butters.

Er nickte. »Sie müssen es sein. Ein Beamter hat einen Typen gemeldet, der ohne ersichtlichen Grund hinten in sein Fahrzeug gekracht ist. Er wollte ihn damit wohl ködern. Der Beamte gab Bescheid und fuhr ihm dann hinterher. Er folgte ihm zu einem verlassenen Gebäude und versuchte, sich ihm zu nähern, aber ...« Drew mimte eine Pistole mit der Hand, die abgefeuert wurde.

»Das klingt definitiv nach unseren Jungs«, stimmte Jim zu.

»Richtig, also hört auf, mich anzustarren und bewegt euch.« Alle standen auf. Es war schon ein seltsames Gefühl, bewusst in eine Falle zu tappen. Sie hatten zwar einen groben Plan, aber Kristen fühlte trotzdem einen fürchterlichen Schmerz in ihrer Brust. Die Leute, die sie jetzt verfolgen würden, hatten sie gejagt. Es war zweifellos eine Falle vorbereitet und speziell dafür entworfen, um sie, die stärkste Person im SWAT, zu eliminieren. Wenn sich jemand in ihrem Team auch nur den kleinsten Fehltritt erlauben würde, wäre das katastrophal.

Waffen, die Drachen schaden konnten, würden Menschen auf jeden Fall töten, das war allen klar. Aber das bedeutete nicht, dass sie zu Hause bleiben konnten.

Sie rannten durch das Revier, machten sich fertig und waren in weniger als zwei Minuten im Wagen. Die Reifen quietschten und sie waren unterwegs.

Nach einer Minute angespannter Stille, wie so oft in solchen Situationen, räusperte sich Jim. »Hey, Kristen, ich wollte dir sagen, dass es mir leidtut.« Das war einer der unbeholfensten Sätze, die sie je laut ausgesprochen gehört hatte. Er meinte es ernst, zumindest nahm sie das an, aber es ging wirklich sehr viel im Kopf des Veteranen vor. Sie fragte sich, ob er vielleicht während seiner Dienstzeit in Übersee einen Drachen gesehen hatte.

All das war aber jetzt nicht wichtig. Wichtig war nur, dass ihr Team am Leben blieb und diese Kriminellen aufgehalten wurden, die meinten, sie könnten mit dem Detroit Police Department spielen.

»Nein, Jim, du musst dich für nichts entschuldigen.« Kristen meinte das tatsächlich so.

»Aber das meine ich wirklich so. Ich habe dich wie Dreck behandelt, weil du ein Drache bist und deshalb habe ich womöglich den Fokus auf den Drachen verloren, der tatsächlich unserer Stadt zu schaden versucht.«

»Ich hätte dir nicht einfach folgen dürfen.« Bei dieser Behauptung war sich Kristen nicht sicher, ob sie auch der Wahrheit entsprach. Wäre sie ihm nicht schon in der ersten Nacht nicht gefolgt, könnte sein Freund noch am Leben sein. Aber wenn sie ihm in der zweiten Nacht nicht gefolgt wäre, hätte Jim mit ziemlicher Sicherheit eine Kugel in den Kopf bekommen. Was sie aber am meisten bedauerte, war ihre Unehrlichkeit gegenüber dem Rest ihres Teams.

»Blödsinn, ich hätte das Gleiche getan. Das war kein typisches Drachen-Verhalten – du hast mich beschattet – das war nur gute Polizeiarbeit. Außerdem wäre ich tot, wenn du deine Drachenkräfte nicht eingesetzt hättest.« Das schien ihm zugegebenermaßen etwas von dem Groll und Rachedurst zu nehmen, die in ihm brodelten.

»Willkommen bei der Arbeit mit dem Stahldrachen«, grinste Keith frech. »Keine Sorge, man gewöhnt sich recht schnell daran, mit magischen Kräften gerettet zu werden.«

»Sind wir fertig mit Rückentätscheln und Kuscheln?« Hernandez sah aus, als hätte sie ihren Großeltern beim Knutschen zugesehen – angewidert, aber doch leicht beeindruckt.

Wenige Augenblicke später kamen sie an und Drew parkte den Wagen. »Da sind wir.«

Kristen kletterte aus dem Van auf den Parkplatz eines verlassenen Motels. Es war nur drei Stockwerke hoch mit Betonkorridoren und Treppenaufgängen an der Außenseite. Es sah aus, als wäre es schon lange den Naturgewalten ausgesetzt gewesen. Das Dach sackte stellenweise durch und die Kletterpflanzen versuchten tapfer, eine Teil davon nach unten zu ziehen.

Ein halbes Dutzend Polizeifahrzeuge wartete in den hintersten Ecken des Parkplatzes. Bei zwei der Wagen waren die Scheiben zerstört, aber das war das volle Ausmaß des Schadens. Todesfälle waren bisher keine gemeldet.

»Jesus«, murrte Hernandez. »Dieser Ort ist eine verdammte Müllhalde. Es ist, als würden sie uns verarschen wollen, indem sie alles angreifen, was wertlos ist und es dann zerstören. Diese Typen sind wahrscheinlich fähig genug, eine ganze Bank zu verwüsten. Aber stattdessen konzentrieren sie sich auf ein verdammtes Motel, in das nicht mal mehr die Ratten rein wollen.«

Kristen fand, dass es gut so wäre. Sowenig sie es auch zugeben wollte, diese Leute machten ihr Angst. Zumindest waren bei der Verwendung dieser alten, nutzlosen Gebäude keine Geiseln im Spiel.

»Erinnern wir uns alle an den Plan?«, fragte Drew.

Butters und Beanpole nickten und zeigten auf das nächste Gebäude. Sie waren die Augen des Teams.

Keith holte ein Tablet hervor. Er hatte den Grundriss des Gebäudes bereits hochgeladen. »Es gibt einen Ausgang im Keller. Das ist der alte Eingang zu einem Dampftunnel.«

»Dort wird dann wohl die Falle gelegt sein, ganz zu schweigen vom Kontrollzentrum für ihre Bomben«, meinte Hernandez wissend.

»Dann ist das der letzte Ort, an den ihr beiden euch begebt.« Drew schaute Kristen gezielt an.

Sie nickte verständnisvoll. Sie würde auf keinen Fall zulassen, dass jemand verletzt wurde, nicht durch ihren eigenen Versuch, die Heldin zu spielen.

»Gut, dann machen wir es so«, sagte der Teamleiter.

»Warte, warte, warte«, stotterte Keith.

»Was?«

»Hernandez hat recht. Sie benutzen Funk, um mit ihren Bomben oder was auch immer zu kommunizieren.«

»Willst du damit sagen, du könntest alles abschalten, bevor wir überhaupt reingehen?«, fragte Hernandez neugierig. Ein Schuss prallte von der Seite des SWAT-Vans ab. »Weil ich glaube nicht, dass ihnen das gefallen würde«, beendete sie.

Keith fummelte auf dem Tablet herum, schüttelte aber schließlich den Kopf. »Nein ... nein, abschalten nicht, aber ich glaube, ich kann sie lokalisieren.«

»Ausgezeichnete Arbeit, Frischling!«, lobte Drew.

»Weißt du, ich weiß nur, wie das funktioniert, weil ich seit über einem Jahr bei der Polizei bin ...«

»Wie sieht der Plan dann aus?«, schnitt Butters seinen Protest ab. Er würde immer der Frischling bleiben.

»Genau wie vorher. Ihr beide – Butters und Beanpole – haltet uns den Rücken frei. Hernandez und Keith, ihr deaktiviert die Bomben, aber geht nicht alleine in die Nähe des Tunneleingangs. Ich gehe mit dem Stahldrachen und Wonderkid. Wir machen verdammten Krach und bringen die Wichser zum Laufen.«

Sie trennten und konzentrierten sich auf ihre Rollen. Kristen verwandelte ihre Haut in Stahl – der Feind erwartete, dem Stahldrachen gegenüberzutreten, also würden sie sicherstellen, dass es auch den Anschein hatte – aber sie rannte nicht voraus.

Stattdessen liefen sie, Jim und Drew auf die andere Seite des Gebäudes gegenüber dem Eingang zum Keller und dem Fluchtweg der Söldner.

Die erwartete Salve wurde abgegeben und die Kugeln schlugen vor ihnen in den Boden ein, aber keine traf sie tatsächlich. Bei Tageslicht besehen war es offensichtlich, dass die Täter sie noch gar nicht treffen wollten. Die Kugeln würden Kristen nicht verletzen und wenn einer ihrer Teamkollegen verletzt würde, bestand die Möglichkeit, dass Kristen das Gebäude nicht betrat. Die Aktionen waren alle lediglich darauf ausgelegt, den

Adrenalinspiegel im SWAT-Team hochzutreiben, sie zu reizen und zu drängen, etwas Blödes zu tun.

Darauf würde das Team allerdings nicht mehr hereinfallen. Stattdessen würde Butters die Kriminellen nur glauben lassen, sie wären es. Er eröffnete das Feuer auf den gegnerischen Schützen. Fenster zerbrachen und der oberflächliche Angriff auf seine drei Teamkollegen hörte für einen Moment auf. Einen Scharfschützen wie ihn im Team zu haben, hatte enorme Vorteile. Der Plan war zwar nicht, die Feinde zu erschießen, aber er war sicherlich gut genug es zu können.

Sie erreichten die Gebäudeseite und rannten die Treppe zum dritten Stock hinauf, so weit wie nur möglich vom Keller entfernt.

»Es ist Zeit, unseren eigenen Lärm zu veranstalten.« Drew trat eine Tür ein und schoss. Dort war keiner, aber seine Schrotflinte war verdammt laut.

»Jetzt bin ich dran.« Jim verhielt sich wie sein Teamleiter und feuerte mit dem Sturmgewehr auf die hintere Wand des Nebenzimmers.

»Sie haben euch gehört und wollen zur Party kommen«, meldete Beanpole über Funk. »Hernandez und Keith, bewegt euch auf mein Zeichen …« Es entstand eine lange Pause. Es konnten nicht mehr als zehn Sekunden gewesen sein, aber für Kristen fühlte es sich wie Stunden an. »Jetzt!«

Sie hatten das vorher so geplant oder zumindest so ähnlich. Als Beanpole den Beiden das Stichwort gab und ein Gegner aus einem der leeren Räume sein Sturmgewehr auf das Trio abfeuerte, war Kristen nicht überrascht.

Sie blockierte die Kugeln mit ihrer Stahlhaut.

»Komisch, er hat keinen Taser benutzt, obwohl er offenes Schussfeld hatte«, meinte sie, nachdem der Feind in einem anderen Raum verschwunden war.

»Mit dir hier oben haben sie nicht gerechnet«, grinste Drew. Bisher sahen sie wie die Sieger in diesem Spiel aus.

Jim beendete das Gespräch, als er hinter Kristen hervortrat und auf den Angreifer schoss, der seinen Kopf und seine Waffe in den Flur gereckt hatte. Er zog sich hastig wieder in den Raum zurück, aus dem er gekommen war.

Sie folgten ihm und fanden die Tür geschlossen vor. Der Teamleiter schoss auf den Türknauf, wobei er explizit darauf achtete, nicht in der eigentlichen Türöffnung zu stehen. Die Kraft der Explosion schwang die Tür nach innen auf. Ein Taser kam durch den offenen Raum auf sie zugeflogen. Er ging daneben, weil nicht der Stahldrache gewaltsam eingedrungen war und auch nicht im Türrahmen stand. Der Typ drinnen fluchte laut. Sie hatten wirklich recht damit gehabt, dass diese ganze Sache geplant war, um Kristen zu eliminieren.

Zu schade, denn das würde nicht passieren.

»Wonderkid?«, nickte Drew.

Jim duckte sich, trat vor und schoss in das Zimmer. Es wurde nicht zurückgefeuert. »Hier ist es sauber, aber ich habe keine Ahnung, wo der Arsch hin ist.«

Seine Teamkollegen traten vorsichtig ein. Sie durchsuchten schnell den Raum. Er war leer, aber etwas daran war merkwürdig. Kristen konnte allerdings nicht sagen, was es war.

»Hey, Drew«, meldete sich Hernandez über den knisternden Funk.

»Sprich mit mir.«

»Hier sind keine Bomben.«

»Was dann?«

»Eine Art Brandsatz. Aber ich verstehe es nicht. Ich kann mir nicht vorstellen, dass sie versuchen, das Gebäude mitsamt dem Stahldrachen zu verbrennen.«

»Verstanden.« Kaum hatte er das gesagt, zündete einer der Brandsätze in dem Raum, in dem sich die drei befanden.

Er war unter dem Bett versteckt gewesen, damit sie ihn nicht sehen konnten. Nun entfalteten sich riesige weiße Rauchwolken in dem Raum.

»Raus hier!«, schrie Jim und stolperte in ein gerahmtes Poster an der Wand. Er fiel einfach hindurch.

»Scheiße!«, schrie er. »Geheime Tunnel. «

»Kristen – raus hier! Ich hole Jim.«

Sowenig sie Drew auch gehorchen wollte, sie verließ das Zimmer und trat auf den Außenflur des Motels.

Einen Moment später schleppte der Teamleiter Jim raus. Wonderkid hustete heftig, stand aber auf eigenen Beinen, sodass sie annehmen konnte, er würde wieder in Ordnung kommen.

»Es ist genau so, wie wir angenommen haben. Das ist alles für dich, Kristen.« Drew deutete auf den Rauch, der aus dem Motelzimmer strömte. »Der Typ da drin hatte sich hinter dem Bild versteckt. Er hatte mich im Visier und auch einen dieser Taser, aber er hat nicht geschossen. Ich glaube, sie wollten dich erst betäuben und dann ersticken. Offensichtlich wird deine Lunge nicht zu Stahl, sonst könntest du nicht atmen.«

»Neuer Plan?«, fragte sie.

»Nö. Es ist Zeit, sich eine andere Strategie zu überlegen. Wir folgen ihnen in den Keller. Geh nicht in eines der Motelzimmer. Ich wette, die haben überall Löcher in die Wände geschlagen. Hier draußen haben wir Butters im Rücken.«

»Das ergibt Sinn«, sagte Jim und wischte sich über die Augen. »Das Zeug ist richtig eklig, was auch immer es ist.«

Drew nickte und aktivierte sein Funkgerät. »Hernandez, Keith, zieht euch zurück und holt Gasmasken. Gibt es eine dieser Rauchbomben auch an eurem Ausgang?«

»Oh, ja«, antwortete Keith sofort. »Dort sind die meisten.«

»Dann will ich, dass ihr dort bleibt. Hernandez, entschärfe so viele dieser verdammten Dinger, wie du kannst. Keith, du weißt, was zu tun ist.«

»Die Angel auswerfen.«

»So ist es. Wenn du uns jetzt entschuldigen würdest, wir müssen Lärm machen.«

Kristen grinste und ging weiter. Sie schlug die nächsten drei Türen ein, wobei sie peinlichst darauf achtete, nie in der Tür zu stehen. In der dritten fanden sie einen weiteren Söldner vor, der nicht so schnell entkommen konnte wie sein Kumpan. Er versuchte, hinter einem dieser Pseudogemälde zu verschwinden, aber Jim schoss ihm ins Bein und der Typ schrie, als er stürzte.

Kristen packte ihn am Genick und zog ihn aus dem Zimmer.

»Gasmaske«, maulte sie ihn an.

Er schüttelte den Kopf, also hob sie ihn an der Schulter hoch und ließ ihn über dem Parkplatz baumeln.

Sie holte ihn auf festen Boden zurück, als er sehr schnell gefügig wurde. Er nahm seine Gasmaske ab und gab sie ihr.

»Drew?« Sie reichte die Maske ihrem Anführer.

»Nein, nimm du sie.«

»Oh, komm schon«, protestierte Kristen, unfähig, egoistisch zu sein. Sie wollte nicht, dass einer ihrer Leute erstickt, während sie versuchte, ihr eigenes Leben zu retten.

»Nein. Die Typen wollen, dass du an dem Scheiß erstickst. Lass sie wissen, dass das nicht passieren wird, außerdem sollte das ihren Rückzug beschleunigen.«

Es gefiel Kristen nicht, aber sie erkannte die Weisheit darin. Sie war das Ziel und der einzige Grund, Rauch statt Sprengstoff zu verwenden. Es ergab Sinn, den Plan absurd erscheinen zu lassen, also setzte sie die Maske auf.

Sie gingen den Balkon entlang und öffneten die Räume nacheinander. Im fünften Zimmer befand sich ein weiterer Gegner. Er fluchte laut, als er sie mit der Gasmaske sah, aber das hielt den Brandsatz nicht davon ab sich zu entzünden.

»Willst du ihn holen?«, fragte sie Drew.

»Nein, nein. Es gibt keinen Grund, unhöflich zu sein. Er soll seinen Freunden sagen, was hier los ist.« Er sprach über Funk. »Butters, lass uns wissen, wenn du Bewegung siehst. Keith, pass auf, dass du Hernandez den Rücken freihältst.«

»Sir, es sieht von hier wie eine Massenwanderung aus«, antwortete der Scharfschütze nach vielleicht fünfzehn Sekunden.

»Sollen wir diese Arschlöcher einkesseln?«, erkundigte sich Jim.

»Das ist der Plan. Kristen, du gehst vor. Ich will dich bei uns haben. Wenn eines dieser Arschlöcher zuschaut – und sie sind Profis, also bin ich sicher, dass sie mindestens einen Kerl als Beobachter haben – sollen sie wissen, dass du nicht mehr in die Scheiße rennst. Wir müssen wie ein Team rüberkommen, damit sie wissen, dass ihre einzige Option der Rückzug ist.«

Sie nickte und die drei liefen in Richtung des Treppenhauses über dem Eingang zum Keller. Sie trafen auf keine Gegner mehr.

Butters schien derweil große Freude daran zu haben, auf die zu schießen, die aus dem zweiten Stock fliehen wollten. Kristen wünschte, sie könnte ihm bei der Arbeit zusehen. Drew hatte deutlich gemacht, dass er keine Todesopfer wollte und auch definitiv keine Gefangenen, also musste jeder Schuss ganz knapp daneben gehen. Die Idee war, die Söldner in Bewegung zu halten.

Da war aber immer noch der Typ, der am Bein angeschossen war. Weil sie ihm keine Handschellen oder so angelegt hatten, konnte er hoffentlich entkommen. Sie mochte die Vorstellung nicht, dass er verbluten könnte, sodass sie möglicherweise mindestens einen Gefangenen mitnehmen mussten, wenn er zurückgelassen würde. Sie hoffte einfach, es würde denjenigen, der hinter all dem steckt, nicht nervös machen. Aber darüber könnten sie sich später Gedanken machen.

»Da kommen sie«, rief Drew über Funk.

Kristen verspannte sich, als Schüsse aus dem ersten Stock ertönten. Das war Teil des Plans, erinnerte sie sich, aber sie fühlte immer noch Angst in ihrer Brust, wenn sie an ihre Teamkollegen da unten dachte.

Einen Moment später schrie Keith und es war vorbei. »Verdammt! Sie sind entkommen. Diese verdammten Profis haben uns wieder einmal überlistet und sind entkommen.«

Drew legte eine Hand auf seine Schulter und zog ihn vom Eingang des Kellers weg. »Vielleicht etwas unbeholfen mit dem Dialog am Ende, aber der Fisch hängt am Haken, Frischling.«

Sie zogen sich zum SWAT-Van zurück und schauten einfach zu, wie sich Rauch aus einigen weiteren Motelzimmern ergoss und im Wind verflüchtigte.

»Wir haben einen großen Teil dieser Dinger entschärft, aber wer den Rest herausholen will, muss trotzdem vorsichtig sein«, sagte Hernandez.

»Gut, dass diese Arschlöcher ein verlassenes Gebäude gewählt haben. Ich will nicht daran denken, was dieser Rauch normalen Leuten angetan hätte«, murmelte Butters, als er sich der Gruppe anschloss.

»Oder dem Stahldrachen«, fügte Beanpole hinzu.

Kristen nickte. Es fühlte sich verdammt gut an, ihr Team zurück zu haben. Obwohl sie sich nie physisch entfernt hatte, erkannte sie nun, worüber ihre Leute sprachen. Sie hätten das hier nie geschafft, wenn sie nicht so gut zusammengearbeitet hätten. Das Training, das sie durchlaufen hatten, ließ sie wieder als Team arbeiten. Kristen hatte vermutet, sie würden dadurch schwächer, aber nach diesem Einsatz war sie stolz, nicht alleine gearbeitet zu haben. Und dann war da noch die Tatsache, dass ihre Gegner wieder Waffen eingesetzt hatten, bei denen ihre Stahlhaut für eine Verteidigung nicht zweckmäßig gewesen wäre.

Sie hatte nur eine einzige Frage.

»Keith?«

Der Frischling grinste und streckte die Zunge heraus. »Oh, keine Sorge. Ich habe die Angel ausgeworfen.«

»Worauf warten wir dann noch?«, fragte Drew.

Drachenaura

Keith holte das Tablet. Eine Karte von Detroit wurde auf dem Bildschirm angezeigt und dort – nur einen Block entfernt – bewegte sich ein roter Punkt immer weiter vom SWAT-Team weg.

KAPITEL 18

In sicherem Abstand, um unentdeckt zu bleiben, folgten sie dem Tracker zu einem Lagerhaus. Auf dem Weg dorthin teilte Drew den Standort jedem SWAT-Team in der Innenstadt von Detroit mit.

Sie warteten ein paar Häuserblocks vom Ziel entfernt bis genügend Teams vor Ort waren, um das Gebäude zu umzingeln. Ein Dutzend Transporter, jeder mit mindestens sechs schwer bewaffneten SWAT-Mitgliedern gefüllt, war zwar ein guter Anfang, aber bei Weitem noch nicht alles. Hernandez hatte den Rückzug der Söldner genau beobachtet und sogar den Dampftunnel, durch den sie in das Lagerhaus eingedrungen waren, ausfindig gemacht.

Den hatte sie dann – mit vollkommen verständlicher Freude – zusammenstürzen lassen, sodass ein Entkommen unter der Erde nicht mehr möglich war. Die Explosion war laut genug, um die Gegner auf diese Tatsache deutlich hinzuweisen. Wenn sie versuchen wollten, auf dem Weg zu fliehen, auf dem sie gekommen waren, so lag dieser jetzt in Schutt und Asche.

Wenige Minuten später hatten sich etwa zwanzig weitere Polizeiautos den SWAT-Vans angeschlossen. Drew befahl allen, sich zu nähern und sie rückten gemeinsam vor, wie eine Schule Orcas auf der Jagd nach

Fischen. Alle erreichten das Gebäude innerhalb einer Minute. Es standen so viele verdammte Dienstfahrzeuge herum, dass Kristen nicht einmal in Betracht zog, dass sie Beamte für die Verhaftung der Söldner brauchen würden. Sie mussten einfach die Autotüren öffnen und wenn die Typen versuchten zu fliehen, würden sie wie Fische im Netz gefangen. Das hier war ein weiteres Beispiel für die Wichtigkeit von Teamarbeit. Die Leute im Gebäude wussten offensichtlich was sie taten, aber ein solches Polizeiaufgebot würde selbst Profis einschüchtern. Kristen hatte keinen Zweifel daran, dass sie besiegt worden wäre, hätte sie sich den Söldnern alleine entgegengestellt.

»Wir haben euch umzingelt«, erklärte Drew über Lautsprecher, als alle in Position waren und es offensichtlich genossen.

Trotzdem dachte Kristen auch darüber nach, was schiefgehen konnte. Wenn die Söldner fliehen würden, obwohl ihr eigentlicher Fluchtweg zusammengestürzt war und sich jeder verfügbare Polizeiwagen und SWAT-Van hier befand, konnten sie nichts tun.

»Jemand kommt auf das Dach«, berichtete Butters und Schüsse hagelten von den Dächern aller umliegenden Gebäude. Scharfschützen nagelten den Drachen, der zu fliehen versuchte, dort fest. Sie ging davon aus, dass es ein Drache war, denn sie konnte eine Aura spüren. Außerdem, wer sonst würde auf das Dach steigen, außer jemandem, der fliegen konnte? Es war ja nicht so, als ob ein Hubschrauber oder so dort vorhanden wäre.

Aber wer auch immer der Drache war, er besaß keine Stahlhaut. Die Salve der Scharfschützengeschosse hielt ihn im Gebäude fest.

Drew wartete etwa dreißig Sekunden, bevor er das an den Lautsprecher angeschlossene Megafon wieder in die Hand nahm. »Inzwischen habt ihr sicher entdeckt, dass wir euren Tunnel zum Einsturz gebracht haben.« Eine Rückkopplung hallte einen Moment lang über das Megafon und Drew fummelte an den Reglern herum und hielt es dann hoch. »Wir öffnen die Tür von hier aus. Wenn ihr eure Waffen wegwerft und einer nach dem anderen rauskommt, könnt ihr tatsächlich mit einem verdammten Anwalt reden. Wenn ihr schießt, pusten wir euch einfach zur Hölle. Oh, und danke übrigens, dass ihr ein leeres Gebäude gewählt habt.« Er klang ausgesprochen fröhlich.

Die Beamten warteten vielleicht zehn Sekunden, bevor sie das größere Tor im Hangar-Stil auf einer Seite des Lagers aufzogen. Etwa zehn Sekunden danach tauchte ein Söldner auf, die Hände hinter dem Kopf verschränkt. Er sah nicht besonders verängstigt aus, nur sauer.

Kristen fand das gut. Wenn er Angst hätte, könnte er womöglich eine Verzweiflungstat begehen oder sein Boss etwas versuchen. Angepisst bedeutete, dass er den Ernst der Lage verstanden hatte.

Fünf Sekunden danach folgte ein weiterer Typ, dann ein weiterer. Sie war überrascht, als die Prozession nach nur neun Personen beendet war. Es schien undenkbar, dass eine so kleine Truppe der Stadt solche Kopfschmerzen bereitet haben sollte – wobei deren Professionalität auf diese Art deutlich aufgezeigt wurde.

Ihre Überraschung darüber war jedoch nichts im Vergleich zu dem Schock, den sie erlitt, als Sebastian Shadowstorm mit erhobenen Händen und einem selbstgefälligen Gesichtsausdruck das Gebäude verließ.

Drachenaura

Zuerst dachte sie, sie hätte sich geirrt. Sie wünschte, das wäre der Fall gewesen, aber das war es nicht. Der riesige Körperbau, der Pferdeschwanz, der Spitzbart und die schwarz-roten Handschuhe ließen wenig Zweifel an seiner Identität aufkommen.

Das Team hatte darüber gesprochen, dass er mit dem Feind unter einer Decke stecken könnte, aber ihn dort mit den Söldnern direkt nach einer Mission aufzufinden, fühlte sich trotzdem wie echter Verrat an. Kristen war klar, dass er eine Art Rolle bei dem Angriff auf Jim gespielt haben musste, aber sie hatte sich eingeredet, er hätte an den falschen Stellen herumgestochert. Sie war davon ausgegangen, dass er Fragen gestellt hatte, die das wahre Superhirn auf die geheimen Treffen von Washington aufmerksam gemacht hatten. Nun aber sah sie, dass dies nicht der Fall war. Sebastian Shadowstorms Anwesenheit konnte nur eines bedeuten – er war Mister Black, der Drache, der schon einmal versucht hatte, die Stadt zu zerstören.

Es war Mister Black, der für Jonesys Tod verantwortlich war – und der sie ausgebildet hatte.

Alles, was sie gelernt hatte – ihre neuen Fähigkeiten, ihr Verständnis für ihre Drachenaura, die Präzision, mit der sie ihre Drachenstärke und -geschwindigkeit einsetzen konnte – kam von dem Drachen, der jetzt das Gebäude verließ.

Kristen hasste ihn und war ihm gleichzeitig viel schuldig. Mehr als alles andere hasste sie es, dass er diesen Widerspruch in ihrem Kopf hervorrief. Sie hasste ihn für das, was er getan hatte und doch hatte er sie auch stärker gemacht und ihr Dinge über ihre wahre Natur gezeigt, während der Rest der Drachengemeinschaft sie ignoriert hatte. War das alles Teil einer Verschwörung? War sie nur eine Schachfigur? Die Idee, so effektiv manipuliert worden zu sein, traf sie bis ins Mark.

Kristen konnte nicht anders. Sie ging nach vorne, um dem Drachen gegenüberzutreten. »Du rückgratlose Eidechse. Ich habe dir vertraut.«

Sebastian lächelte. »Ja. Ich nehme an, das hast du. Es ist bedauerlich, dass du auf diese Art von meinen Trainingsmethoden für den Stahldrachen erfahren musst. Ich muss zugeben, ich bin nach wie vor beeindruckt. Du hast mehr gelernt, als mir bewusst war, besonders über deine Grenzen.« Sie konnte sich nicht entscheiden, ob er nun bösartig oder liebenswert sein wollte und nahm an, dass ihn genau das so verdammt gefährlich machte.

»Deine ... was?« Sie wollte ihm vertrauen, aber kam das nur durch seine Aura? Er hatte zwar gesagt, dass sie bei Drachen nicht funktionieren würde, aber sie konnte ihm diesbezüglich nicht mehr vollständig trauen.

»Meine Methoden. Ich entschuldige mich dafür, dass ich deinen Freund getötet habe, Kristen, wirklich, das tue ich. Mir war nicht bekannt, dass es einen neuen Drachen in Detroit gibt und wenn ich es gewusst hätte, wäre ich vorsichtiger damit gewesen und hätte nicht genommen, was dir rechtmäßig gehört.«

»Das ist ja entsetzlich. Man kann nicht über Menschen sprechen, als würden sie Drachen gehören«, sagte sie eisig.

»Aber natürlich können wir das. Deshalb läuft die Welt doch stabil. Keiner mag es, wenn sein Besitz von einem anderen genommen wird. Hätte ich es damals gewusst, hätte ich nicht getan, was ich getan habe.«

»Schwachsinn! Du hast versucht, mich zu töten!«, brüllte sie an, ihr Gesicht war nur Zentimeter von seinem entfernt.

»Ich protestiere, Kristen. Ich habe nichts dergleichen getan. Hast du nicht bemerkt, dass diese Söldner etwa zur selben Zeit aufgetaucht sind, wie ich die Party zu deinen Ehren geschmissen habe?«

»Du hast die Party nicht geschmissen«, wollte sie protestieren.

»Doch, habe ich. Das hier ist meine Stadt, Kristen, so sehr wie sie dir gehört – oder so sehr sie dir gehören wird, wenn du erst einmal voll in deiner Macht stehst. Hier passiert nichts ohne mein Wissen. Du warst das Erste, was mich seit langer Zeit überrascht hat und die Entdeckung, dass du hier aufgewachsen bist, hat mich nur darin bestärkt, dir zu helfen zu gedeihen und stärker zu werden trotz des Drecks und des Schmutzes um uns herum. Ich wusste, dass das Training mit dir nicht ausreichen würde. Du hast mit mir gelernt, ja, aber das Team von Männern, das ich extra eingestellt habe, sollte dir helfen, dich zu entwickeln und deine Kräfte zu erlangen. Nur im Feuer kann Stahl gehärtet werden. Ich wollte dir das geben, was rechtmäßig deine Macht ist.«

»Menschen wurden verletzt ...«

»Nein, das wurden sie nicht – nun, niemand außer den Leuten, die du in der Baseball-Arena verletzt hast und dem Mann, den ihr am letzten Gebäude zurückgelassen habt. Sie hatten den Befehl, niemanden zu verletzen.«

»Weil es deine Leute sind?«, forderte sie ihn heraus.

»Weil sie dir gehören.« Sebastian lächelte flehend, als gäbe es nichts Wichtigeres auf der Welt, als dass Kristen die Aufrichtigkeit seiner Worte versteht.

»Das ... das ergibt Sinn«, sagte Keith und nickte.

Sie sah ihren Teamkollegen an. Er starrte den Drachen mit Verwunderung in den Augen an, als hätte ein älteres Geschwisterchen die Existenz des Weihnachtsmannes bestätigt.

»Totalen, verdammten Sinn«, fügte Hernandez hinzu und nickte dazu. Ihr Gesichtsausdruck drückte geradezu Entzücken über die Erklärung der Ereignisse aus.

Kristen schaute Sebastian an, dieses kriminelle Superhirn, das sich als Mitglied der Gesellschaft ausgab und hob eine Augenbraue. Er hätte sie vielleicht überzeugen können. Er hatte recht, niemand wurde verletzt, aber Hernandez? Das ging zu weit.

Sie verwendete ihre eigene Aura und fühlte das Vertrauen ihres Teams in den Drachen versickern. Keith schüttelte den Kopf, als würde er aufwachen.

Hernandez' Blick verwandelte sich sofort in ihren typisch finsteren Blick. »Verdammtes Arschloch.«

»Hör nicht auf ihn, Hall. Wie du gesagt hast, er ist eine verdammte Schlange«, sagte Drew zu ihr, anscheinend ohne zu wissen, dass auch er unter der Kontrolle des Drachens gestanden hatte. Kristen wusste, dass er eine Schlange war und ihr Teamleiter fühlte es so, weil sie ihre Aura nutzte, um ihr Team zu beeinflussen.

Sie hasste es, das zu tun, weil sich damit nur bestätigte, dass Sebastian recht hatte. Um die Menschen – ihre Menschen – zu schützen, musste sie ihre Drachenfähigkeiten einsetzen und ihre Fähigkeit, ihre Aura mit Präzision zu kontrollieren, kam von Sebastian. Nein, so konnte sie ihn nicht mehr nennen. Er war jetzt Mister Black oder Shadowstorm, aber nicht mehr Sebastian, nie wieder.

Drachenaura

»In der Tat«, meinte der Drache. Sie konnte sehen, dass er verstanden hatte, was ihr durch den Kopf gegangen war und dass sie ihn mit ihrer Aura erkannt und zurückgedrängt hatte. Er sah nicht unbedingt amüsiert aus, wandte sich aber von ihr ab und stellte sich Drew gegenüber. „Musst du uns nicht irgendwelche Rechte vorlesen oder so? Es wird Anwälte und Prozesse geben und all das, ja? Ich muss sagen, es ist lange her, dass ich mit menschlichen Gesetzen in Konflikt geraten bin. Ruiniert nicht eure Möglichkeiten, indem ihr einen Gefangenen beleidigt.«

»Lass uns gehen, Arschloch. Sie haben das Recht zu schweigen. Ich empfehle Ihnen, es zu nutzen, solange Sie können.« Er las Mister Black seine Rechte vor.

Kristen nickte. Drew hatte recht. Er war eine Schlange und hatte sie ausmanövriert. Schlimmer noch, ihr wurde nun klar, dass er alles über sie wusste – die genauen Grenzen ihrer Kräfte, was sie tun konnte und was nicht. Ihr ganzes Training war ein Trick gewesen, um alles über sie zu erfahren und auch herauszufinden, wie man sie verletzen könnte. Es war beinahe zu viel, um es zu begreifen. Verglichen mit seiner skrupellosen Verschwörung verhielt sie sich wirklich noch wie ein unschuldiges Kind.

Als Antwort auf ihre innere Frustration schaute sie den Gefangenen finster an und setzte ihre Aura ein, während sie dies tat. Sie musste sich nur leicht anstrengen und die Polizisten um sie herum verfielen in einen Rausch von Flüchen und Hohn über den in Ungnade gefallenen Drachen. Einige von denen, die nichts von der Operation gewusst hatten und vom Mittagessen weggerufen worden waren, warfen sogar ihre Getränke nach ihm.

Sie selbst verspottete ihn. »Hoppla, ich schätze, ich habe die Feinheiten der Kontrolle noch nicht ganz verinnerlicht.« Es war nicht ihre Absicht gewesen, dass die Polizisten ihn mit Getränken bewarfen, sondern dass sie einfach Kristens Zorn auf den Mann spürten, der sie wochenlang belogen und betrogen hatte. Die Männer hatten diese Wut aufgenommen, kombiniert mit dem, was sie von dem Mann wussten, der versucht hatte, einen Krieg in der Stadt zu beginnen, Leute aus ihren Reihen getötet hatte und das war ihre Reaktion darauf.

Der Drache zuckte nicht einmal, als er mit klebrigen Getränken und den Flüchen der Menschen überschüttet wurde, von denen sie keinen Zweifel hatte, dass er sie als unter seiner Würde ansah. »Gern geschehen«, sagte er zu ihr und streckte seine riesigen Arme aus, damit sie in Handschellen gelegt werden konnten.

Keith übernahm das, obwohl sich die Fesseln kaum um seine dicken Handgelenke schlossen. Sie verfrachteten ihn auf den Rücksitz eines Streifenwagens und seine massive Gestalt passte kaum hinein.

Kristen schluckte. Sie hatten diese Schlacht gewonnen und die Söldner waren nun weg von der Straße, aber offensichtlich hatte Mister Black noch ein weiteres Ass im Ärmel. Er hätte die Handschellen wie Papier und das Auto wahrscheinlich wie Pappe zerfetzen können. Eigentlich hätte er auch einfach wegfliegen können. Sie kannte das Ausmaß der Macht dieses Drachen nicht – diese Information hatte er ihr ganz bewusst vorenthalten – aber sie wusste genau, dass ein Drache noch nie mit einer normalen Waffe erschossen worden war. Verletzt vielleicht, aber nicht schwer und nie getötet.

Drachenaura

Und doch saß er auf dem Rücksitz, leicht gebückt, mit einem Grinsen im Gesicht, als wüsste er die Pointe eines Witzes, von dem er sich nicht einmal die Mühe gemacht hatte, ihn zu erzählen.

KAPITEL 19

Mister Black saß am Tisch im Verhörraum und sah fast wie eine optische Täuschung aus. Er war einfach riesig. Bei weit über einem Meter achtzig Größe und Schultern, die Kristen an einen Ochsen denken ließen, sah sie nicht, wie der Raum ihn tatsächlich aufhalten könnte. Auch wenn er kein Drache wäre, könnte er die Handschellen einfach zerreißen, obwohl er sich nicht bemühte, dies zu tun.

Sie wünschte sich fast, dass er seine Kräfte benutzen würde, das Haus zu zerstören. Zumindest hätte sie dann gewusst, dass sie den Bastard auch tatsächlich erwischt hatten.

Drew ging vor ihm auf und ab und verlangte nach Antworten, aber der Drache reagierte nicht. Der Mann versuchte jede ihm bekannte Taktik zur Einschüchterung des Gefangenen, aber Kristen wusste, dass nichts davon funktionieren würde. Sebastian Shadowstorm war ein Meister darin, die Emotionen von Menschen mit seiner Aura zu kontrollieren. Vor kaum einem Jahr hatte er jede Gang im Raum Detroit zu einer offenen Rebellion aufgewiegelt. Das Geschwätz des Teamleiters oder ohne besondere Hilfsmittel eingesperrt zu sein, beeindruckte ihn einfach nicht – vor allem, weil sie keinen Zweifel daran hatte, dass er die

Drachenaura

Gitterstäbe, hinter die man ihn gesetzt hatte, sicherlich verbiegen konnte.

Nach zehn Minuten dieses Pseudoverhörs räusperte sich Mister Black. Drew drehte sich schnell um und Kristen konnte die Verzweiflung in dieser Geste sehen. Der Drache hätte sich ein Steak zum Abendessen bestellen können und es höchstwahrscheinlich auch bekommen. Dennoch behielt der Beamte ein wenig von seiner Art bei. »Was? Willst du einen verdammten Anwalt?«

Kristen schüttelte den Kopf. Er hatte Drew wahrscheinlich gezwungen, das zu fragen.

»Anwälte. Pah. Mein Anwalt kennt sich nicht mit Strafrecht aus, nur mit Immobilien. Die Männer, die mit mir gearbeitet haben, werden aber alle einen Anwalt brauchen. Die Herren werden feststellen, dass eine beträchtliche Summe für ihre Verteidigung zur Verfügung steht. Ihr werdet auch feststellen müssen, dass die Verteidiger ziemlich gut wissen, wie Menschen und Drachen interagieren sollten«.

»Was willst du dann?«, fragte Drew.

»Ich will, dass du den Mund hältst. Ich werde nicht mit dir reden, du unerträglicher affenartiger Einfaltspinsel«, erklärte Mister Black aufdringlich. »Ich wollte nur sagen, dass ich meine Fähigkeiten einsetzen werde, wenn du mich weiter so angehst, damit du und alle anderen in diesem Revier sich in die Hosen machen. Du langweilst mich. Deine Fragen sind langweilig und deine Körperhaltung ist offensichtlich. Pfui Teufel.« Er winkte abweisend mit der Hand, als wäre Drew nichts weiter als eine Fliege.

»Jetzt ist nicht die Zeit für kindische Drohungen«, erwiderte dieser scharf.

»Kindisch? Was für ein schlaues Wort, Mensch. Ich weiß noch, wie die Engländer es im späten 16. Jahrhundert von den Franzosen übernommen haben.«

Der Teamleiter blickte finster drein, verließ den Raum und knallte die Tür hinter sich zu. »Ich kann diesem Arschloch nicht glauben.« Er schüttelte den Kopf und stellte sich neben Kristen hinter die verspiegelte Glasscheibe. Mister Black starrte sie beide an. Sie fragte sich, ob seine Drachensinne ihn befähigten, durch den Spiegel zu schauen. Der verächtliche Ausdruck auf seinem Gesicht ließ es auf jeden Fall so aussehen, als ginge er davon aus, alles unter Kontrolle zu haben.

»Ich weiß, dir fehlt die nötige Erfahrung, aber du solltest da reingehen, Hall.« Stolz war Drew über diesen Vorschlag nicht.

»Ich? Ich habe noch nie jemanden verhört«, protestierte sie.

»Ja, ich weiß. Die meisten Leute beim SWAT tun das nie, aber ... na ja ...« Er lachte erstickt. »Das Arschloch hat gesagt, er will nicht mit Menschen sprechen und, äh ...«

»Ich bin kein Mensch«, beendete Kristen für ihn den Satz.

Er zuckte die Achseln und zwang sich ein Lächeln auf. »Ich würde sagen, du versuchst ein Geständnis zu bekommen, aber er hat recht, dass unsere Gesetze nicht unbedingt auf ihn zutreffen. Wenn du ihn dazu bringst zuzugeben, dass er den Söldnern Befehle erteilt hat, beweist das vielleicht, dass er genug in menschliche Angelegenheiten verwickelt ist, um ihn damit dranzukriegen. Sie müssen sich für die Zerstörung von Eigentum und den Besitz von illegalen Waffen und gefährlichen Substanzen verantworten. Vielleicht eine Anklage wegen Verschwörung. Wenn du ihn dazu bringen kannst, darüber zu reden, kannst du vielleicht erwähnen, was mit den verdammten Gangs passiert ist. Cops sind gestorben. Vielleicht können wir auch eine Mordanklage durchsetzen.«

»Meinst du wirklich?«, fragte sie.

Sein Gesichtsausdruck sah nicht sonderlich selbstbewusst aus. »Ich weiß es nicht, aber Drachen heuern normalerweise keine Söldnerteams an. Die Welt wäre noch viel beschissener, wenn sie das täten. Vielleicht hat er auch eine ihrer Regeln gebrochen, indem er all diesen Scheiß angezettelt hat. Wenn du ihn zu einem Geständnis bringst, können wir ihn vielleicht an das Drachen-SWAT überstellen.«

Kristen dachte kurz nach und nickte dann. »Okay.« Einen Versuch war es wert.

Sie nahm zwei Tassen Kräutertee – Sebastian hatte schon immer eine Vorliebe für Jasmin gehabt – und ging in den Raum. Sie wusste – und Mister Black wusste es ebenfalls – dass sie ihn nicht einschüchtern konnte. Immerhin hatte er sie zuerst ausgebildet und danach Söldner angeheuert, um sie zu töten. Vielleicht bedeutete das, dass er selbst sie nicht mit bloßen Händen töten konnte, aber es bedeutete auch, dass sie nichts auch nur annähernd so motiviert hatte wie die Angst vor diesem Drachen, der älter war als die Stadt, in der sie geboren wurde. Er musste sie für weniger wert halten als sich selbst. Andererseits betrachtete er wahrscheinlich jeden als weniger wert als sich selbst. Vielleicht konnte sie diese Arroganz verwenden.

»Du willst also nicht mit Menschen sprechen? Dann rede mit mir. Von Drache zu Drache.« Sie schob eine Tasse Tee über den Tisch und nippte an ihrer eigenen.

Sebastian lachte. Mister Black, erinnerte sie sich gereizt daran, aber es war unheimlich schwer ihn als den kriminellen Drahtzieher zu betrachten, wenn er so lachte, wie er gelacht hatte, als sie ihm Geschichten über ihr menschliches Aufwachsen erzählt hatte.

»Hier bist du also«, sagte er mit einem Lächeln, während er sie einen Moment lang studierte, bevor er seine Tasse Tee anhob und einen kleinen Schluck nahm. Er sah aus wie ein Kind, das Räuber und Gendarm spielte und vortäuschte, gefesselt zu sein. Die Handschellen waren wirklich komisch unterdimensioniert. Er schloss die Augen, atmete das Aroma des Getränks ein und stellte es zufrieden ab.

Kristen fragte sich, ob er denselben Blick in seinen Augen gehabt hatte, als er den Auftrag zu der Rebellion gab, die Jonesy das Leben gekostet hatte. Die Erinnerung an ihren Partner machte es viel leichter, ihn als den Gegner zu betrachten, der er war. Plötzlich wusste sie, dass jeder Versuch mit der klischeehaften Verhörmethode ›guter Polizist/böser Polizist‹ hier nicht funktionieren würde. Sie war der Stahldrache und würde definitiv nicht dort sitzen und diesem Arschloch Informationen abschwatzen, während er an seinem Tee nippte. »Wie lange kanntest du das Söldnerteam schon, das mich töten wollte?«

»Du meinst die Bestien, die mein verlassenes Lagerhaus gestürmt haben? Ich denke, dass diese Schläger mein Eigentum zerstört haben.« Er sagte das alles in einem falschen, zuckersüßen Tonfall, der die Lüge schmerzhaft offensichtlich machte und nahm noch einen Schluck Tee.

»Blödsinn. Du redest vielleicht nicht mit den Bullen, aber deine kleinen Kumpane schon. Die meisten von ihnen haben bereits ein Geständnis abgelegt und an den anderen arbeiten wir.«

»Die Worte von Menschen fallen gegenüber Drachen nicht ins Gewicht, Kristen, sieh es ein. Ihr habt nichts gegen mich in der Hand. Wir haben in der Vergangenheit schon mit solchen Rebellionen zu tun gehabt – eine Gruppe von jämmerlichen Menschen verschwört sich untereinander, um ihre Vorgesetzten loszuwerden. Es stellt sich immer als Lüge heraus. Immer. Ihrer Art wird nicht vertraut, Kristen, nicht von unserer.« Er stellte die Tasse ab und hob die Hände als wolle er Absolution.

»Du sagst also, dass du bei der Gangrebellion, die diese Stadt fast niedergebrannt hätte und meinen Partner getötet hat, keine Rolle gespielt hast.«

Mister Black lächelte nachsichtig. »Was soll ich sagen? Dass meine Aura diese Kriminellen beeinflusst hat? Dass ich irgendwie – ohne zu sprechen, wohlgemerkt – eine Horde wertloser Krimineller dazu inspiriert habe, ihr wahres Selbst zu zeigen? Verzeih mir, ich bin zwar etwas alt, aber sind Auren etwas, das in euren menschlichen Gerichten als Beweismittel zählt?«

»Uns liegen mehrere Geständnisse von denen vor. Einige werden dich sicher als Mister Black identifizieren. Du wirst für Jonesys Tod bezahlen und für all die anderen Beamten, die an diesem Tag zu Tode gekommen sind.«

Er lachte. »Warum glaubst du hat euer kriminelles System keine Gesetze erlassen, die für die ganze

Bandbreite unserer Fähigkeiten gelten? Warum glaubst du, dass es Gerichtsbarkeiten gibt, aus denen man einfach wegfliegen kann und die Verbrechen hinter sich lässt? Für einen Menschen ist das nicht unbedingt praktisch. Es ist schließlich schwer, aus einer Stadt zu fliehen, aber für einen Drachen? Komm schon. Sicherlich kann man es so sehen, dass dieses System nicht nur für die Menschen am Boden konzipiert wurde. Du sagst, ich solle für das Leben deines Partners zahlen. Sag mir, wie viel ist das Leben deines Partners wert?

»Mehr als deines.«

»Ist das so? Als ich das letzte Mal nachgesehen habe, waren Kugeln billig zu bekommen und das war alles, was nötig war, um deinen Freund zu töten, oder? Ein paar Bleikugeln, die du nicht aufhalten konntest? Denk darüber nach. Hättest du früher mit mir gearbeitet, hätte ich dir zeigen können, wie du deine Reflexe besser nutzen kannst. Das ist ja so ironisch, dass es fast schon poetisch ist – dank mir könnte er sogar noch am Leben sein.«

»Du Bastard!«, rief Kristen und schlug so hart auf den Tisch ein, dass ihre Fäuste Dellen im Metall hinterließen. Beide Tassen landeten schwungvoll auf den Boden. Sie hatte nicht bemerkt, dass sie ihre Hände zu Metall hatte werden lassen.

Mister Black blinzelte bei ihrem Ausbruch nicht einmal. Er kicherte nur und senkte seine gefesselten Hände auf den Schoß. »Beruhige dich. Ich meinte nur, wenn ich deine Bekanntschaft früher gemacht hätte, hätte ich dir helfen können. Aber du hast einen fairen Standpunkt zum Leben deines Freundes. Auch andere Menschen kamen ums Leben. Eine Schande ... eine echte

Schande.« Er atmete durch die Zähne und schüttelte den Kopf. »Vielleicht würde eine wohltätige Spende an die Familien der Verstorbenen die Dinge gerade rücken? Es wird nicht unbedingt einfach sein, den Ernährer zu verlieren. Wie wäre es mit hunderttausend ...«

»Das ist eine gottverdammte Beleidigung und das weißt du.«

»Lass mich ausreden, bitte. Lass mich ausreden. Wie wäre es mit hunderttausend pro Jahr für den Rest ihres Lebens? Ich kann mir vorstellen, dass einige von ihnen sogar Kinder hatten. Hunderttausend Dollar werden ihre Ausgaben für eine lange Zeit decken. Therapie, College, Unterkunft, Essen – fast alles, was ihnen einfällt. Das ist es, was Drachen für Menschen tun. Das ist es, was du für die Menschen tust, Kristen. Du hilfst.«

»Du bist derjenige, der Hilfe braucht. Wir haben mehrere Geständnisse, die deine Identität mit dem Kriminellen Mister Black in Verbindung bringen. Wir haben deine Fingerabdrücke und die deiner Bediensteten auf ungeöffneten Waffenkisten gefunden. Deine Zahlungen an die Söldner haben wir auch beschlagnahmt. Spanische Dublonen? Wirklich? Das schreit wohl ganz und gar nicht nach Drachen!«

Er hielt inne, als ob er über das alles einen Moment lang nachdenken wollte. »Also haben diese Ratten ihr Nest hier in der Stadt tatsächlich behalten?«

»Diese verzweifelten Männer, die du ausgenutzt hast, waren mehr als glücklich, das mit uns zu teilen, was sie wussten, als sie bemerkten, dass ihnen mehrfach lebenslängliche Haftstrafen drohen.«

»Was zusammengezählt immer noch weniger wäre als meines.«

»Nur weil das Leben eines Menschen kürzer ist als das eines Drachens, macht es das nicht weniger wertvoll«, erwiderte sie scharf.

Der Drache schnaubte daraufhin und fand den Kommentar offensichtlich lächerlich. »Weißt du«, sagte er, hob seine gefesselten Hände und sah sie gelangweilt an bevor er sie wieder auf seinen Schoß senkte. »Für einen Menschen hättest du vielleicht genug. Die Beweise, von denen du gesprochen hast, klingen überzeugend, selbst in diesem Land mit seinen lächerlichen und ineffektiven ›Unschuldig-bis-die-Schuld-bewiesen-ist‹-Gesetzen. Vielleicht hättest du mit einem eurer Anwälte und einer Jury etwas beweisen können.«

»Es gibt nichts mehr, was man noch beweisen muss. Wir haben schon alles. Du gehst unter, Sebastian.«

Er schnalzte mit der Zunge und schüttelte wieder den Kopf. Oh, wie sie dieses Geräusch verabscheute. »Kristen, wie kannst du nur so naiv sein? Bei einem Menschen hätte das vielleicht funktioniert. Aber ich bin ein Drache, also war das alles nichts weiter als eine Verschwendung unserer beider Nachmittage. Also, Folgendes wird passieren. Gleich wird es an der Tür klopfen. Die Person wird sagen, dass ein Anruf eingegangen ist und dass du mich ohne Anklage freilassen sollst. Du lässt mich frei, gibst mir meine Handschuhe zurück und wir sind hier fertig.«

»Blödsinn. Du hast keine Anrufe getätigt.«

Mister Black lächelte wissend. »Als du so tapfer in meinem Lagerhaus erschienen bist, um diese schrecklichen Verbrecher zu fassen, habe ich vielleicht einen meiner Chauffeure Tyler anrufen lassen. Er tut weit mehr als nur Getränke servieren.«

»Wie ich schon sagte, Blödm...«

Es klopfte. Sie antwortete und versuchte, sich nicht in Stahl zu verwandeln und das ganze Revier zu verwüsten, als Keith ihr erklärte, dass das, was der Gefangene vorhergesagt hatte, tatsächlich eingetreten war.

Fünf Minuten später sah sie vom Fenster aus wie Sebastian Shadowstorm hinausschlenderte, sich in einer dunklen Schattenwolke in einen Drachen verwandelte und in die Abenddämmerung flog. Sie war so wütend, dass sie dachte, sie würde tatsächlich körperlich krank werden.

»Ich kann es nicht glauben, dieses verdammte Monster. Ich will ihm sein gottverdammtes Hirn rausblasen«, knurrte Beanpole an den Empfangstresen gelehnt. Kristen hatte ihn noch niemals so reden hören.

»Ich weiß, was du meinst«, stimmte Butters inbrünstig zu. »Ich würde ihn zu gerne in Stücke reißen.«

Zurück in der Realität schüttelte Kristen den Kopf und wollte sich beruhigen. Sie hatte ihre Aura außer Kontrolle geraten lassen und konnte den Welleneffekt im ganzen Revier sehen. Alle schienen wütend zu sein und am Rande von Gewalttätigkeit zu stehen. Sie versuchte, ihre eigene Wut in den Griff zu bekommen, aber es gelang ihr lediglich, ihre Aura unter Kontrolle zu bringen. Darüber hinaus war sie immer noch extrem wütend. Ihre Emotionen von ihrer Aura zu trennen, war eine wichtige Fähigkeit – und noch eine, die sie von Sebastian gelernt hatte.

Sie kehrte zum Verhörraum zurück, er war inzwischen leer. Sie fand Drew schließlich im Aufenthaltsraum, wo er einen Donut aß und ins Leere starrte.

»Das ist Schwachsinn, Drew. Er ist der Grund dafür, dass Jonesy tot ist.«

Drew zuckte die Achseln. Es war eine schwache Geste und in diesem Moment hasste sie ihn dafür. »Wir können im Moment nichts dagegen tun. Er ist ein Drache, außerhalb unseres Zuständigkeitsbereichs, unserer Rechtsprechung und zudem haben wir nicht wirklich viele Beweise vorliegen. Mir gefiel die Zeile über die Fingerabdrücke auf den Waffenkisten, aber er muss gewusst haben, dass du bluffst. Als wir das Arschloch verhaftet haben, trug er Handschuhe. Er wollte sie sogar zurück.«

»Die Goldmünzen waren kein Bluff.«

»Ja, aber ein paar Münzen in ein paar Taschen lassen keinen eindeutigen Rückschluss auf Mister Black zu.«

»Er war da, Drew. Hörst du dir überhaupt zu?«

»Ich weiß, dass er da war, Hall. Ich war auch da, verdammt noch mal. Glaubst du, mir gefällt dieser Scheiß? Wenn wir ihn festnageln wollen, brauchen wir praktisch ein Geständnis von ihm – und selbst dann habe ich keine Ahnung, ob das reichen würde.« Wie seltsam es doch war, die eigene Wut von einer anderen Person zu spüren zu bekommen. Sie hatte ihre Aura auf ihn wirken lassen.

»Glaubst du, ein Geständnis könnte tatsächlich funktionieren?«, fragte sie, in ihrem Kopf ratterte es bereits.

»Ich weiß es nicht. Vielleicht? Das ist schon mal passiert. Ich habe nachgesehen. Es hat Fälle gegeben, in denen ein Drache sein Unrecht zugegeben hat und dafür bestraft wurde.«

»Was ist dann das verdammte Problem?«, schimpfte sie. »Wir haben doch schon genug.«

»Nicht für ein menschliches Gericht, das haben wir nicht. Sie sind in der Vergangenheit bestraft worden, aber nicht von uns. Er ist ein Drache, Hall. Scheiße, der einzige Grund, warum er mit dir geredet hat, war, weil du auch einer bist.«

»Das bin ich nicht.«

»Doch, das bist du, verdammt und wenn du es nicht wärst, wären wir alle schon hundertmal tot.« Er sah so niedergeschlagen aus, dass sie es kaum ertragen konnte.

»Du glaubst also, ein Geständnis plus unsere Beweise würden ausreichen?«, fragte sie nach einer Minute.

»Ich weiß nicht, ob die Beweise überhaupt eine Rolle spielen. Ich denke, wenn – und das ist das verdammt größte ›wenn‹ aller Zeiten – er sich einem anderen Drachen gegenüber dazu bekennen würde, könnte er vielleicht dafür verantwortlich gemacht werden. Zumindest hoffe ich es verdammt noch mal. Sonst müssen wir davon ausgehen, dass diese Monster unsere Städte jederzeit einfach verwüsten könnten.«

Kristen sank auf die Couch und rieb sich über das Gesicht. Das alles war so verdammt anstrengend. Sie stand auf, schnappte sich einen Donut und setzte sich wieder. Funktionierte die Welt wirklich so? Gerechtigkeit hieß für jeden etwas anderes, je nachdem, wer man war, welche Verbindungen man hatte und wie viel Geld man besaß. Es war ekelhaft – absolut ekelhaft – dass Leute im Gefängnis verrotten mussten, weil sie aus reiner Verzweiflung etwas Dummes getan hatten, wie einen Lebensmittelladen auszurauben, während gleichzeitig die Mächtigsten mit fast allem davonkommen konnten. Wenn man mächtig genug war, spielten Gesetze keine

Rolle. Es ging nur um das Prestige und Shadowstorm hatte seines seit Jahrhunderten kultiviert.

Er konnte tun, was er wollte. Nun, dachte Kristen, nicht alles. Er hatte erzählt, dass er den Drachen Ironclaw schon lange einmal von einem Gebäude hatte werfen wollen, aber er hatte es nie getan. Es gab wohl eine Art Regelwerk, nach der die Drachen lebten. Es musste dann wohl auch Gesetze geben – wenn es die nicht gäbe, wozu bräuchte man dann das Drachen-SWAT?

»Weißt du, ich glaube ... ich glaube, es könnte tatsächlich einen Weg geben«, sagte sie und biss in ihrem Donut.

Drew grinste. »Ich muss sagen, ich liebe es, dass du nicht weißt, wann Schluss ist.«

»Nein. Nein, ich meine es ernst. Ich weiß, er hat während unseres Trainings viel über mich gelernt, aber ich habe auch viel über ihn gelernt. Ich glaube, wir könnten es schaffen.«

»Ach ja?« Drew hob eine Augenbraue. »Soll ich dem Captain sagen, er soll eine Zelle für einen verdammten Drachen vorbereiten?«

»Nein, nein, überhaupt nicht. Hör zu.« Sie sah sich hastig im leeren Aufenthaltsraum um und senkte ihre Stimme. »Damit das funktioniert, brauche ich ein Team.«

»Ja, nun, offensichtlich hast du eines. Ich bin sicher, dass selbst Jim jetzt für dich kämpfen würde. Du bist der Stahldrache der Polizei von Detroit. Du weißt das.«

»Dafür aber nicht. Bist du bereit, außerhalb unserer Regeln zu arbeiten?«

Er neigte den Kopf, als er darüber nachdachte. »Auf jeden Fall. Wenn es bedeutet, den Scheißkerl zu Fall zu bringen, der für Jonesys Tod verantwortlich ist, hast du meine volle Unterstützung.«

»Glaubst du, das Team macht mit?«

Die Frage zog sofort ein Lachen nach sich. »Machst du Witze? Hernandez würde alles für Jonesys Andenken tun und die anderen würden alles tun, um den Stahldrachen stolz zu machen.«

»Drache oder nicht, Black soll wissen, dass er nicht unantastbar ist, nicht in unserer Stadt.«

KAPITEL 20

Das Team nahm Kristens Plan viel schneller an, als sie erwartet hatte. Möglicherweise hätten sie ein wenig mehr Zeit mit der Entwicklung verbringen sollen, aber keiner hatte die Geduld dazu.

Mister Black hatte behauptet, er stünde über dem Gesetz, aber wenn er die Stadt verlassen würde, täte er das tatsächlich. Vielleicht war er auch nervös, obwohl sie sich dessen nicht sicher sein konnte. Er hatte die Frage der Zuständigkeit angesprochen, also könnte er vielleicht in Erwägung ziehen zu verschwinden. Zumindest hatte sie das ihrem so Team gesagt. Im Ergebnis begannen sie bereits nach weniger als vierundzwanzig Stunden, den Plan in die Tat umzusetzen.

Kristen redete sich ein, sie hätte ihr Team überzeugt und alle hätten erkannt, dass schnelles Handeln zwingend nötig war, bevor er sich an den neuen Status quo anpassen konnte, aber auch hier war sie sich nicht sicher. Sie wollte lieber nicht glauben, dass ihre Aura das Team so schnell in Übereinstimmung gebracht hatte, weil sie diese Fähigkeit noch immer nicht perfekt unter Kontrolle hatte. Sie wollte Mister Black unbedingt fangen und wusste, dass die anderen das auch wollten. Er hatte immerhin einen der ihren genommen, aber für sie war es mehr als das. Sie fragte sich immer wieder, ob ihr

Team sich so fühlte, weil sie sie dazu gezwungen hatte. Das Gefühl war nicht angenehm, aber Kristen beschloss, dass sie sich deswegen schuldig fühlen durfte, bis ihre Stadt nicht mehr durch ein Monster in Gefahr war, das versucht hatte, Menschen zu zwingen, gewalttätig aufeinander loszugehen.

Das Team fuhr in einem SWAT-Van, als Lieferwagen getarnt, zum Tor der Drachenvilla.

Kristen saß nicht mit im Wagen. Sie wartete einen Block entfernt mit einem Funkgerät, um das Gespräch zu verfolgen, auf den richtigen Moment.

»Uns wurde ein Gasleck gemeldet?«, sagte Beanpole vom Fahrersitz aus. Es war erstaunlich, wie völlig desinteressiert er klang. Wie jeder Mechaniker bei einem Fehlalarm, weil er eigentlich einfach nur nach Hause wollte.

»Wir haben kein Gasleck gemeldet«, sagte der Wachmann. Sie konnte praktisch sein Stirnrunzeln hören.

»Bist du dir da sicher?«, antwortete ihr Teamkollege, seine Stimme war voller Sarkasmus. »Ich sage dir, das hier ist reine Zeitverschwendung. Wenn wir uns im Freien aufhalten und es schon riechen können, bedeutet das normalerweise, dass es schon gefährlich wird.« Er wandte sich an Butters, der auf dem Beifahrersitz saß. »Riechst du etwas, was ich nicht rieche?«

»Natürlich rieche ich es. Der Gestank ist unverkennbar und ich habe auch gesagt, dass der feine Herr, der hier wohnt, unsere Zeit wohl nicht vergeuden würde.« Die spöttische Aussage über den Grundstücksbesitzer Mister Black schien zu funktionieren. Der Wachmann räusperte sich und schnüffelte laut genug, dass Kristen ihn über Funk hören konnte. Wenn er sich auf die

Seite eines Mechanikers schlagen müsste, sollte man annehmen, dass er dem zustimmen würde, der seinen Chef als Gentleman bezeichnet hatte.

»Weißt du, jetzt, wo du es sagst ...«

Ein Teil des Zauns explodierte in einem Schauer weißer Funken. Sie hatten gehofft, dass der Wachmann nicht in der Lage sein würde, verschiedene Arten von Explosionen zu unterscheiden und es schien, als hätte sich das Risiko gelohnt.

»Heilige Scheiße! Heilige Scheiße – was machen wir jetzt?«, schrie er so laut, dass eine Rückkopplung entstand.

»Lass uns rein! Wir müssen die Hauptleitung abdrehen, bevor alles hier hochgeht. Habt ihr einen Kontrollschalter da drin?«

»Ich ... ich weiß es nicht!«

»Schon in Ordnung«, beschwichtigte Butters. »Lass uns rein und wir kümmern uns darum.«

Der Wachmann wandte sich der Steuerung zu und öffnete das Tor.

Als er nach unten schaute, schlichen sich Hernandez und Kristen durch das Loch im Zaun, das die Sprengmeisterin geschaffen hatte und rannten durch den Garten, wobei sie den Lieferwagen zwischen sich und dem Wachmann behielten.

Kristen hatte nie die ganze Geschichte über Sebastians Sammlung kauernder menschlicher Skulpturen gehört. Aber sie stellte fest, dass sie sich auch nicht mehr besonders dafür interessierte. Sie wusste, sie mochte diese Statuen nicht und als diese, eine nach der anderen durch den Sprengstoff, den ihre Teamkollegin am Boden platziert hatte, in die Luft flogen, freute sie sich darüber, diese gequälten Gesichter vom Blick ihres Herrn befreit zu haben.

Bei der dritten Explosion konnte sie ihn fühlen. Entweder hatte er die Explosionen gehört oder der Wachmann hatte es ihm gemeldet. Seine Aura – normalerweise doch so ruhig und kontrolliert – schäumte vor Wut.

Die Bediensteten strömten aus dem Haus, aber Mister Black war nicht bei ihnen. Das passte hervorragend.

Kristen hatte ihrem Team einen Plan gegeben, aber sie wusste nicht, ob sie sich auch daran halten würden. Ihr Ziel war es zwar, Shadowstorm zu besiegen – sie musste ihn besiegen – aber wenn sie die Gelegenheit hatte, mehr zu tun, würde sie diese nutzen. Wenn sie eine Möglichkeit sehen würde, ihn zu töten, würde sie es tun. Sie hatte die Männer getötet, die für ihn gearbeitet hatten. Warum sollte ihr Anführer etwas anderes verdient haben?

Es gab keine Möglichkeit vorherzusehen, wie sich all dies auswirken würde, aber als sie über das gepflegte Gelände raste, das nun in Flammen aufging und ihre Drachenfähigkeiten nutzte, um den Rest ihres Teams schnell zu überholen, wurde sie sich einer Sache gewiss. Sie würde diesen Drachen für alles bezahlen lassen, was er ihrer Stadt angetan hatte und sie würde ihn zur Rechenschaft ziehen für das, was er ihrem Freund angetan hatte.

KAPITEL 21

Ihr Körper war bereits in Stahl verwandelt, als Kristen durch das Herrenhaus rannte und der Aura des anderen Drachen folgte. Sie wurde durch das Haus geleitet, nahm den direkten Weg und stürzte einfach durch die Wände, so leicht wie Fußballer durch Papierbanner rennen konnten.

Sie bahnte sich ihren Weg von Zimmer zu Zimmer und zermalmte ein wertvolles Stück nach dem anderen, bis sie das letzte durchquert hatte und Mister Black draußen vorfand.

Er stand auf seinem sandigen Trainingsplatz, trug nichts als schwarze Hosen und schwarze Handschuhe mit rotem Besatz. Kristen hasste diese Handschuhe.

Seine Haltung war steif und starr, er funkelte sie wütend an. »Ich wusste, dass du kommst, stählernes Drachenkind. Ich habe hier draußen auf dich gewartet, am besten Ort für diesen Kampf.«

Ein Donner krachte und unheimliche Dunkelheit bildete sich am Horizont. Sie hatte ihn nie gefragt, ob er das Wetter kontrollieren konnte, aber es sah aus, als hätte sie jetzt ihre Antwort.

»Huch? Habe ich etwa Schmutz in dein Haus getragen?« Sie trat auf den Sandplatz und streifte ihre Schuhe ab.

»Du verstehst, dass ich dir nicht alles beigebracht habe, was ich weiß, oder? Dass dies für dich der Kampf deines Lebens wird und für mich das weitere Vorführen eines Lehrlings, der dazu bestimmt ist, in meinem Schatten zu leben.«

Sie fauchte ihre Missachtung heraus. Er hatte ihr viel gezeigt, das war richtig, aber er hatte ihr nicht viel mehr über ihre Fähigkeiten in Stahl beigebracht, als sie ohnehin schon wusste. Und eines dieser Dinge, die sie von ihm gelernt hatte, könnte heute sein Untergang werden. Schließlich war es Shadowstorm, der ihr die Lektion darüber erteilt hatte, wie es sich anfühlt, einen Freund zu verlieren. Sie war nicht so naiv zu glauben, dass sie ihn den Schmerz spüren lassen konnte, aber sie konnte ihm trotzdem etwas nehmen. Der arrogante Blick in seinem Gesicht wäre ein guter Anfang.

Ohne Vorwarnung rannte sie vorwärts und ihre stählernen Zehen trieben sie durch den Sand, bis sie sich einem verschwommenen Punkt näherte.

Er erwartete sie, faltete die Hände und hob sie über seinen Kopf. Sie wich im letzten Moment aus, aber auch das hatte er vorhergesehen und drehte seinen Körper, sodass er noch zuschlagen konnte. Seine Fäuste trafen sie an den Schultern und sie flog von der Sandfläche. Ihr Stahlkörper kratzte eine Spur in seinen gepflegten Rasen.

Kristen stand wieder auf. Sie hatte den Schlag kaum gespürt. Aus Stahl zu sein, hatte schließlich auch Vorteile. Sie griff wieder an und sprang diesmal in einen fliegenden Tritt. In der Luft zu sein fühlte sich richtig an. Das war ein freudiger Moment, wie eine Vorahnung auf den nächsten, noch unbegreiflichen Drachenteil in ihr, als würde er versuchen, sich zu befreien.

Aber dieses Gefühl lenkte sie leider ab. Shadowstorm erwischte ihr Bein und schleuderte sie laut brüllend weg. Wieder einmal flog sie über das Gelände und das Gefühl der Schwerelosigkeit wurde schnell durch einen Knoten in ihrem Bauch ersetzt, weil sie keine Kontrolle mehr hatte. Sie traf auf eine Marmorstatue, die bei der Kollision zerbrach.

Unbeirrt hob Kristen eine abgebrochene Hand auf und warf sie nach ihm, gefolgt von einem weinenden Kopf und dem Torso einer Frau.

Ihr Gegner lenkte die ersten beiden Wurfgeschosse ab, aber sie konnte sehen, dass trotzdem seine Unterarme verletzt wurden. Seine Haut war nicht aus Stahl und sie hatte ihn mit Marmorbrocken beworfen, so schnell wie es die Pitcher der Tigers konnten. Das dritte Teil – der Torso – erwischte ihn an der Schulter mit genügend kinetischer Kraft, um ihn ins Wanken zu bringen.

Sie war bereits losgesprintet, als der Torso ihn traf. Er erholte sich jedoch schnell und sie konnte nur ein paar Schläge in den Bauch anbringen, bevor er sie an der Kehle packte und über die sandige Arena warf.

Shadowstorm atmete schwer. Offensichtlich war es doch nicht unbedingt leicht für ihn, sie zu werfen. Ein großer Teil ihres Trainings mit ihm hatte sich darauf konzentriert, ihre Geschwindigkeit und Kraft zu nutzen, anstatt ihre Stahlfähigkeiten. Er hatte offensichtlich nicht berücksichtigt, wie viel schwerer sie dadurch war. Ihr wurde klar, dass sie den Kampf vielleicht sogar gewinnen könnte.

Sie war zwar nicht stärker als er, aber sie hatte viel mehr Masse und Gewicht. Wenn sie diesen Unterschied nutzen würde, könnte sie es hier zu Ende bringen.

Drachenaura

Ermutigt ging sie ein paar Schritte zurück, bis sie neben einer metallenen Drachenstatue stand, die aussah, als würde sie sich aus dem Boden erheben. Sie ergriff die Klaue und riss sie aus. Kristen hatte zwar nicht ganz die Kraft, die Statue direkt anzuheben, aber ihr Gegner hatte ihr beigebracht, wie man Hebelwirkung einsetzte.

Es kostete sie Mühe, aber sie bekam den Arm der Statue frei und schwang ihn, als Shadowstorm sich auf Kristen stürzte. Sie versetzte ihm mit dem Arm einen Schlag auf den Kopf und er stürzte fluchend.

Er stand auf und spuckte Blut. Das Gras entzündete sich mit zischenden Flammen an den Stellen, an denen es sein Speichel berührte. Sie schwang den Arm erneut. Er wich aus, kam näher und trat sie in die Leiste.

Der Schlag bewirkte wenig, außer dass er sich am Fuß verletzte.

Kristen versuchte, den Arm für einen weiteren Angriff zu schwingen, aber sie war zu langsam. Als sich die Waffe auf ihn zubewegte, hatte Shadowstorm bereits ihren Unterarm mit einer Hand gepackt. Er drückte kräftig zu und obwohl es nicht besonders schmerzhaft war, war der Druck hoch genug, Kristen zu zwingen, die spontan genutzte Waffe fallen zu lassen.

Sie versuchte, ihn zu treten und dachte, sie hätte ihn getroffen, aber der Schlag ging an ihm vorbei. Oder durch ihn hindurch? Sie wusste es nicht, aber sie war sich sicher, dass sie den Treffer hätte landen müssen.

Ihr Gegner nutzte die Verwirrung zu seinem Vorteil. Er packte sie am Hals und zog sie fest zu sich heran.

Obwohl sie aus Stahl war, war sie doch nicht steinhart. Schließlich konnte sie sich auch bewegen, was bedeutete, dass sein Griff am Hals ihr Fleisch genau so zusammendrückte, wie er ihren Unterarm gequetscht hatte.

Der Drache grunzte und hob sie vom Boden auf. Die Venen wölbten sich in seinem Nacken und sein Arm war so angespannt, dass sie dachte, er könnte platzen. Trotzdem ließ er sie nicht ins Gras fallen, sondern hob sie höher und drückte weiter zu.

Unwillkürlich würgte sie wegen des gewaltsamen Griffs an ihrer Kehle und begann, mit Stahlfäusten auf seine Schultern zu hämmern und mit Stahlfüßen in seine Brust zu treten. Er war wirklich ein riesiger Gegner. Ihre Füße befanden sich nicht einmal mehr in der Nähe des Bodens.

»Das reicht!«, brüllte Shadowstorm und ließ sie fallen. Sie landete hart und schaffte es, ihre Füße unter sich zu bekommen, aber er schubste sie einfach nach links über sein ausgestrecktes Bein. Ihr Hintern landete im Sand, aber er ließ sie immer noch nicht los. Stattdessen folgte er ihr nach unten und drückte ihre Kehle in den Sand. Er hielt sie fest und zog sie am Hals an den äußeren Rand des Trainingsplatzes.

»Du verstehst immer noch nicht, was ein Druckmittel ist«, sagte er, während sie würgte und versuchte zu husten. Dieser Vorteil hatte jedoch seinen Preis und er hechelte wegen der erforderlichen Anstrengung. Das Gewicht ihres stählernen Körpers war beträchtlich, selbst für diesen riesigen Mann. Wenn sie wieder in die Offensive gehen könnte – wenn sie doch nur wieder atmen und sich wehren könnte – dann könnte sie etwas tun.

Kristen fiel es immer schwerer, an ihre eigenen Gedanken zu glauben.

Drachenaura

Als ihr Gegner sie über den Rand des Trainingsplatzes hievte, zitterte seine Hand und sie schlug ihm auf den Oberschenkel. Er schrie vor Schmerzen auf und ließ sie fallen. Statt eines einfachen Schlages hatte Kristen einen Karateschlag versucht. Die kleinere Trefferfläche hatte Wirkung gezeigt und die Kraft ihres Schlages vergrößert. Da ihre Haut aus Stahl war, hatte es ihr selbst überhaupt nicht wehgetan. Komisch, das hatte er ihr nie gezeigt.

Sie erhob sich, hielt die Hände wie Messer vor sich und sagte sich wieder, dass sie es schaffen könnte. Ehrlich gesagt, hatte sie auch keine andere Wahl. Wenn sie verlieren würde, wusste sie, dass er ihre Freunde im Nu abschlachten würde und es würde ihm nicht einmal etwas ausmachen. Sie waren schließlich nur Menschen für ihn, nicht mehr als Nutztiere.

Shadowstorm brüllte und griff an. Sie schlug wie mit Peitschenhieben aus und versuchte, in seine größere Reichweite zu gelangen und seinen Oberkörper zu bearbeiten. Er korrigierte seinen Angriff und wollte sie packen, sie revanchierte sich mit gleicher Münze. Einen Moment lang zerrten sie einfach aneinander, jeder Drache versuchte, den anderen aus dem Gleichgewicht zu bringen und die Oberhand zu gewinnen. Am Ende war Kristen siegreich.

Ihre größere Stahlmasse wirkte sich zu ihrem Vorteil aus. Sie warf sich mit einer Schulter gegen ihn und brachte so den größeren Mann aus dem Gleichgewicht. Als sich eines seiner Beine anhob, wand sie ihre Arme um seinen Oberkörper und bog sich mit jedem Gramm ihrer Drachenkraft zurück. Sie bekam seine beiden Beine weg vom Boden und setzte die volle Kraft ihres Gewichts ein, um ihn in den Sand zu werfen. Bevor er sich erholen konnte, stürzte sie sich auf ihn und er keuchte wegen der schlagartigen Kraft und des Gewichts auf.

Es war wirklich merkwürdig, wie effektiv Wrestling-Bewegungen sein konnten, wenn der Körper aus Stahl war.

Der andere Drache kämpfte darum, unter ihrer Masse herauszukommen, aber er konnte es nicht. Brian hatte Kristen genug über Wrestling beigebracht, dass sie echte Griffe von gefälschten unterscheiden konnte.

»Gib auf, Sebastian. Es ist vorbei. Du hast verloren«, zischte Kristen ärgerlich über seinen Starrsinn.

»Törichtes ... Mädchen«, keuchte Shadowstorm zwischen den Atemzügen.

Im nächsten Moment war er verschwunden und sie lag im Sand.

Dunkler Nebel waberte um sie herum wie eine Wolke. Blitze zuckten und Kristen verengte ihre Augen wegen der Helligkeit. Für einen Moment dachte sie, der Sturm am Horizont würde über dem Kampf niedergehen.

Die wabernde Masse der Schattenwolke löste sich in die Drachenform ihres Gegners auf.

Er war enorm groß – größer als ein Elefant oder sogar zwei – mit schwarzen Schuppen bedeckt, die so hart und undurchdringlich aussahen wie ihre Stahlhaut. Rote, wütende Augen glühten hasserfüllt über weißen, spitzen Zähnen. Stacheln bedeckten seinen Rücken und ragten aus den Kniegelenken. Seine Krallen waren wie Metzgermesser an den Enden der Hände, die größer waren als Kristens Oberkörper. Er konnte die Krallen vielleicht nicht benutzen, um in ihre Stahlhaut zu schneiden, aber andererseits wusste sie nicht wirklich, aus welchem Material sie tatsächlich waren. Sie wusste, dass sie durchaus Rüstungen durchschlagen konnten, denn sie hatte in seinem Haus eine gesehen, die genau diese Spuren trug.

Sie konnte ihn nicht besiegen. Nicht auf diese Weise. Er war zu groß und zu mächtig und er konnte fliegen. Er kannte ihre Grenzen besser als sie. Panik machte sich in ihrer Brust breit und sie erkannte, dass er einfach nur mit ihr gespielt hatte.

Kristen wollte fliehen. Sie machte vielleicht vier Schritte bevor ein Blitz sie traf.

Alles glühte für eine Sekunde weiß bevor sie in den Sand stürzte, ihre Schulter brannte vor Schmerzen, die einen Taser wie eine Neun-Volt-Batterie erscheinen ließen. Es fühlte sich an, als hätte ihr jemand ein Schwert durch die Schulter gebohrt, eine Stromleitung daran befestigt und die gesamte Elektrizität, die Detroit versorgte, durchgeleitet.

Der Schmerz war so intensiv, dass sie sich nicht einmal mehr winden konnte. Es kostete alles, was sie hatte, alleine um bei Bewusstsein zu bleiben.

Sie hatte keine Ahnung, ob der Blitz vom herannahenden Sturm oder von Shadowstorm selbst gekommen war. Es bestätigte jedenfalls, dass der Drache definitiv entweder den Blitz kontrollieren oder ihn gar erzeugen konnte und beide Optionen waren gleichermaßen furchterregend. Sie hatte keine Ahnung, ob er das noch einmal schaffen könnte oder ob es sich um einen Zufallstreffer gehandelt hatte.

Der Punkt blieb fraglich. Bevor sie auf die Beine kommen konnte, wurde sie von einer Kralle im Rücken getroffen und am Boden fixiert.

Das Gefühl zerquetscht zu werden, war verglichen mit dem Blitz fast eine Erleichterung. Wenigstens hatte sie dagegen etwas anzusetzen. Gegen den Blitz ... na ja, ihre Stahlhaut war da sicherlich kein Vorteil.

Es kostete eine Menge Kraft und sie schaffte einen kleinen Ruck nach oben – zumindest dachte sie das – aber sobald sich ihre Brust vom Boden hob, peitschte sein Schwanz in sie hinein und drehte sie auf den Rücken. Da verstand sie, dass sie ihr Gesicht nur deshalb aus dem Sand bekommen konnte, weil er es erlaubt hatte.

Bevor sie wieder versuchen konnte, sich zu bewegen, trieb er eine Kralle in ihre Brust. Er begann, Druck aufzubauen, um sie an Ort und Stelle zu halten und die Luft aus ihren Lungen zu pressen.

Eine heftige Windböe traf sie – ein Vorbote des Sturms, der sie endlich erreicht hatte – und sofort folgte Stille.

Kristen konnte nicht viel fühlen, außer den zunehmenden Druck von Shadowstorms Klauen auf ihrer Brust. Sie sah nichts als die roten Augen, den Grat aus Stacheln und das klaffende Maul seiner wahren Gestalt.

»Du bist ein beschissener Lehrer«, stotterte sie.

Der Drache lachte nur.

KAPITEL 22

»Was ist los, Lady Hall? Hast du noch nicht gelernt, wie man sich verwandelt?« Shadowstorm brüllte vor Lachen. Dabei dröhnte der Donner über ihm als würde er mitlachen.

»Wie ich schon sagte, ich hatte einen beschissenen Lehrer.«

»Die meisten von uns lernen das volle Ausmaß ihrer Kräfte kennen, wenn es notwendig ist. Aber anscheinend hat dir das Aufwachsen als Mensch ein Gefühl der Wertlosigkeit in die Psyche eingepflanzt. Ich hatte gedacht, dass ich jetzt, in diesem Kampf, dein wahres Potenzial freisetzen könnte und wir gemeinsam in den Himmel aufsteigen würden. Dann könntest du sehen, dass wir Verbündete sind, aber jetzt wird mir klar, wie sehr deine Vergangenheit dich wirklich belastet. Auch wenn du selbst kein armseliger Mensch bist, so wird dein Herz immer für sie schlagen.« Er lachte und wieder dröhnte der Donner.

Kristen kämpfte gegen seine Krallen an, konnte sich aber nicht bewegen. Sie hoffte, es würde beginnen zu regnen. Vielleicht würde es ihr helfen sich zu befreien, wenn es rutschig würde, aber da der Donner ihren Entführer widerspiegelte, bezweifelte sie ernsthaft, dass dies geschehen könnte. »Du bist ein Monster«, sagte sie mit von der Anstrengung verzerrter Stimme.

»Nein, meine Liebe. Ich bin ein Drache. Von dir dachte ich das auch, aber ich fange an, daran zu zweifeln. Ich habe gehofft, ich könnte dich zu einem von uns machen, aber ich habe mich geirrt. Bedauern kann ich nur, dass mir ein Mischgewächs wie du nach so langer Zeit widerstehen konnte. Ich glaube, ich hätte dich lieber als Menschen gesehen, statt als Zwerg, der zwischen den Welten gefangen ist. Wenigstens wüsste ich dann, dass diese Kreaturen lernen können.«

»Was immer ich bin, ich kämpfe wenigstens für etwas anderes als mich selbst. Du kümmerst dich um nichts anderes als um diesen armseligen Palast und deine eigenen dummen Machenschaften.«

Shadowstorm warf seinen Kopf zurück und brüllte vor Lachen. Seine Kehle schwoll an und fiel mit jedem Atemzug zusammen. Er war wirklich riesig – wie ›Schluck-die-Person-runter-ohne-zu-kauen‹-riesig. Als er sein Gesicht wieder ihr zuwandte, kam ein Windstoß und blies Sand in ihre Augen und ihren Mund. Seine Aura konnte das Wetter beeinflussen, hatte er das so geplant?

Sogar für jemanden mit Stahlhaut war der Sand irritierend. Er diente dazu deutlich zu betonen, wie viel mächtiger er war als sie. Angesichts seiner enormen Statur hatte der Sand nicht einmal sein Gesicht erreicht.

»Hörst du dir selbst zu, Mensch?« Er ahmte Kristen mit vulgärer Stimme nach. »Du kümmerst dich nur um deine eigenen dummen Machenschaften.« Er lachte wieder. »Nur ein Mensch sagt so etwas. Meine Machenschaften werden mir diese Stadt, dieses Land und eines Tages die Welt zu Füßen legen.«

»Blödsinn.«

»Lady Hall, meine Machenschaften haben bereits deinen Freund getötet. Ich war oben im Lagerhaus und habe versucht nicht zu lachen, während er in deinen Armen verblutete.«

»Fick dich!«, zischte Kristen wütend und kämpfte gegen seine Krallen an. Sie dachte, es könnte funktionieren, weil sie fühlte, dass sie sich erhob, aber dann merkte sie, dass er sie nur hochgehoben hatte.

Er wickelte seine krallenartigen Finger um ihren Stahlkörper und hielt sie über den Sand. Wenn ihn ihr Gewicht stören würde, so zeigte er es nicht einmal annähernd.

»Sogar jetzt spüre ich deine Aura noch, die mir Angst oder Schrecken einjagen möchte.« Shadowstorm kicherte. »Aber du bist so schwach, dass ich nicht mal nervös werde. Meine Aura hingegen inspirierte die Gangs dieser Stadt, sich zusammenzuschließen und gegen das Joch ihrer menschlichen Unterdrücker zu kämpfen«. Er hielt Kristen fest in den Händen.

»Ich habe dich aufgehalten«, keuchte sie. Sie hätte gerne mehr gesagt, wenn sie genug Sauerstoff gehabt hätte, aber er drückte zu, als wäre sie nichts weiter als ein lästiges Insekt. Düster fragte sie sich, was passieren würde, wenn er mehr Gewalt anwenden würde. Würden ihre Organe einfach platzen oder würde ihre Stahlhaut wie ein Pfirsich aufreißen, um ihr Blut spritzen zu lassen?

»Einmal, ja, du hast mich aufgehalten, als deine Kräfte so schwach waren, dass ich sie kaum spüren konnte. Aber meine Söldner haben euch auf einer fröhlichen Jagd durch die Stadt zu einem verlassenen Lagerhaus geführt, nicht wahr? Ihr habt es sogar geschafft, uns zu erwischen und doch sind wir hier, auf meinem Land. Wie schlau musst du dich fühlen.«

»Keiner deiner Freunde wird jemals wieder das Tageslicht sehen.«

»Freunde?« Shadowstorm lachte so sehr, dass es zu regnen begann – ein langsamer Nieselregen, der seinen Griff nicht lockerte, sondern nur ihre Augen reizte. »Glaubst du etwa, diese armseligen Menschen waren meine Freunde?« Er schleuderte sie in den Sand und stützte sich mit dem Gewicht seines Drachenkörpers auf sie. »Hast du wirklich so wenig von mir gelernt? Ich werde keine einzige Träne über den Verlust von Menschenleben vergießen. Sie sind wertlos für mich. Weniger als wertlose Insekten oder Ameisen. Nein, stimmt nicht ganz. Der Mensch kann ein nützliches Werkzeug sein. Sie sind zumindest ein bisschen zu schade zum Vergiften. Sobald ich dir das Genick breche, geben sie mir diese Stadt sowieso.«

»Und das ist es, was du die ganze Zeit wolltest? Diese Stadt? Detroit und die Leute, die du dann beherrschen kannst? Du willst, dass alles dir gehört und nicht dem Drachen, der jetzt herrscht?«

»Ich dachte, das wäre klar, Kristen. Du solltest an meiner Seite mit regieren.«

»Wie ich schon sagte, fick dich.«

Shadowstorm lächelte wie ein Fleischfresser. »Du bist den armseligen Moralaposteln treu, die dich aufgezogen haben, so viel dazu. Aber leider habe ich keinen Platz für kurzsichtige menschliche Moralvorstellungen. Willst du dich wieder in Fleisch verwandeln, damit ich dir das Genick schnell brechen kann, oder sollen wir mal schauen, wie flexibel Stahl wirklich sein kann?«

Drachenaura

Kristen biss die Zähne zusammen, als er mit seiner anderen Kralle näher kam und sie in die Stahlfäden auf ihrem Kopf – ihre Haare – wickelte.

»Ich frage mich, ob dir zuerst die Haare ausfallen oder die Wirbel in deinem Nacken brechen.« Er zerrte ihren Kopf nach links. »Das ist eine interessante Frage, die ich trotz unserer gemeinsamen Ausbildung nicht beantworten kann. Wie tief geht deine Stahlhaut wirklich? Wenn sie sehr tief geht, werden dir die Haare sicher zuerst ausfallen. Aber wenn sie nur oberflächlich ist – was ich übrigens vermute – wird dein Hals wahrscheinlich brechen, bevor du Haare verlierst.«

Sie wollte ihm nicht zeigen, welche Schmerzen sie hatte, aber das war unmöglich auszuhalten.

Im nächsten Moment zuckte ihr Peiniger zusammen und ließ ihre Haare los, wobei die Krallenhand, die Kristen immer noch im Sand fixierte, fest an ihrem Platz blieb.

Er schaute auf.

»Hey, mutierte Eidechse. Lass unseren Partner gehen.«

»Ja, Arschloch. Sonst ...!«

Kristen drehte den Kopf und war dankbar, dass sie ihren Hals überhaupt noch bewegen konnte.

Drew und ihr Team waren endlich da.

KAPITEL 23

Shadowstorm lachte und der Regen fiel stärker.
»Sollte mir das wehtun? Meine Schuppen sind so stark wie Stahl, du Narr und mein Fleisch hat eine Kraft, die größer ist als die jeder Kreatur auf dieser Erde. Eure Spielzeugwaffen fügen mir keinen Schaden zu.«

»Ja, ja, das weiß ich alles. Ich wollte auch nur deine Aufmerksamkeit«, meinte Drew fast beiläufig und senkte seine Pistole.

Als Reaktion darauf schlug ein Blitz in den Baum ein, der dem Team am nächsten stand. Der Donner war ohrenbetäubend und in Sekundenschnelle stand der Baum in Flammen.

»Da hast du es«, sagte der Drache.

»Das ging wohl daneben«, schnaubte Kristen. Vielleicht hatte der Blitz nur getroffen, weil sie aus Stahl war. Er konnte ihn zwar ein wenig beeinflussen, aber offensichtlich nicht vollständig. Sonst gäbe es kaum Zweifel, dass Drew jetzt tot wäre.

»Unterbrich mich nicht, närrisches Kind«, murrte Shadowstorm und schlug ihr ins Gesicht. Seine Krallen verletzten ihre Haut nicht wirklich, aber die Kraft des Schlages verbog ihren Hals und das war mehr als schmerzhaft. Sie erkannte die Dummheit ihres Plans.

Der Drache könnte ihre Organe wirklich wie Gelee zerquetschen und er wusste das. Deshalb hatte er sie ausgebildet.

Ein weiterer Schuss fiel. Obwohl sie die Funken der Kugel an seiner Brust sah, zuckte er nicht im Geringsten zusammen.

»Ich habe euch gesagt, eure Waffen sind nutzlos.«

»Die Waffen vielleicht«, sagte Drew und schlenderte von dem brennenden Baum weg, bevor dieser zusammenbrach – was angesichts des Flammenmeers wahrscheinlich nicht mehr lange dauern würde. »Aber Menschen haben schon auch Waffen, die dir schaden können, Mister Black.«

Shadowstorm grinste. Alle seine Gesichtsausdrücke in Drachenform waren erschreckend, aber das Lächeln war besonders bösartig. »Du amüsierst mich, Mensch. Welche Waffe könntest du haben, die mich verletzen könnte? Ich habe Imperien überlebt und Schlösser mit meinen eigenen Händen in Schutt und Asche gelegt. Sag mal, hast du einen dieser Taser zum Laufen gebracht? Du wirst feststellen müssen, dass sie einen Drachen, der in den Wolken schwebt und Blitze entstehen lassen kann, nicht besonders stören würden«.

»Es geht nur um Werte, richtig?« Der Mann machte einen weiteren lässigen Schritt nach vorne. »Menschen sind verletzlich, weil wir uns umeinander sorgen. Du schätzt nur dich selbst und deine Macht.«

»Nichts von beidem kann mir genommen werden«, antwortete der Drache abweisend. »Ich habe es satt. Du hältst mich hin. Hast du mich nur aufgehalten, um einen besseren Blickwinkel zu bekommen, bevor ich deine Freundin töte?«

»Wir haben dich aufgehalten, weil du schon ein Geständnis abgelegt hast«, sagte Keith und hielt ein Handy hoch.

»Wir haben alles auf Video, Mister Black«, erklärte Drew. »Sogar in HD, aber du bist ein Dinosaurier, der das wahrscheinlich weniger kapiert als meine Oma.«

Shadowstorm kicherte und der Donner grollte. »Ja, ja, Video. Das war eine Erfindung, der sogar ich Aufmerksamkeit geschenkt habe. Wenn man im Schatten arbeitet, kann man keine Leute brauchen, die Licht einschalten und filmen.«

»Okay, cool. Dann verstehst du also, dass du am Arsch bist?«, kam von Hernandez.

»So eine grobe Ausdrucksweise.« Er schüttelte den Kopf und holte missbilligend Atem durch die Zähne. »Ich werde mich nicht schlecht fühlen, wenn ich dich lebendig röste und dein schäbiges Video gleich mit.«

Er inhalierte und lehnte sich noch stärker an Kristen.

»Ja, das kann schon sein, aber ich habe das ganze Ding hier live übertragen«, grinste Keith. »An das Drachen-SWAT. Stonequest scheint wirklich angepisst zu sein und Heartsbane erst? Hey Kumpel, die Kommentare waren urkomisch.«

»Stonequest?« Der Drache war irritiert. Das war das erste Wort von ihm seit der Konfrontation mit Kristen, das nicht sonderlich zuversichtlich klang.

»Ja. Obwohl er seit einer Minute nichts mehr gesagt hat. Ich schätze, Drachenhände können kein Telefon halten? Ich weiß nicht. Sie sollten hier sein ... Warte, lass mich die App schließen.« Keith runzelte die Stirn und tippte auf den Bildschirm seines Handys. »Tut mir leid, ich kann die Zeit nicht sagen. Ja, sehr bald. Ich würde sagen, er wird sehr bald hier sein.«

Washington lächelte Shadowstorm an. »Mit anderen Worten, flieg davon, kleiner Vogel.«

»Ihr erwartet doch nicht, dass ich das glaube ...«, setzte er an und hörte abrupt auf.

Kristen fühlte es auch – die winzige Spur einer anderen Drachenaura. Stonequest war immer noch weit weg, aber er kam immer näher und er kam nicht alleine. Andere Drachenauren drängten sich in ihr Bewusstsein.

Sie fühlte auch, wie sich die Aura von Shadowstorm ziemlich schnell von Selbstsicherheit in Angst verwandelte. Eines Tages, so sagte sie sich, würde sie ihm für die Fähigkeit, solche Dinge spüren zu können, danken. Vielleicht an einem Tag, an dem ihre Kehle nicht von seiner Riesenhand zerquetscht wurde. Vielleicht, wenn er in einem Loch angekettet war, aus dem er nicht mehr rauskriechen konnte.

»Verfluchte Menschen.« Der Drache hob seine Krallen vom Boden, trat wuchtig in den Sand, dann schlug er mit den Flügeln und war in der Luft. Kristen war frei.

»Wir sehen uns!«, brüllte Drew ihm nach.

»In der Tat, Mensch! Das ist noch nicht vorbei und jetzt, wo ich weiß, wer die Verbündeten des Stahldrachens sind, werdet ihr alle dafür bezahlen.«

Er bewegte seine Flügel schneller, gewann an Geschwindigkeit und floh in die entgegengesetzte Richtung, aus der sich die anderen Auren näherten.

Der Sturm folgte ihm. Kaum hatte es aufgehört zu regnen, erschien ein Regenbogen.

»Wenn das nicht das fetteste Teil ist, das ich je außerhalb von Keiths Wohnung gesehen habe, dann weiß ich nicht ...«, meinte Hernandez.

Alle lachten. Kristen stand auf und humpelte zu ihrem Team. Jeder Zentimeter ihres Körpers schmerzte, außer ihrer Haut. Sie hatte nicht geahnt, dass Prellungen so schmerzhaft sein können.

»Hier hast du also trainiert, hm? Was sollte dabei herauskommen? Ein Stück von einem Drachen oder eine kleine verängstigte weiße Frau?« Butters deutete auf die Skulpturen rund um das Herrenhaus. »Es kommt mir vor, als konntest du dabei nur verlieren.«

»Ich will nicht unhöflich sein, aber die Gartendekoration schreit direkt nach einem Superschurken«, sagte Beanpole.

»Du hast hier im Sand trainiert? Zu schade, dass es keine Kameras gab. Das hätte eine kranke Trainingsanleitung für Stahldrachen gegeben.« Keith hatte das Haus nach Überwachungskameras abgesucht und nichts gefunden.

Hernandez fand das anscheinend urkomisch, weil sie so sehr lachte, dass sie zu schnauben begann.

Jim trat vor das Team und hatte beschämt seinen Kopf gesenkt. Er räusperte sich. »Hall, es tut mir leid wegen der ganzen Anti-Drachen-Scheiße. Ohne dich hätten wir dem Kerl nichts anhaben können«, sagte er bestimmt und hob sein Kinn, um ihr mit geraden Schultern in die Augen schauen zu können. Er war wirklich das Wonderkid und entschuldigte sich sogar wie ein Profi.

»Ja, nun, es tut mir leid, dass ich dich beschattet habe und es tut mir leid um deinen Freund. Er ... das war meine Schuld.«

»Hall, du solltest lernen, dass es nicht immer nur um dich geht«, meinte Drew. »Lass das nicht wieder wie bei Jonesy sein.«

»Ja, teile die Last dieser Schuld mit uns.« Jim zwang ein Lachen heraus. Alle anderen lachten ebenfalls. Es war die Art von Dingen, die man einfach füreinander tat, wenn es Teil der Arbeit war, Menschen davon abzuhalten, sich gegenseitig umzubringen und manchmal auch unweigerlich zu scheitern.

Das Quietschen von Autoreifen veranlasste das Team, sich Richtung Einfahrt zu wenden.

Ein Auto raste von der Villa weg. Entweder stand der Butler noch unter der Aura von Shadowstorm oder der Drache hatte ihn tatsächlich zu einem gewissen Maß an Loyalität inspiriert.

»Soll ich auf die Reifen schießen?« Butters hatte sein Scharfschützengewehr bereits angehoben. Es klang so, als könne er den Schuss selbst dann noch anbringen, wenn er halb betrunken wäre.

»Es wäre vielleicht klug, ihn abhauen zu lassen«, sagte Keith mit einem Achselzucken. »Shadowstorm können wir nicht folgen, aber seine Schergen könnten eine Spur hinterlassen.«

»Ich sage, ziel höher als auf die Reifen«, wünschte Washington.

»Drew?«, fragte Butters.

»Knips sein Bremslicht aus«, sagte der Teamleiter.

Der Scharfschütze tat es und alle lachten als es zerbrach und der Mann so laut fluchte, dass es über das ganze Gelände zu hören war.

»Danke, Leute«, grinste Kristen verlegen. Obwohl sie von dem mächtigsten Wesen, dem sie je in ihrem

Leben begegnete, fast getötet worden war, fühlte sie sich trotzdem dumm, weil sie um Hilfe gebeten hatte. Schon als Kind hatte sie es verabscheut Hilfe zu brauchen. Sie fragte sich nun, ob dies angeborenes Drachenverhalten war oder die von ihr angenommene Sturheit ihrer Mutter.

»Kein Problem«, sagte Keith fröhlich.

»Im Ernst, Kristen, das Vergnügen war ganz auf unserer Seite«, versicherte Butters. »Ich darf endlich ›auf einen Arschloch-Drachen geschossen‹ in meinen Lebenslauf schreiben!«

Seine Kollegen schenkten ihm nur wenige Lacher, bevor sich das Gewicht dieser Aussage bemerkbar machte.

»Das solltest du wahrscheinlich besser nicht tun«, sagte Jim. »Kristen ist cool, aber den meisten wird es wahrscheinlich gar nicht gefallen.«

»Ja, ich weiß. Drachengerichtsbarkeit«, murrte Butters frustriert.

»Wie werden diese Arschlöcher reagieren, Red?«, wollte Hernandez von ihr wissen. Der Spitzname fühlte sich gut an, jetzt da er von Hernandez kam.

»Ich habe keine Ahnung. Das Drachen-SWAT wird bald hier sein.«

»Du hast nicht gebluflt?«, fragte Drew nach.

Kristen schüttelte den Kopf. »Sie folgen unserem Ruf. Ich fühle, wie ihre Auren stärker werden, was bedeutet, dass sie näher kommen, denke ich. Ich weiß nicht, warum sie kommen, es sei denn, um uns bei der Arbeit zu helfen.«

»Mann, ich weiß nicht, verdammt.« Die Worte der anderen Frau trieften förmlich vor Sarkasmus. »Vielleicht sind sie wenig begeistert davon, dass irgendein hochnäsiger

Drachenaura

Detroiter, von dem die Medien ganz besessen sind, einen der ihren im Kampf besiegt und das ganze verdammte Ding auch noch im Internet gezeigt hat.«

»Ich dachte, du wolltest es nur mit dem Drachen-SWAT teilen«, sagte Kristen.

»Ups?« Keith zuckte die Achseln. Er sah nicht danach aus, als würde er es bedauern. »Nur schade, dass ich sein menschliches Gesicht nicht drauf bekommen habe. Nur die Schlägerei, dann ihn, äh …«

»Wie er Kristen festgenagelt hat wie eine Katze einen Vogel?«, warf Butters ein.

Es war einen Moment lang ruhig, denn sie alle dachten darüber nach, wie die Welt auf einen Drachen reagieren könnte, der einen der aktuell berühmtesten Menschen verprügelte. Sie war auch ein Drache, sagten zumindest die Drachen, aber sie musste erst noch transformieren können. Das könnte sich schnell zu einem PR-Albtraum entwickeln.

»Hey, Leute, ich hätte da eine Idee. Wie wäre es, wenn wir von hier verschwinden?«, schlug Hernandez vor.

Alle waren einverstanden. Plötzlich klang es nicht mehr so toll, auf dem Anwesen eines Drachen zu stehen und auf die Ankunft weiterer verärgerter Drachen zu warten. Während diejenigen, die sich näherten, vermutlich auf dieselben Leute sauer waren wie das Team, war ein wütendes Wesen, das vielleicht Feuer speien konnte oder auch nicht, nicht wirklich ansprechend.

Sie kletterten in den Van, Drew startete den Motor und sie verließen das Gelände, ohne ein Anzeichen der Drachen zu sehen.

»Glaubst du, dass das ein Nachspiel haben wird, Red? Du kannst ehrlich zu uns sein.« Hernandez starrte sie von der Rückseite des Vans an, als ob sie tatsächlich darüber Bescheid wüsste.

»Ich habe keine Ahnung, aber es ist mir eigentlich auch egal. Wir haben das Richtige getan. Wenn sie das nicht so sehen ...« Kristen seufzte und versuchte, nicht allzu verzweifelt zu klingen. »Ich werde sie lange genug aufhalten, damit ihr verschwinden könnt.«

Niemand lachte.

»Das war ein Witz!«, sagte Kristen.

Auch das brachte noch niemanden zum Lachen.

»Schaut, was auch immer passiert, passiert.« Sie zuckte die Achseln. »Ich weiß nur, dass ich ein Bier will.«

»Ich kenne einen Ort mit leckeren Hotwings«, fügte Butters schnell hinzu.

»Die erste Runde geht auf mich«, bot Kristen an.

»Anfängerfehler«, freute sich Keith. »Butters bestellt jeden verdammten Hähnchenflügel an diesem Ort, sobald eine Kellnerin ihn auch nur ansieht.«

Sie lachten und verfielen dann in kameradschaftliches Schweigen, nachdem der Scharfschütze Drew den Namen des Ortes verraten hatte.

Morgen war ein neuer Tag, aber für den Moment hatte sie ihre Freunde und die Wolken, die über ihrer Stadt hingen, waren weggeblasen. Dafür war sie dankbar.

KAPITEL 24

Kristen hatte nicht angenommen, dass sie einen allzu großen Kater hätte. Diese Theorie wurde auf eine harte Probe gestellt, als der Captain brüllte, sie solle in ihr Büro kommen.

Sie rumpelte von ihrem Schreibtisch hoch, eilte den Flur hinunter und wünschte sich, sie wäre besser gar nicht verkatert. Dieses Aufeinandertreffen mit dem Captain war unvermeidlich, aber ihr wäre es nach dem Mittagessen lieber gewesen. Offensichtlich ein Wunschtraum.

Als sie am Wasserspender vorbeikam und den unwiderstehlichen Drang verspürte, ihren Durst zu stillen, erlag sie der Verführung und würde damit zweifellos den Zorn des Captains noch mehr auf sich ziehen. Wenn sie trinken würde, wäre der Kater einfach verschwunden. In der einen Sekunde noch Kopfschmerzen und Watte zwischen ihren Augen und ihrem Gehirn und in der nächsten war die Welt wieder klar und die Kopfschmerzen verschwunden.

Das geschah durch ihre Heilkraft, auch eine Fähigkeit, die sie von diesem Verräter Mister Black gelernt hatte. Sie war gleichzeitig dankbar und wütend bei der Vorstellung, dass sie bei ihren Drachenkräften immer das Gefühl haben würde, sie kämen von ihm. Zwar hatte sie wirklich von dem Drachen gelernt, aber es gab immer noch vieles, was er ihr nicht gezeigt hatte.

Die Tür des Captains war geschlossen, also klopfte sie an. Es klang sanfter, als sie es beabsichtigt hatte – als hätte sie Angst, was beinahe der Wahrheit entsprach. Sie wollte ihren Job nicht verlieren, aber diese Frau wäre nicht daran schuld. Für ihre Eskapade hatte immerhin ein Beamter einen SWAT-Van und ein Team zu einer illegalen Verhaftung mitgenommen.

Als sie das Büro betrat, war es nicht Captain Hansen, die ihr das Herz bis zum Hals schlagen ließ.

Stonequest war der Erste, den sie sah. Der Captain vom Drachen-SWAT nickte ihr zu, seine orangefarbenen Augen mit den schwarzen Schlitzen blinzelten nicht.

»Hall. Danke, dass Sie sich zu uns gesellen. Sie haben Stonequest bereits kennengelernt, richtig? Ich glaube, er war derjenige, der Sie das letzte Mal gedeckt hat, als Sie völlig außerhalb des Protokolls gehandelt haben.« Captain Hansen blickte finster über ihren Schreibtisch.

»Extrem ausgedrückt, Captain«, sagte Stonequest milde.

Die Frau beruhigte sich sofort.

»Benutze deine Aura nicht für sie«, schnappte Kristen und setzte ihre eigene Aura ein – Ärger, Überraschung und eine Spur von Entrüstung. Die Aura traf die Frau wie eine Ohrfeige und sie schaute sofort wieder finster drein.

»Was immer ihr zwei mir antut, hört auf damit.« Hansen schüttelte den Kopf und versuchte, die Restwirkung aus dem Kopf zu bekommen.

»Ja, Sir«, sagte Kristen und ließ die Aura verschwinden. Sie hatte sich gewünscht, dass der Captain frei von äußeren Einflüssen wäre, aber sie hatte ihre Aura dazu benutzen müssen, um das zu ermöglichen. Es war köstlich ironisch, dass der Captain ihren Frust an Kristen ausgelassen hatte. Schließlich konnte ihre Vorgesetzte nur deshalb wütend werden, weil sie eingegriffen und Stonequest die Aura genommen hatte.

»Du willst sicher wissen, warum ich hier bin«, meinte Stonequest und sein orangefarbener Blick richtete sich auf Kristen. Es fühlte sich an, wie von einer Anakonda beobachtet zu werden.

»Eher, wie lange es dauert, bis ihr mich ins Drachengefängnis werft«, antwortete sie. Sie hatte es als einen Witz gedacht – einen von denen, die nur deshalb lustig sind, weil sie eine Spur Wahrheit enthalten.

Daraufhin lächelte er. »Drachengefängnis?«, schnaubte er. »Es gibt keine kleinen Kästchen, die unsere Art aufnehmen können. Die Strafe für diejenigen, die den Drachenrat nicht achten, ist der Tod.«

Kristen schluckte und schaute Captain Hansen an, die ebenfalls nervös aussah.

»Was wir auch tun werden, wenn wir Shadowstorm erwischen.«

Erleichtert entließ sie die Luft, den sie angehalten hatte. Okay ... also würde sie zumindest nicht heute sterben. Das war schön. »Du bist ... nicht sauer?«, fragte sie.

Stonequest runzelte ein wenig die Stirn. Sie dachte, er würde vielleicht neugierig schauen, aber es war verdammt schwer, in seinen Augen mit den geschlitzten Pupillen zu lesen. »Ich bin ein wenig verärgert, dass du das Grundstück von Shadowstorm verlassen hast, bevor das Drachen-SWAT und ich angekommen sind und dass du und deine Kollegen den Live-Stream im Internet verbreitet habt – was nicht gerade die beste Werbung für unsere Art ist – aber mein Missfallen ist nicht der Grund, warum ich hier bin.«

Oh ... nun, das war gut. Er lächelte, als ihre Aura der Erleichterung ihn erreichte. »Also dann ... bin ich nicht in Schwierigkeiten?«

Sein Lächeln wurde breiter. »Du bist ein Drache und hast nichts falsch gemacht. Du hast gefühlt, dass Shadowstorm dir Unrecht getan hatte, also hast du ihn herausgefordert. Das ist für Drachen schon seit Jahrtausenden legal.«

Eine weitere Erleichterung, dachte sie. »Ihr glaubt also Shadowstorms Geständnis?«

Stonequest lächelte noch breiter und dieses Mal erreichte es sogar seine seltsamen Augen. »Ich habe deine Aura gespürt. Sie ist mächtig, aber Shadowstorm ist auch ein Meister der Täuschung. Niemand, der ihm je begegnet ist, glaubt, dass er von irgendjemandem zu irgendetwas gezwungen werden könnte. Ich glaube, das Geständnis war sein eigenes.«

»Was ist mit meinem Team?« Sie stellte die Frage an ihn, aber eigentlich war sie an Captain Hansen gerichtet.

Er zuckte die Achseln und wies die Frage mit einem Handstreich zurück. Was das zu bedeuten hatte war klar. Dieses Problem war unter seiner Würde. »Die Menschen haben auf deinen Befehl hin gehandelt. Du hattest eine legale Auseinandersetzung mit einem Drachen, also haben sie, indem sie dir gehorchten, nicht außerhalb des Gesetzes gehandelt. Tatsächlich müssen Menschen, die einem Drachen Treue schwören, technisch gesehen, sogar gehorchen. Zumindest funktioniert das so im Drachenrecht. Ich verstehe, dass bei euch andere

Regeln gelten.« Er nickte Captain Hansen zu, als ob er ihr die Erlaubnis für etwas geben würde.

»Dann werden sie nicht bestraft, Captain?«, fragte Kristen und hoffte, dass sie die Geste Stonequests verstanden hatte.

Die Frau zuckte nur die Achseln. »Eine unklare Rechtsgrundlage ist besser, als das Gesetz zu brechen. Ich bin aber mit Sir Stonequest einer Meinung wegen des Live-Streams. Das war unprofessionell.«

Wieder zuckte der Drache die Achseln. »Es war ... peinlich, aber letztendlich vermutlich das Beste. Meine Art ignoriert oft technologische Entwicklungen. Es gab in letzter Zeit große, natürlich – Elektrizität, Fotografie, Autos und was nicht sonst noch alles – aber die meisten Drachen können nicht zwischen Fernsehen und Internet unterscheiden. Das Fernsehen ist für uns recht leicht zu kontrollieren. Die hierarchische Machtstruktur der großen Unternehmen erlaubt es uns ... das herauszufiltern, was wir für störend halten, aber das Internet ist ein Biest. Ein dezentrales Netzwerk von unzensierbaren Beitragserstellern ist auf eine Art und Weise gefährlich, wie es das Fernsehen nicht war.«

Stonequest kicherte. »Argh, tut mir leid, das war ein Monolog. Vergessen wir das. Diese Art von Gespräch ist für den Drachenrat«, fügte er hinzu und gestikulierte in Richtung des Captains. Kristen fühlte seine Aura wie die Klinge eines Chirurgen. Das Messer der Vergesslichkeit schnitt in das Bewusstsein des Captains und sie schüttelte den Kopf.

Kristen war beeindruckt und erkannte wieder einmal, dass es viele Dinge gab, die Shadowstorm ihr nicht gezeigt hatte. Trotzdem gefiel es ihr nicht, dass Stonequest die Frau erneut manipuliert hatte und sie wollte protestieren, aber bevor sie es konnte, stand er auf.

»Um es ganz klar zu sagen, das Drachen-SWAT ist dankbar für die Hilfe Ihrer Beamten, Captain«, sagte Stonequest zu Captain Hansen.

»Dann verfolgt ihr ihn?«, fragte Kristen, ohne zu wissen, ob er ihr etwas vorgaukeln würde.

»Oh ja. Wir haben ihn noch nicht gefasst, aber das werden wir. Nun, da seine Beleidigung gegen den Stahldrachen öffentlich bekannt ist, haben sich auch einige andere Drachen gegen ihn geäußert. So viele, dass wir gegen ihn ermitteln werden. Es wird eine ganze Reihe von Beschwerden an den Rat gehen, davon bin ich überzeugt.«

»Moment ... eine Reihe von Beschwerden?« Kristen war verblüfft. »Soll das heißen, ihr verfolgt ihn nur deshalb, weil andere Drachen sich beschweren?«

Stonequest sah überrascht aus und sein orangefarbener Blick bohrte sich in Kristen. »So funktioniert das Drachengesetz. Ich nehme an, Shadowstorm hat dir nichts von unseren Methoden erzählt?«

»Nein, nicht wirklich. Aber soll ich wirklich glauben es wäre in Ordnung, dass er eine Horde Gangmitglieder dazu bringt, Detroit anzugreifen und Söldner anheuert, um es buchstäblich in die Luft zu jagen?« Sie fühlte die Wut in ihrem Bauch wie heiße Galle.

»Nein, natürlich nicht. Damos und Lyra – die beiden Drachen, die für diese Region verantwortlich sind – haben sich genau aus diesen Gründen über ihn beschwert. Sie müssen die Menschen in diesem Teil der Welt beschützen und bestrafen. Shadowstorm kann nicht ohne Grund eine ganze Stadt an sich reißen.«

Drachenaura

Ihre Wut bahnte sich den Weg durch ihren Körper und es bedurfte erheblicher Konzentration, nicht zu Stahl zu werden. »Aber es gibt kein Gesetz gegen das Abschlachten von Menschen?«

»Nein. Nein, natürlich nicht.« Stonequest schien amüsiert »Drachengesetze gelten nicht für Menschen. Wir arbeiten auf einer anderen Machtebene. Das wäre so, als ob eure Art Gesetze zum Schutz der Vögel oder der Fische erlassen würde.«

»Wir haben Gesetze zum Schutz der Vögel und der Fische.«

Der Drache kicherte. »Habt ihr das wirklich? Wie seltsam. Ich freue mich wirklich darauf, dass du zu deinen vollen Kräften kommst, Lady Hall. Es gibt viel, was Drachen von einer Artgenossin lernen können, die unter den Menschen aufgewachsen ist. Respektieren die Menschen tatsächlich diese Gesetze zum Schutz der Fische und Vögel?«

»Nein ... nicht immer, aber das ist im Moment nicht wichtig. Shadowstorm hat Dutzende von Menschen getötet. Er hätte Hunderte töten können.«

»Und stehen eure Politiker vor Gericht, wenn sie in den Krieg ziehen? Es gab eine Zeit, in der Drachen mehr Menschen getötet haben als ihr selbst, aber da wir uns – aus eigenem Antrieb – in den Hintergrund zurückgezogen haben, könnte ich hinzufügen, dass die Menschen mehr als bereit waren, die gegenseitigen Gräueltaten zu übernehmen. Die Atombombe, Weltkriege, Schusswaffen und Schwerter sind alles Dinge, die eure Art an sich selbst angewendet hat.«

Kristens Haut wurde zu Stahl und schnell wieder normal. Das war ... das war ekelhaft. Drachen dachten also, dass Menschen kaum mehr wert waren als Fische? Außer, dass es Drachen wie Shadowstorm gab, die Menschen hinter den Kulissen manipulierten. Stonequest dachte wohl, diese Manipulatoren hätten einfach beschlossen, den gesamten menschlichen Konflikt auszusitzen? Das war wie die Absolution für einen Politiker der einen Krieg zwar angezettelt, aber keine Waffen abgefeuert hatte. Das war doch absurd.

»Weil ich mich beschwert habe, ist Shadowstorm also in Schwierigkeiten? Hätte ich das nicht getan, wäre er frei.«

»Die Informationen, die ihr geteilt habt, sind mehr als genug, um einige Drachen zu verärgern«, erklärte Stonequest. Er schien immer noch zu vergessen, wie wütend sie über seine gedankenlose Nachlässigkeit war. »Lyra und Damos wollen seinen Kopf, offensichtlich. Viele der anderen nordamerikanischen Drachen haben geschworen, ihm keinen Unterschlupf zu gewähren. Wie ich schon sagte, er wirft seinen Schatten voraus.« Er kicherte wegen des Wortspieles, als ob sie über einen Prominenten diskutieren würden, anstatt über das mögliche Abschlachten von unschuldigen Menschen.

»Damit das geklärt ist: Wenn Damos und Lyra beschließen, Detroit einfach niederzubrennen, wäre das nicht falsch?«

Er runzelte die Stirn und sah bei dem Gedanken wirklich entsetzt aus. »Natürlich wäre das falsch. Es gäbe keinen Grund für ein solches Gemetzel. Viele von uns würden ihre Fähigkeit zu regieren infrage stellen und außerdem würde dies einen enormen Verlust an Ressourcen bedeuten. Wenn Damos und Lyra die Stadt niederbrennen würden, würden sich viele der Drachen in Nordamerika gegen sie wenden.«

»Wegen eines Verlustes von Ressourcen?«, lächelte Kristen.

»So ist es, Hall«, entgegnete Stonequest emotionslos. »Wir haben keine Gesetze Menschen betreffend, weil wir uns nicht in jede Entscheidung ihrer Art einmischen wollen. Mit der Autonomie kommt auch die Freiheit, sich gegenseitig zu verletzen«.

»Das ist inakzeptabel«, erwiderte Kristen. »Du weißt, dass es Drachen gibt, die sich sehr wohl in menschliche Angelegenheiten einmischen. Es gibt Drachen, die hinter den Kulissen Politiker und Unternehmen finanzieren. Du verschließt die Augen davor, dass ihr durch eure Macht die Menschheit von Anfang an beeinflusst habt.«

»Vielleicht ist das wahr, aber wir haben uns zurückgezogen«, schimpfte er. Anscheinend hatte sie einen Nerv getroffen. »Niemand stimmt dir mehr zu als ich – obwohl es vielleicht nicht klug ist, das zuzugeben – aber es ist schwierig, Meinungen zu ändern, die buchstäblich Hunderte von Jahren alt sind.«

»Also warum sich die Mühe machen?« Sie konnte nicht mehr. Inzwischen war sie richtig wütend.

»Wir haben heute einen Schlag ausgeführt. Shadowstorm ist am Boden. Schon jetzt haben viele der Führer auf diesem Kontinent geschworen, ihn nicht zu beherbergen und während sich die Nachricht verbreitet, werden andere wahrscheinlich das Gleiche tun. Er wird für seine Taten bezahlen – für das, was er dir und den Deinen angetan hat.« Er hielt inne, sein Gesichtsausdruck war unergründlich, aber sie spürte eine leichte Besänftigung, ein Zögern, das darauf hinwies, dass er vielleicht nicht ganz der gefühllose, emotionslose Drache war, für den sie ihn gehalten hatte. »Es gibt Drachen – nicht viele, das gebe ich zu, aber ein paar – die glauben, dass Menschen ... unerforschtes Potenzial haben. Es kann sein, dass immer mehr diese Idee akzeptieren werden. Und ja, es wird Zeit brauchen, aber ich denke, dass Fortschritte erzielt werden können. Was wir mit Shadowstorm tun, beweist das.«

»Und was soll ich in der Zwischenzeit machen? Auf meinen Händen sitzen, während ich auf die Gerechtigkeit warte?«

»Ehrlich gesagt möchten wir, dass du dich noch eine Weile an die menschlichen Belange hältst.« Stonequest lächelte. Es schien echt zu sein, weil seine Aura dem Ausdruck entsprach, aber es war trotzdem schwer, etwas in diesen Augen zu lesen.

»Ich dachte, wir sollten uns nicht in menschliche Angelegenheiten einmischen«, sagte sie und wünschte, es hätte weniger trotzig geklungen.

»Das ist schon länger so arrangiert, aber unsere Wege sind nicht in Stein gemeißelt.« Er lächelte über das Wortspiel mit seinem eigenen Namen.

Kristen fragte sich, wie lange und in wie vielen Sprachen er seltsame Wortspiele zustande bringen konnte.

Stonequest fuhr fort. »Deine Situation ist einzigartig und die Welt beginnt, den Stahldrachen aus der Motor City zu beobachten. Du bist dir der menschlichen Probleme auf eine Weise bewusst, wie kein anderer Drache, einfach wegen deiner Erziehung. Selbst die Liberalsten unter uns haben oft Schwierigkeiten, sich in die menschliche Art einzufühlen. Ich bin zum Beispiel in der Strafverfolgung tätig und hatte keine

Drachenaura

Ahnung, dass es tatsächlich Gesetze wegen Fischen gibt. Außerdem bist du nach menschlichen Maßstäben ein Erwachsener und ein Sheriff, wie die meisten meiner Verwandten Polizisten noch immer bezeichnen. Für Drachenverhältnisse bist du ein Welpe, aber sicher auch alt genug, um Urteile über die Menschheit zu fällen.«

»Urteile fällen?«

Er hob eine Augenbraue. »Ich habe gesehen, was du mit einigen der Menschen gemacht hast, die diese Stadt bedroht haben. Der Dieb, den du in den Gittern hängen gelassen hast, hinter denen er sich zu verstecken versuchte, war besonders ergreifend.«

»Und vor allem auch außerhalb dessen, was SWAT eigentlich tun sollte, Hall«, fügte Captain Hansen hinzu. Sie saß an ihrem Schreibtisch, die Arme verschränkt und Kristen hatte sie fast vergessen.

»Natürlich, Ma'am. Es wird nicht wieder vorkommen.«

Stonequest lächelte. »Und du beugst dich dem menschlichen Urteil. Das allein lässt viele von uns denken, dass du weiterhin an menschlichen Angelegenheiten arbeiten solltest, während du darauf wartest, voll an deine Kräfte zu kommen. Du wirst dadurch Weisheit erlangen, die den meisten von uns fehlt.»

»Gut. Es ist ja nicht so, dass ich jetzt gerade einen Drachenlehrer zur Verfügung hätte. Ich werde weiter daran arbeiten, diese Stadt sicherer zu machen. Aber ihr müsst verstehen, dass ich, sollte ich von einem Drachen hören, der Menschen verletzt, keine Beschwerde einreichen und auf eine Art Konsens warten werde. Ich werde die Menschen in meiner Stadt beschützen. Wenn das ein Problem darstellen sollte, sprecht mit mir. Du bist nicht so groß wie Mister Black und du hast das Video gesehen.« Das war eine größere Drohung als beabsichtigt, aber jetzt, wo es raus war, bereute sie es auch nicht.

Er seufzte und klang nicht besonders aufgebracht. »Ich würde nichts anderes von einem Stahldrachen erwarten und ich habe Damos und Lyra das Gleiche gesagt. Du hast bewiesen, dass du uns Kopfschmerzen in einem Ausmaß verursachen kannst, das ich für unmöglich gehalten hätte.«

»Du nennst Ungerechtigkeit Kopfschmerzen?«

Stonequest kicherte. »Nein, aber in das Haus eines Drachen einzudringen, statt zu mir zu kommen, war frech.«

»Wäre ich ohne das Geständnis gekommen, hättest du die Hand gegen Shadowstorm erhoben?«

»Vielleicht. Wie gesagt, viele haben bereits geschworen, ihn nicht zu beherbergen. Das passiert nur, wenn bereits Ressentiments vorhanden sind. Du hast jedoch recht, dass es länger gedauert hätte, wenn du zu uns gekommen wärst. Shadowstorm ist trickreich. Hätte er über sein Netzwerk diese Informationen erhalten, hätte er Maßnahmen ergreifen können, die wir nicht hätten aufhalten können.«

Er rieb seinen Kopf. Sie hatte die Geste bei jedem Vorgesetzten gesehen, den sie jemals frustriert hatte – was, wenn sie darüber nachdachte, praktisch jeder Chef war, den sie jemals hatte.

»Du solltest tun, was du für nötig hältst. Ich bin sicher, dass du das sowieso tun würdest. Aber bitte, sag uns Bescheid, BEVOR du das nächste Mal ein Drachenhaus zerlegst.«

Drachenaura

Kristen verließ das Treffen mit einem seltsamen Gefühl der Bestätigung. Abgesehen davon hatte sie etwas über die Drachenkultur gelernt und wie ungerecht sie gegenüber der Menschheit war, aber sie konnte nichts dagegen tun ... noch nicht. Sie konnte jedoch weiterhin ihre Stadt beschützen und genau das war ihre Absicht.

KAPITEL 25

Ein paar Tage später war genug Normalität für Hernandez eingekehrt, um wieder einmal alle wegen Softair zu nerven. »Kommt schon, ihr Penner. Wir waren nicht mehr dort, seit Jonesy gestorben ist. Wenn wir nicht bald hingehen, gehen wir nie wieder.«

Kristen seufzte. Sie hasste es zugeben zu müssen, dass Softair ohne ihn einfach weniger lustig war und sagte es auch der anderen Frau.

»Das ist verdammter Schwachsinn, Red. Jonesy liebte Softair. Wir schießen auf uns, beschweren uns über die Striemen, schießen auf Keith, und so weiter und so fort.« Die Sprengstoffexpertin seufzte wehmütig. »Wir schulden es ihm weiterzuspielen. Jedes Mal, wenn wir den Frischling erschießen, lacht Jonesy, wo immer er auch ist.«

»Ich bin dabei«, sagte Keith. »Aber nur, damit ich dir auf den Hintern schießen kann, Hernandez. Du gewinnst auch nie.«

Sie lachte. »Na gut, das werden wir sehen. Obwohl ich mir nicht sicher bin, ob das der beste Plan ist.« Sie zwinkerte und Kristen spürte, wie sich die Anfänge einer Verschwörung bildeten.

»Ich bin auch dabei.« Butters schlenderte in den Aufenthaltsraum. »Diese Hähnchenflügel haben mir Sodbrennen bereitet.«

Beanpole schaute von seinem Kaffee auf. »Ich bin auch dabei.«

»Washington?«, fragte Hernandez Wonderkid.

»Auf jeden Fall. Ich würde gerne ein paar neue taktische Manöver ausprobieren.«

Kristen schüttelte den Kopf. »Wonderkid lässt ein Spiel nach Arbeit klingen.«

»Redet ihr über Softair?« Drew betrat die Lounge – oder versuchte es, weil Butters immer noch die Tür blockierte.

»Ja, Sir«, sagte Hernandez ganz förmlich. »Möchten Sie sich uns anschließen, Sir? Oder sind Sie immer noch ein verdammter Schlappschwanz?«

Alle lachten, außer Drew. Er wurde eine Nuance roter und biss die Zähne zusammen. »Ich treffe euch dort. Ich bringe noch jemanden mit. Ist das in Ordnung? Ich möchte die Chancen ein wenig ausgleichen. Ich habe gehört, was beim letzten Mal passiert ist. Es klang nach einem Massaker«, fügte er mit einem spitzen Blick auf Kristen hinzu. Oh, also wollte er sich auch gegen sie verbünden?

»Du kannst jede Tussi mitbringen, die du willst, wenn sie zusehen möchte, wie ich dich fertig mache«, spielte sich Hernandez auf und sah Kristen an. »Oder um die Macht der Teamarbeit zu demonstrieren. Aber sei nicht sauer, wenn sie mit mir statt mit dir ausgehen will, wenn alles vorbei ist.«

Keith sah enttäuscht aus wegen dieser Idee, dass sie nach dem Spiel mit einer anderen Frau ausgehen würde, aber er sagte nichts.

»Toll. Wir treffen uns dort um sechs.« Der Teamleiter nickte. »Nun, mein ganzes verdammtes Team braucht zeitgleich Kaffee? Der Papierkram erledigt sich nicht von allein. An die Arbeit!«

Der Rest des Arbeitstages verlief ereignislos. Captain Hansen war nach dem Besuch von Stonequest geringfügig weniger wütend auf Kristen, aber es gab immer noch eine Tonne Formalitäten zu erledigen, um die gesamte Untersuchung in die Hände vom Drachen-SWAT abzugeben. Es war nicht überraschend, dass sie diesen Papierkram noch gründlicher als sonst erledigen wollte.

Als der Tag endlich zu Ende ging, freute sich Kristen tatsächlich auf Softair. Wenn sich alle gegen sie verbünden würden, hätte sie keine andere Wahl, als ihre Kräfte einzusetzen, um ihnen zu zeigen, was passieren würde, wenn man sich mit dem Stahldrachen anlegte.

Sie fuhr zu dem Ort, den Hernandez ihr genannt hatte und hielt nur einmal an, um Burger zu holen. Sie würden wahrscheinlich nach dem Spiel essen gehen, aber da sie der Stahldrache und eine Hall war, hatte sie einen Mordsappetit.

Anscheinend hatte sonst keiner Appetit wie sie. Als sie am Softair-Platz ankam, war das Team bereits dort. Sie standen nah zusammen und unterhielten sich mit gedämpfter Stimme. Sie wurden noch ruhiger als Kristen sich näherte, was bedeutete, sie konnte sich lebhaft vorstellen, worüber sie sprachen.

»Es geht also Mensch gegen Drache, hm?«, sagte sie.

Hernandez, Beanpole und Butters wurden tatsächlich rot. Keith hatte nur gegrinst und seine Zunge herausgestreckt.

Drew hob eine Augenbraue, aber er sah überhaupt nicht verlegen aus. »Wir haben taktische Manöver mit dir im Team geübt, aber jetzt kannst du es alleine versuchen.« Offensichtlich war ihm der Grundsatz, dass Softair Spaß machen sollte, völlig entfallen.

»Ich werde nicht lügen, ich freu mich, einen Drachen in seine Schranken zu verweisen«, grinste Jim Kristen an. »Obwohl jeder vorsichtig sein muss, wenn sie sich einen Stuhl schnappt. Ich habe gesehen, wie sie eine professionelle Todesschwadron mit nichts weiter als Stühlen aufgehalten hat.«

Kristen rollte mit den Augen. »Wisst ihr was? Versucht es. Ich werde meine Haut normal halten, damit ich fühlen kann, ob mich einer von euch tatsächlich verletzen kann, aber weil ihr zu sechst seid, werde ich nicht langsamer werden.«

»Wir würden nicht im Traum daran denken, Hall«, erwiderte Drew. »Achte auf dein Sichtfeld. Wir kommen aus jedem Winkel auf dich zu.«

Oh, wow, es war wirklich kein Wunder, dass er normalerweise nicht mit auf diese kleinen Ausflüge kam.

Ein Schatten fiel auf sie, als etwas Riesiges zwischen der untergehenden Sonne und dem Boden flog.

»Was war das für eine Scheiße?«, stotterte Keith, hielt seine Hand gegen die Sonne zu blockieren, und versuchte zu sehen, was immer über sie geflogen war.

Flügelschläge erzeugten starke Böen. Beanpole und Butters sahen sich an und zielten mit ihren Softair-Pistolen wie mit Sturmgewehren. Hernandez biss nur ihren Kiefer zusammen und schaute auf ihre Tasche. Da war also Sprengstoff drin. Jim grinste. Er schien zu verstehen, dass Softair-Pistolen und Feuerwerkskörper nichts dagegen ausrichten würden, wenn ein Drache sie angreifen wollte.

Nur Drew sah gelassen aus.

Nach einem weiteren Flügelschlag folgte der Geruch von gemahlenem Kalkstein und eine Staubwolke und ein Drache landete vor ihnen.

Kristen seufzte erleichtert auf. Das war nicht Shadowstorm. Sie war in Panik geraten, weil sie dachte, er sei es, aber jetzt, da er es nicht war, siegte ihre Neugier. Dieser Drache war kleiner als er, mit hauptsächlich orangefarbenen Schuppen mit schwarzen Flecken hier und da, fast wie ein Tiger. Seine Schuppen waren jedoch ungewöhnlich. Sie erinnerten Kristen an den Marmor in der Lobby des Fisher Buildings und sahen aus, als wären sie aus Stein. Vielleicht aus Marmor, denn es waren Kristallpartikel eingeschlossen und sie funkelten in der untergehenden Sonne.

Der Drache machte einen Schritt vorwärts, dann noch einen und schlug mit den Flügeln, um eine weitere Staubwolke, die nach Kalkstein roch, freizusetzen. Die Wolke wogte, aber als Kirsten im Begriff war ihr Gesicht mit den Händen zu schützen, löste sich die Wolke auf und ein Mann stand an deren Stelle.

»Stonequest«, grinste Drew, als hätte er eine perfekte Verhaftung zustande gebracht. »Ich freue mich außerordentlich, dass es geklappt hat.«

»Das ist dein Gast?«, würgte Hernandez hervor.

»Ich dachte, wir könnten etwas Hilfe im Team gebrauchen«, sagte der Teamleiter und sah der Frau in die Augen.

Kristen verstand, bevor sie es tat. Alle wären ihre Gegner, auch Stonequest. Endlich schienen es auch die anderen zu verstehen, denn das gesamte Team nickte und grinste. *Nicht mein Team*, sondern *eine Gruppe von Dummköpfen, die lernen werden, was Sache ist.*

Drachenaura

Stonequest konnte mit dieser Kommunikation durch Anrempeln und Blicke nichts anfangen, die Menschen waren sich der Aura, die zwischen Kristen und dem Neuankömmling ausgetauscht wurde, nicht bewusst. Kristens Aura war eine der Überraschung, dann des Vertrauens und schließlich der Herausforderung.

Seine Aura wollte ihr das Gefühl geben, dass sie zahlenmäßig unterlegen war, während er die Menschen um sich herum gleichzeitig mit Mut erfüllte. Eine sehr nützliche Fähigkeit, die in der Lage ist, einen Feind eine Sache fühlen zu lassen und einen Verbündeten eine andere, dachte Kristen. Sie bemerkte, dass er sie anlächelte. Er wollte, dass sie sieht, wozu seine Aura fähig ist.

»Toller Trick«, sagte sie.

Er nickte beeindruckt. »Ich weiß, dass du bei Shadowstorm zusätzliches Training absolviert hast. Ich hatte bereits angenommen, er hätte dir etwas über Auren beigebracht nach dem, was im Büro des Captains geschehen ist.«

Sie hielt seinem Blick stand, wusste nicht, was sie sagen sollte und meinte einfach »Entschuldigung.« Sie war nicht in der Lage, irgendwelche Emotionen in das Wort zu packen, also klang es hohl und unecht. »Hätte Shadowstorm mich nicht trainiert, hätte ich es nie mit ihm aufnehmen können.«

»Ich verstehe. Drachen lernen ihre Fähigkeiten normalerweise unter den Fittichen eines Seniors ... obwohl es schon eine Weile her ist, dass jemand die Grundlagen erlernen musste.«

»Also bist du nicht sauer, dass ich mit ihm gearbeitet habe?« Kristen hatte sich schon gefragt, wie das alles funktionierte. In einem politischen System, das wie die Welt der Drachen auf Reputation beruhte, hatte sie schon befürchtet, dass das Lernen unter seinen Flügeln für ihre Reputation, so frisch sie auch war, katastrophal hätte sein können.

»Ich verstehe, warum du es getan hast. Wir hätten dich nicht auf Abstand halten sollen, aber deine Position als Mensch ist ... interessant. Wir wollten, dass du lernst, wie sie ihre Gesetze durchsetzen«, erklärte er.

»Sie hat sich nicht unbedingt an die Regeln gehalten«, warf Jim ein.

»Ich weiß und mir gefällt nicht, dass Shadowstorm mehr über dich weiß als ich. Von jetzt an arbeitest du lieber mit jemandem, dem ich vertrauen kann.«

»Toll.« Sie versuchte, den Sarkasmus aus ihrer Stimme herauszuhalten und scheiterte spektakulär. »Wer ist denn diese Mary Poppins aus der Drachenwelt, die du als Babysitter für das stählerne Drachenkind gefunden hast?« Sie hatte den ganzen Sarkasmus so nicht beabsichtigt, aber Marty, die Königin des Sarkasmus, war ihre Mutter. Manchmal konnte sie einfach nicht anders, wie zum Beispiel sich beim Essen einen Nachschlag zu nehmen.

Stonequest zögerte, dann kratzte er sich am Kopf. »Über die Jahrhunderte wurde ich schon als vieles bezeichnet, aber als eine Nanny hat mich noch keiner gesehen.«

Alle mussten lachen, sogar Kristen. *Ein Drache, der einen Disney-Klassiker gesehen hat, das kannst du dir nicht ausdenken.* »Wann treffe ich meinen Trainer?«, fragte sie noch einmal.

Er sah verwirrt aus. »Wir fangen heute Abend an.«

»Oh«, sagte sie ziemlich dämlich, als ihr bewusste wurde, dass sie schon eine Weile mit ihrem neuen Lehrer gesprochen hatte.

Der Drache – endlich verstand sie es – hielt sein Softair-Gewehr hoch. »Willst du sehen, was ein Drache mit diesem Ding hier machen kann?«

Drew hielt auch sein Gewehr hoch. Genau wie Butters und Beanpole, die ihr Grinsen kaum verdrücken konnten. Keith und Hernandez sahen geradezu teuflisch aus.

»Also ... sieben gegen einen?«, sagte sie und studierte ihr Team und den Drachen, um den alle herumstanden. »Hört sich gut an. Vielleicht, nur vielleicht, überlebt ihr länger als eine Minute gegen mich, jetzt wo ihr einen echten Kämpfer dabei habt.«

»Das ist es, was du wolltest, oder, Hall? Eine Chance, deine Drachenkräfte zu testen?«, wollte Drew wissen.

»Nun ... ich denke schon? Ihr seid so weinerlich, wenn ich euch besiege, ich bin nur nicht sicher, ob es diesmal anders sein wird. Ich weiß nicht, ob ich das Echo ertragen kann, wenn ich euch alle alleine schlage.« Sie lachte. Wenn sie eines bei SWAT gelernt hatte, dann war es, wie man blöd daher redet.

»Dann lass uns die Chancen ausgleichen«, sagte Jim und verließ das Team, um an ihrer Seite zu stehen.

»Ich dachte, ich bin ein Drache und du magst meine Art nicht«, scherzte sie.

»Ich mag Drachen immer noch nicht besonders.« Er sah Stonequest an, als er das sagte. »Ich denke, die Geschichte zeigt, was sie mit ihrer Macht den Menschen angetan haben und dass viele von ihnen gefühllos und grausam sind, aber es wäre töricht, weiter so zu tun, als ob ihr alle gleich wärt. Du hast mir das Leben gerettet,

Kristen, mehr als einmal bis heute. Ich wäre ein Narr, nicht auf deiner Seite zu kämpfen.«

Er senkte seine Waffe und streckte die Hand aus. Sie konnte den Respekt in seinen Augen sehen und den Kampf gegen seine eigenen Vorurteile. Aber was auch immer in ihm vorging, er tat sein Bestes, um ihr respektvoll zu begegnen und darauf kam es an. Aber ein Handschlag? Was war er, ihr Boss?

Sie nahm ihn in eine riesige Bärenumarmung, hob ihn vom Boden hoch und drückte ihn fest mit ihrer Drachenkraft.

»Also ... dann sind wir uns einig?« Er keuchte wegen der doch erdrückenden Umarmung.

Kristen setzte ihn ab und schüttelte ihm trotzdem die Hand.

»Das hängt davon ab, ob du den Drachen da drüben erledigen kannst.« Sie zeigte auf Stonequest.

»Er gehört mir. Du kümmerst dich um die armseligen Sterblichen«, grinste Jim.

»Wen nennst du hier armselig?« Butters lachte lauter über seinen eigenen Witz als jeder andere.

Die Lautsprecher in der Arena erwachten zum Leben. »Schon gut, Leute. Taktische Teams in Position. Die erste Runde des Abends beginnt gleich.«

Kristen und Jim rannten in die Arena und bereiteten sich darauf vor, ihre Freunde zu besiegen.

»Ich schulde dir wirklich etwas«, sagte er, als sie hinter einer zwischen zwei Bäumen gespannten Plane Schutz suchten.

»Du kannst deine Schuld damit begleichen, dass du vorgibst, die Leute zu erschießen, die mein Leben gerettet haben.«

Er grinste verräterisch. »Manchmal liebe ich es wirklich verdammt noch mal, ein Cop zu sein.«

Kristen mochte es auch, so schwer es auch manchmal war. Es gab nichts, was sie lieber mit ihrem Leben oder ihren Fähigkeiten tun würde, als die Menschen um sie herum zu beschützen.

Vor allem, wenn das bedeutete, dass man all seine Freunde mit Farbe vollspritzen konnte und sie danach einem ein Bier ausgeben mussten.

Die Hupe dröhnte, das Spiel begann.

ENDE

**Kristen Hall kehrt zurück in:
»Stahldrache 03 – Drachenschwingen«**

—

Wie hat Dir das Buch gefallen? Schreib uns eine Rezension oder bewerte uns mit Sternen bei Amazon. Dafür musst Du einfach ganz bis zum Ende dieses Buches gehen, dann sollte Dich Dein Kindle nach einer Bewertung fragen.

Als Indie-Verlag, der den Ertrag weitestgehend in die Übersetzung neuer Serien steckt, haben wir von LMBPN International nicht die Möglichkeit große Werbekampagnen zu starten. Daher sind konstruktive Rezensionen und Sterne-Bewertungen bei Amazon für uns sehr wertvoll, denn damit kannst Du die Sichtbarkeit dieses Buches massiv für neue Leser, die unsere Buchreihen noch nicht kennen, erhöhen. Du ermöglichst uns damit, weitere neue Serien parallel in die deutsche Übersetzung zu nehmen.

Am Ende dieses Buches findest Du eine Liste aller unserer Bücher. Vielleicht ist ja noch eine andere Serie für Dich dabei. Ebenso findest Du da die Adresse unseres Newsletters und unserer Facebook-Seite und Fangruppe – dann verpasst Du kein neues, deutsches Buch von LMBPN International mehr.

SOZIALE MEDIEN

Möchtest Du mehr?
Abonnier unseren Newsletter, dann bist Du bei neuen Büchern, die veröffentlicht werden, immer auf dem Laufenden:
https://lmbpn.com/de/newsletter/

Tritt der Facebook-Gruppe & der Fanseite hier bei:
https://www.facebook.com/groups/ZeitalterderExpansion/
(Facebook-Gruppe)
https://www.facebook.com/DasKurtherianischeGambit/
https://www.facebook.com/LMBPNde/
(Facebook-Fanseiten)

Die E-Mail-Liste verschickt sporadische E-Mails bei neuen Veröffentlichungen, die Facebook-Gruppe ist für Veröffentlichungen und ›hinter den Kulissen‹-Informationen über das Schreiben der nächsten Geschichten. Sich über die Geschichten zu unterhalten ist sehr erwünscht.

Da ich nicht zusichern kann, dass alles was ich durch mein deutsches Team auf Facebook schreiben lasse, auch bei Dir ankommt, brauche ich die E-Mail-Liste, um alle Fans zu benachrichtigen wenn ein größeres Update erfolgt oder neue Bücher veröffentlicht werden.

Ich hoffe Dir gefallen unsere Buchserien, ich freue mich immer über konstruktive Rezensionen, denn die sorgen für die weitere Sichtbarkeit unserer Bücher und ist für unabhängige Verlage wie unseren die beste Werbung!

Jens Schulze für das Team von LMBPN International

DEUTSCHE BÜCHER VON LMBPN PUBLISHING

Kurtherianisches™-Gambit-Universum:

Das kurtherianische™ Gambit
(Michael Anderle – Paranormal Science Fiction)

Erster Zyklus:
Mutter der Nacht (01) · Queen Bitch – Das königliche Biest (02) · Verlorene Liebe (03) · Scheiß drauf! (04) · Niemals aufgegeben (05) · Zu Staub zertreten (06) · Knien oder Sterben (07)

Zweiter Zyklus:
Neue Horizonte (08) · Eine höllisch harte Wahl (09) · Entfesselt die Hunde des Krieges (10) · Nackte Verzweiflung (11) · Unerwünschte Besucher (12) · Eiskalte Überraschung (13) · Mit harten Bandagen (14)

Dritter Zyklus:
Schritt über den Abgrund (15) · Bis zum bitteren Ende (16) · Ewige Feindschaft (17) · Das Recht des Stärkeren (18) · Volle Kraft voraus (19) · Hexenjagd (20) · Die Rückkehr der Matriarchin (21)

Das kurtherianische™ Endspiel:
Die Piraten von High Tortuga (22) · Zwingende Beweise (23)

Kurzgeschichten:
Frank Kurns – Geschichten aus der Unbekannten Welt

In Vorbereitung:
…die restlichen Bücher des Kutherianischen™ Endspiels

Das zweite Dunkle Zeitalter

**(Michael Anderle & Ell Leigh Clarke
– Paranormal Science Fiction)**
Der Dunkle Messias (01) · Die dunkelste Nacht (02)
Dunkelheit vor der Dämmerung (03)
Dämmerung naht (04)

**Die Chroniken der Gerechtigkeit
(Natalie Grey & Michael Anderle
– Paranormal Science Fiction)**
Der Rächer (01)
In Vorbereitung sind die restlichen Bücher bis Band 7.

**Richterin, Geschworene & Vollstreckerin
(Craig Martelle & Michael Anderle
– Juristische Space Opera Science Fiction)**
Du wurdest verurteilt (01)
In Vorbereitung sind die restlichen Bücher bis Band 15+.

**Aufstieg der Magie
(CM Raymond, LE Barbant &
Michael Anderle – Fantasy)**
Unterdrückung (01) · Wiedererwachen (02)
Rebellion (03) · Revolution (04)
Die Passage der Ungesetzlichen (05) · Dunkelheit erwacht (06)
Die Götter der Tiefe (07) · Wiedergeboren (08)
In Vorbereitung sind die restlichen Bücher der Serie

Oriceran-Universum:
Die Leira-Chroniken
(Martha Carr & Michael Anderle – Urban Fantasy)
Das Erwecken der Magie (01)
Das Entfesseln der Magie (02)

Der Schutz der Magie (03)
In Vorbereitung sind die restlichen Bücher der Serie

Der unglaubliche Mr. Brownstone
(Michael Anderle – Urban Fantasy)
Von der Hölle gefürchtet (01) · Vom Himmel verschmäht (02)
Auge um Auge (03) · Zahn um Zahn (04)
Die Witwenmacherin (05) · Wenn Engel weinen (06)
Bekämpfe Feuer mit Feuer (07) · Lang lebe der König (08)
Alison Brownstone (09) · Nur eine schlechte Entscheidung (10)
Fataler Fehler (11) · Karma ist ein Miststück (12)
In Vorbereitung sind die restlichen Bücher der Serie

Die Schule der grundlegenden Magie
(Martha Carr & Michael Anderle – Urban Fantasy)
Dunkel ist ihre Natur (01) · Hell ist ihr Augenlicht (02)
Aufrichtig ist ihre Liebe (03) · Stark ist ihre Hoffnung (04)
In Vorbereitung sind die restlichen Bücher der Serie
steste
Die Schule der grundlegendsten Magie: Raine Campbell
(Martha Carr & Michael Anderle – Urban Fantasy)
Mündel des FBI (01) · Magische Berufung (02)
Hexe des FBI (03)
In Vorbereitung sind die restlichen Bücher der Serie

›Das Haus der 14‹-Universum:

Unzähmbare Liv Beaufont
(Sarah Noffke & Michael Anderle – Urban Fantasy)
Die rebellische Schwester (01)
Die eigensinnige Kriegerin (02)
Die aufsässige Magierin (03)
Die triumphierende Tochter (04)
Die loyale Freundin (05)
Die dickköpfige Fürsprecherin (06)

Die unbeugsame Kämpferin (07)
Die außergewöhnliche Kraft (08)
Die leidenschaftliche Delegierte (09)
Die unwahrscheinlichsten Helden (10)
Die kreative Strategin (11)
Die geborene Anführerin (12)

Die einzigartige S. Beaufont
(Sarah Noffke & Michael Anderle – Urban Fantasy)
Die außergewöhnliche Drachenreiterin (01)
Das Spiel mit der Angst (02)
Verhandlung oder Untergang (03)
Die Würfel sind gefallen (04)
Das Chi des Drachen (05)
Siegeszug für Magitech? (06)
Die neue Drachenelite (07)
Geschichte, neu erzählt (08)
Im Sinne der Fairness (09)
Entscheide über dein Schicksal (10)
Verhandle mit mir oder meinem Drachen (11)
Schluss mit Ungerechtigkeit (12)
Am politischen Himmel (13)
In Vorbereitung sind die restlichen Bücher bis Band 24

Eine Beaufont-Geschichte
(Sarah Noffke & Michael Anderle – Urban Fantasy)
Der geheimnisvolle Plato (01)
Der fantastische Lunis (02)
In Vorbereitung sind die restlichen Bücher bis Band 3

Sonstige Serien

Die Chroniken des Komplettisten
(Dakota Krout – LitRPG/GameLit)

Ritualist (01) · Regizid (02) · Rexus (03)
Rückbau (04) · Rücksichtslos (05) · Inferno (06)
In Vorbereitung sind die restlichen Bücher der Serie

Der Hexenmeister der Wolfsmenschen
(Dakota Krout – LitRPG/GameLit)
Bibliomant (01)
In Vorbereitung sind die restlichen Bücher der Serie

Die Chroniken von KieraFreya
(Michael Anderle – LitRPG/GameLit)
Newbie (01) · Anfängerin (02) · Kriegerin (03) · Heldin (04)
In Vorbereitung sind die restlichen Bücher bis Band 6

Die guten Jungs
(Eric Ugland – LitRPG/GameLit)
Noch einmal mit Gefühl (01)
Heute Erbe, morgen Schachfigur (02) · Dungeonschinder (03)
Und täglich droht die Nebenquest (04)
Hochadel für Einsteiger (05)
Eine Belagerung kommt selten allein (06)
In Vorbereitung sind die restlichen Bücher der Serie

Die bösen Jungs
(Eric Ugland – LitRPG/GameLit)
Schurken & Halunken (01) · Der Dieb im ersten Stock (02)
Die Freischaufler (03) · Krieg der Aufschneider (04)
In Vorbereitung sind die restlichen Bücher der Serie

Die Reiche
(C.M. Carney – LitRPG/GameLit)
Der König des Hügelgrabs (01)
Die verlorene Zwergenstadt (02)
Mörderische Schleife (03) · Geißel der Seelen (04)
Der verlorene Gott (05)

In Vorbereitung sind die restlichen Bücher der Serie

Aufstieg des Großmeisters
(Bradford Bates & Michael Anderle – LitRPG/GameLit)
Heiler auf Abwegen (01)
In Vorbereitung sind die restlichen Bücher bis Band 15

Stahldrache
(Kevin McLaughlin & Michael Anderle –
Urban Fantasy)
Drachenhaut (01) · Drachenaura (02)
Drachenschwingen (03) · Drachenerbe (04)
Dracheneid (05) · Drachenrecht (06)
Drachenparty (07) · Drachenrettung (08)
Drachenermittler (09) · Drachenschwester (10)
Drachenmaske (11) · Drachengefängnis (12)
Drachenschlacht (13)
In Vorbereitung sind die restlichen Bücher bis Band 15

So wird man eine knallharte Hexe
(Michael Anderle – Urban Fantasy)
Magie & Marketing (01) · Magie & Freundschaft (02)
Magie & Dating (03) · Magie & Ausbildung (04)
Magie & Verfolgung (05)
In Vorbereitung sind die restlichen Bücher bis Band 9

Animus
(Joshua & Michael Anderle – Science Fiction)
Novize (01) · Koop (02) · Deathmatch (03)
Fortschritt (04) · Wiedergänger (05) · Systemfehler (06)
Meister (07) · Infiltration (08) · Raubzug (09)
In Vorbereitung sind die restlichen Bücher bis Band 12

Opus X
(Michael Anderle – Science Fiction)

Der Obsidian-Detective (01) · Zerbrochene Wahrheit (02)
Suche nach der Täuschung (03) · Aufgeklärte Ingonoranz (04)
Kabale der Lügen (05) · Mahlstrom des Verrats (06)
Schatten der Überzeugung (07)
In Vorbereitung sind die restlichen Bücher bis Band 12

Chroniken einer urbanen Druidin
(Auburn Tempest & Michael Anderle – Urban Fantasy)
Ein vergoldeter Käfig (01)
Ein heiliger Hain (02)
Ein Familieneid (03)
Die Rache einer Hexe (04)
Ein gebrochener Schwur (05)
Ein verfluchter Druide (06)
Eines Unsterblichen Schmerz (07)
In Vorbereitung sind die restlichen Bücher der Serie

Entfesselte Goth-Drow
(Martha Carr & Michael Anderle – Urban Fantasy)
Eigensinnig und ziemlich ungewöhnlich (01)
Lass die Welt zurück (02) · Reich der unendlichen Nacht (03)
Nur die Starken tragen Schwarz (04)
In Vorbereitung sind die restlichen Bücher der Serie

Die Geburt von Heavy Metal
(Michael Anderle – Science Fiction)
Er war nicht vorbereitet (01)
Sie war seine Zeugin (02)
Hinterhältige Hinterlassenschaften (03)
Das Blut meiner Feinde (04)
In Vorbereitung sind die restlichen Bücher bis Band 9

Skharr TodEsser
(Michael Anderle – Sword & Sorcery Fantasy)

Das todbringende Verlies (01)
In Vorbereitung sind die restlichen Bücher der Serie

**Weihnachts-Kringle
(Michael Anderle –
Action-Adventure-Weihnachtsgeschichten)**
Weihnachts-Kringle: Stille Nacht (01)
Der Weihnachts-Kringle kommt in die Stadt (02)